小嗝嗝·何倫德斯·黑線鱈三世被龍王狂怒**還有**他的死對頭——奸險的阿爾文（以及阿爾文的巫婆母親）——追殺。

情況應該不可能比現在更糟了……吧？

等一下！我錯了！情況沒有最糟，只有更糟！

龍族面臨滅亡，人類忙著消滅人類同胞，而小嗝嗝當上「西荒野國王」的任務因為我方陣營有「叛徒」，變得更加困難了。

眾人會不會被這個叛徒中的叛徒背叛呢？還是小嗝嗝能再次想辦法拯救大家？

和小嗝嗝一起展開冒險吧

（雖然他還沒發現自己已經開始冒險了……）

失落的王之寶物預言

「龍族時日即將到來，
只有王能拯救你們。
偉大的王將是英雄中的英雄。

集齊失落的王之寶物者，將成為君王。
無牙的龍、我第二好的劍、
我的羅馬盾牌、
來自不存在之境的箭矢、
心之石、萬能鑰匙、
滴答物、王座、王冠。

最珍貴的第十樣，
是能拯救人類的龍族寶石。」

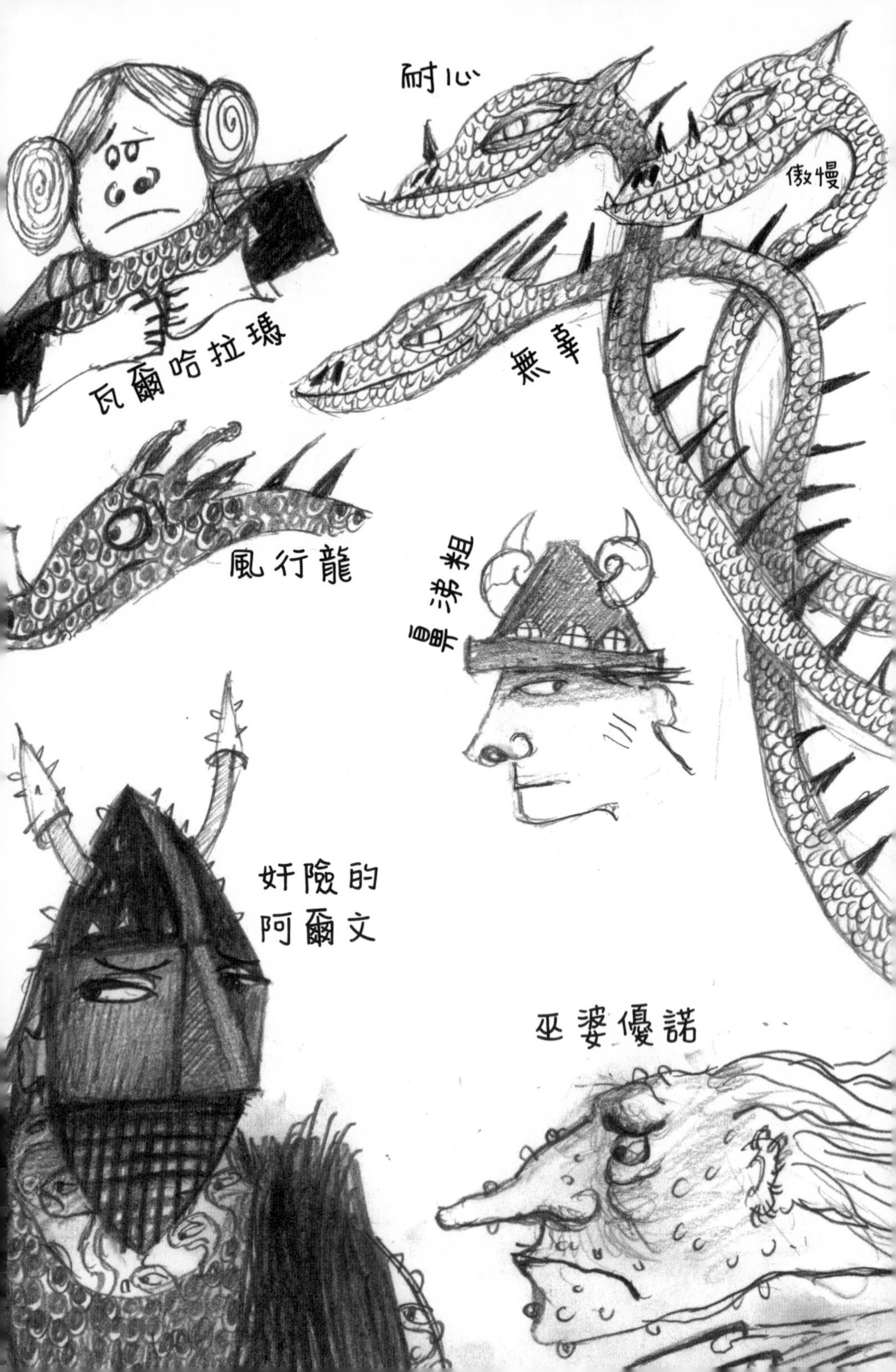
耐心
傲慢
瓦爾哈拉瑪
無辜
風行龍
鼻涕粗
奸險的
阿爾文
巫婆優諾

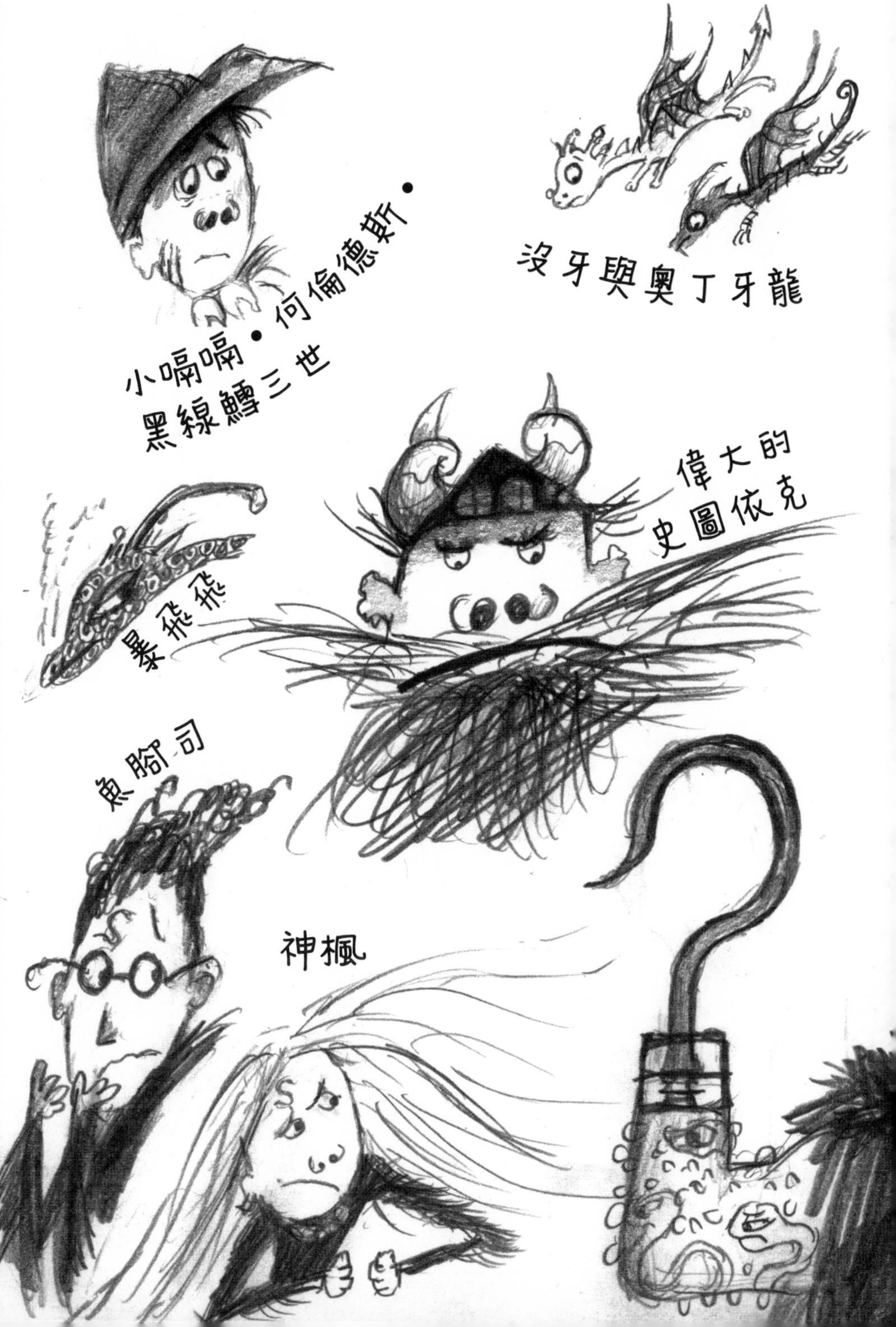
小嗝嗝・何倫德斯・
黑線鱈三世
沒牙與奧丁牙龍
偉大的
史圖依克
暴飛飛
魚腳司
神楓

樹下祕密
基地
阿爾文
軍團船艦
領地
朔
風
奧
丁

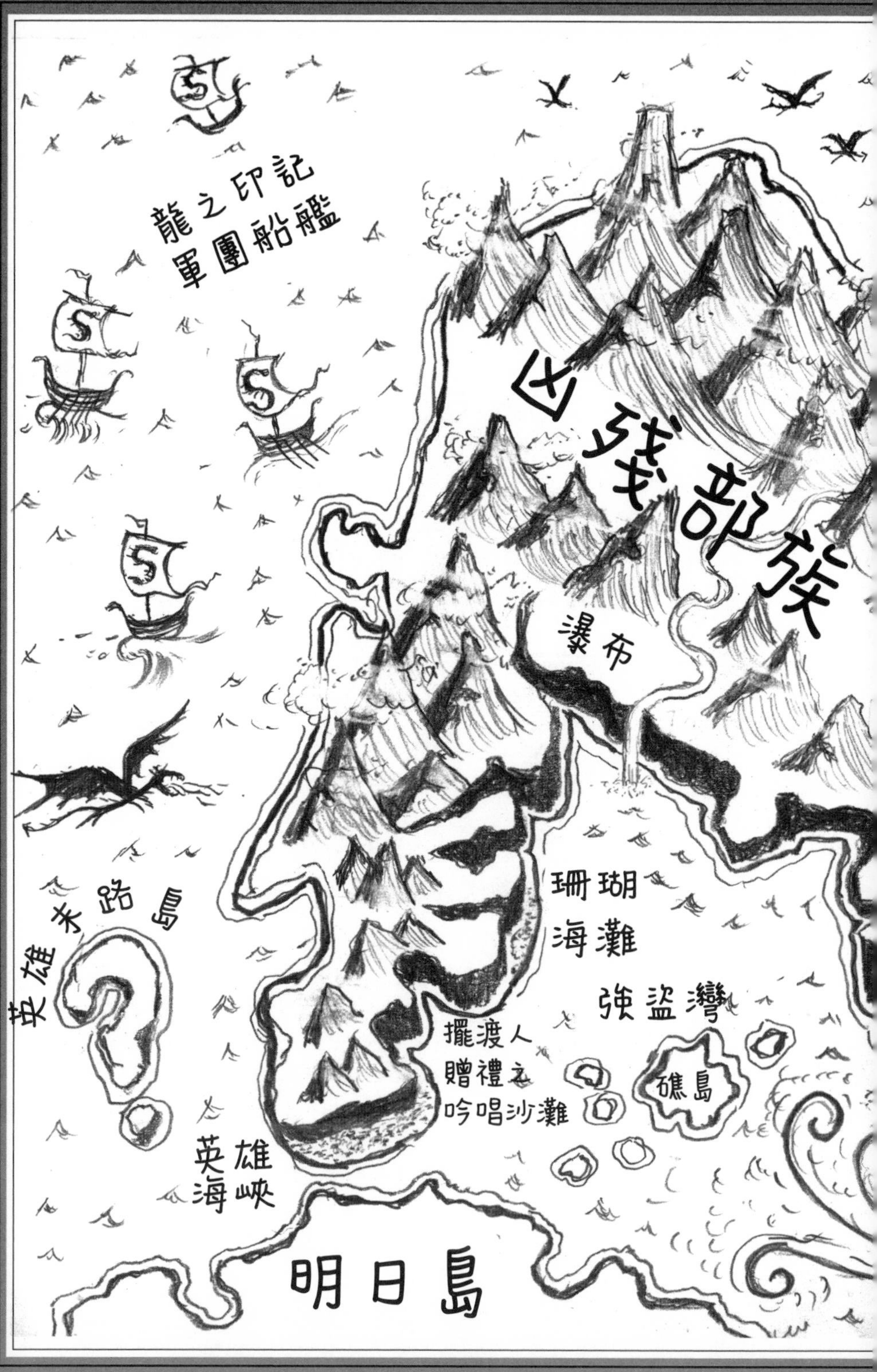
龍之印記
軍團船艦
凶殘部族
瀑布
珊瑚
海灘
強盜灣
擺渡人
贈禮之
吟唱沙灘
礁島
英雄末路島
英雄
海峽
明日島

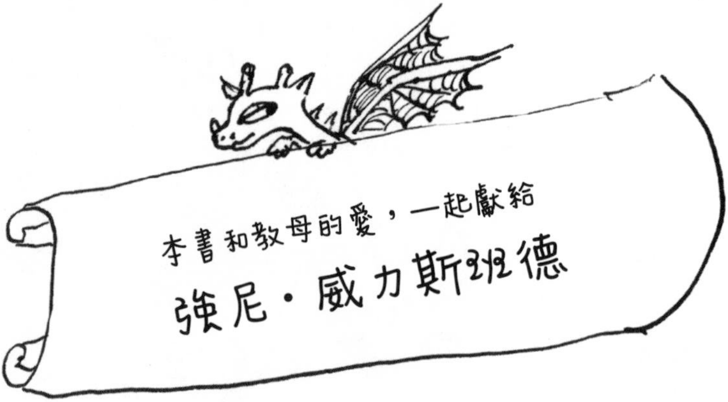

也獻給幫助我完成本書的賽門・科威爾、安娜・麥尼爾、奈歐蜜・波特曼、珍妮芙・史蒂文森與茱蒂特・寇瑪。

HOW TO TRAIN YOUR DRAGON

馴龍高手 XI

龍之印記與英雄

How To Betray A Dragon's Hero

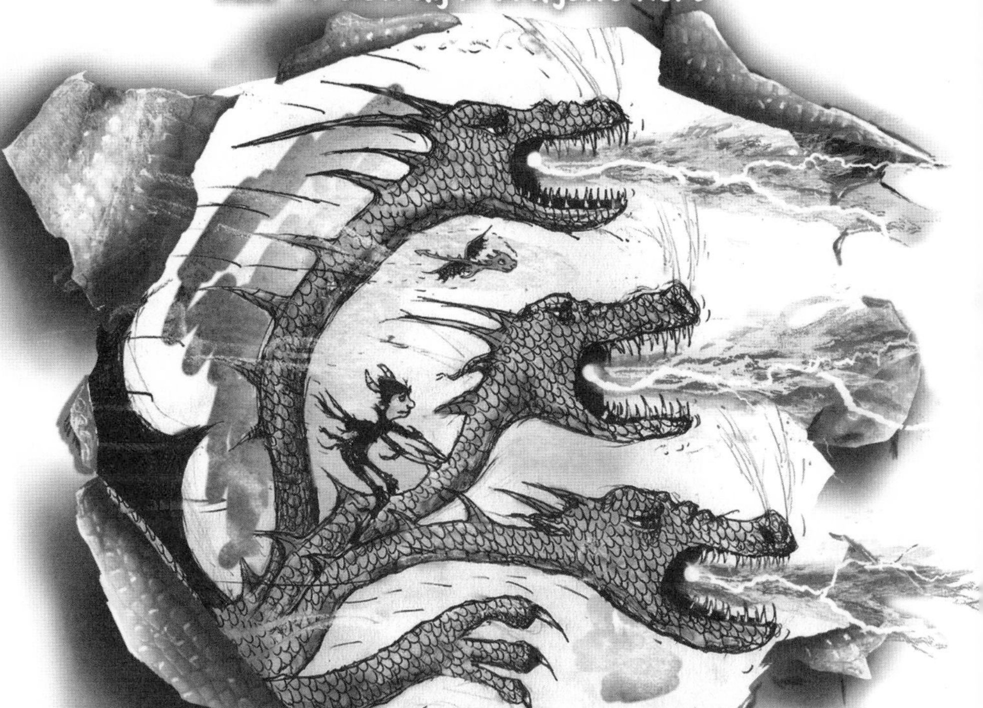

克瑞希達・科威爾

Cressida Cowell

目錄

被詛咒的明日島

我們還沒看過明日島，之前也一直不敢踏上那座島嶼。

明日島曾有一座繁榮的城市，西荒野國旗獵獵飄揚在百座宏偉城堡的高塔上。儘管這是人類奴隸與龍族奴隸建造的城市，它和過去與未來許多城市一樣壯麗又華美。

但是，一個世紀前，恐怖陰森鬍——最後的西荒野國王——做了一件非常可怕的事。

陰森鬍的兒子——小嗝嗝·何倫德斯·黑線鱈二世——和龍王狂怒主導了和平的龍族抗爭，請父親終結悲慘的奴隸制度。陰森鬍卻把抗議當成叛亂，用自己的暴風寶劍親手殺了兒子，兒子的鮮血灑在他的王座上。

那就是王座與明日島被詛咒的起源。原本來參加和平抗議的龍族毀了城市，那一百座宏偉的城堡被燒成斷垣殘壁，龍王狂怒被人類抓住，全身纏滿了無法掙脫的鎖鍊，困在森林深處。

恐怖陰森鬍為自己的罪行後悔不已，他發誓，除非能找到比自己更好的人，否則西荒野王國將再也不會有新王。於是，陰森鬍布下不可能的任務，把十件王之寶物四散在世界各處。

他讓最恐怖的龍和怪獸守護寶物，只有真正的英雄能集齊寶物、破除詛咒，成為西荒野新王。

假設真的有偉大的英雄集齊那十件失落的王之寶物，英雄就能在一年一度的第十二末日——又稱「聖誕末日」——加冕成為新王，而且地點一定要在明日島，在陰森鬍兒子喪命的王座遺址。

除此之外，陰森鬍還派人類與龍族戰士守衛明日島遺跡，他們強大的力量太過恐怖，超乎你我的想像。只要是非法踏上明日島的人，一定格殺勿論。

現在，龍王狂怒逃離了恐怖陰森鬍囚禁牠的森林牢籠，對牠所恨的人類展開報復，準備滅絕全人類。在龍族叛軍的威脅下，蠻荒群島亟需新王。

龍王狂怒在戰爭中占了上風，牠燒毀了蠻荒群島北部，人類不得不住進地底下的祕密基地，以免被龍王抓到。

除了新王，再沒人能阻止龍王狂怒了。新王將得到第十件失落的王之寶物的祕密，知悉用龍族寶石永遠消滅龍族的方法。

一年中，準新王只能在某一段時間登陸明日島。

那就是十二末日的十二個早晨之一。

今天是冬至，也是第九末日的早晨。

身材高䠷的擺渡人獨自划船，從人人害怕的明日島橫渡狹窄的英雄海峽，抵達凶殘群山島嶼。

擺渡人是守護明日島的德魯伊守衛，他蒙住眼睛，直到西荒野新王登基才能取下蒙眼布。之所以蒙上眼睛，是表示他是公正無私的裁判，把一生奉獻給明日島守衛這份工作，但他不知道有什麼超自然力量，可以感受到有一個人帶著一群追隨者站在海灘上等他。那個人是醜暴徒阿醜。擺渡人心中有了希望。

在這個危急時刻……終於……有英雄要成為王國的新主人了！

德魯伊守衛擔心龍王狂怒真的消滅全人類。

他把船划到擺渡人贈禮之吟唱沙灘邊，船底摩擦著溼潤的沙子擱淺在岸邊。擺渡人張開雙臂，像他父親、父親的父親，還有父親的父親的父親一樣，像之前的每一年一樣，站在那裡高聲宣布：

「有志成為新王者，前來明日島吧！只有集齊失落的王之寶物者，能活過加冕典禮……」

他轉向醜暴徒阿醜，嚴肅地問：「你是有志成為新王的人嗎？」

阿醜回答：「是。」

「你是蠻荒群島所有部族選出來的代表嗎？」德魯伊守衛又問。

阿醜點了點頭。

「你有帶給擺渡人的禮物嗎？」德魯伊守衛問道。

「有。」醜暴徒阿醜說。

德魯伊守衛一本正經卻又滿懷希望地接著說：「那就把寶物拿給我看吧。」

醜暴徒阿醜對追隨者打了個響指，他們一一把寶物帶上前。

十件寶物分別是：無牙的龍、陰森鬍第二好的劍、羅馬盾牌、來自不存在之境的箭矢、心之石、滴答物、萬能鑰匙、王座、王冠，以及龍族寶石。

醜暴徒阿醜的隨從們將寶物放在德魯伊守衛面前的沙灘上後，一個個地退開。德魯伊守衛走上前檢查寶物，他花了很長、很長的時間，用修長靈活的手指把寶物一樣一樣拿起來，從各個角度撫摸每一件物品，確認那是貨真價實的王之寶物。

最後，他後退一步，語氣變得陰冷。「這些是**假的**，無牙的龍的贗品做得特別糟糕，你們不該對無助的生物做這麼殘忍的事。明日島將會是牠的新家。」

（醜暴徒阿醜為了假造預言提到的「無牙的龍」，把一隻可憐的小跑龍嘴裡的

牙齒都拔光了。)

醜暴徒阿醜臉色變得和綿羊毛一樣白。「至於你呢，醜暴徒阿醜，」德魯伊守衛接著說。「聽好了，膽敢帶不合格的贈禮接近明日島的人，將和追隨者一起接受恐怖又迅速的死亡。」

「明日島的守衛們，覺醒吧！覺醒，帶來毀滅吧！」

醜暴徒阿醜和隨從四周的沙地冒起泡，又大又凶猛、恐怖得無法想像的生物從沙地鑽出來，尖

叫聲像是和阿醜有什麼血海深仇。阿醜來不及反應、來不及保護自己，甚至連那些生物是什麼都來不及看清楚，不知道牠們是龍族還是更駭人的怪獸。

生物們抓住了醜暴徒阿醜，抓住了不停尖叫、掙扎的隨從，往天上飛、飛、飛、飛，一直飛入雲間，飛到大氣層高處令人窒息的冰冷與熾熱，那些人就這麼死了。他們化成灰燼與紫色雨水，回到了地表。

面對帶著錯誤的寶物接近明日島的人，明日島的守衛就是這樣報復的。

德魯伊守衛嘆了口氣，輕輕摸摸沒了牙齒的小跑龍，輕聲安慰牠。他喃喃自語：「只剩兩天……英雄必須在兩天內來到明日島，才能拯救所有人。」

他疲憊地爬上小船。其實德魯伊守衛根本不期望真正的英雄到來，畢竟過去

九十九年來，他們這些守衛一直用同樣的儀式等待英雄，但前來明日島的就只有不合格的仿冒者。老人疲憊地划船回明日島。

接下來兩天，他還是會呼籲英雄前來受冕，如果到了第十一末日——末日前夕——英雄還是沒來，那一切就太遲了。陰森鬍在一個世紀前立下了規定，沒有人能違反他的規則，所以到時候明日島將再次封鎖邊界，直到下一年的十二末日。

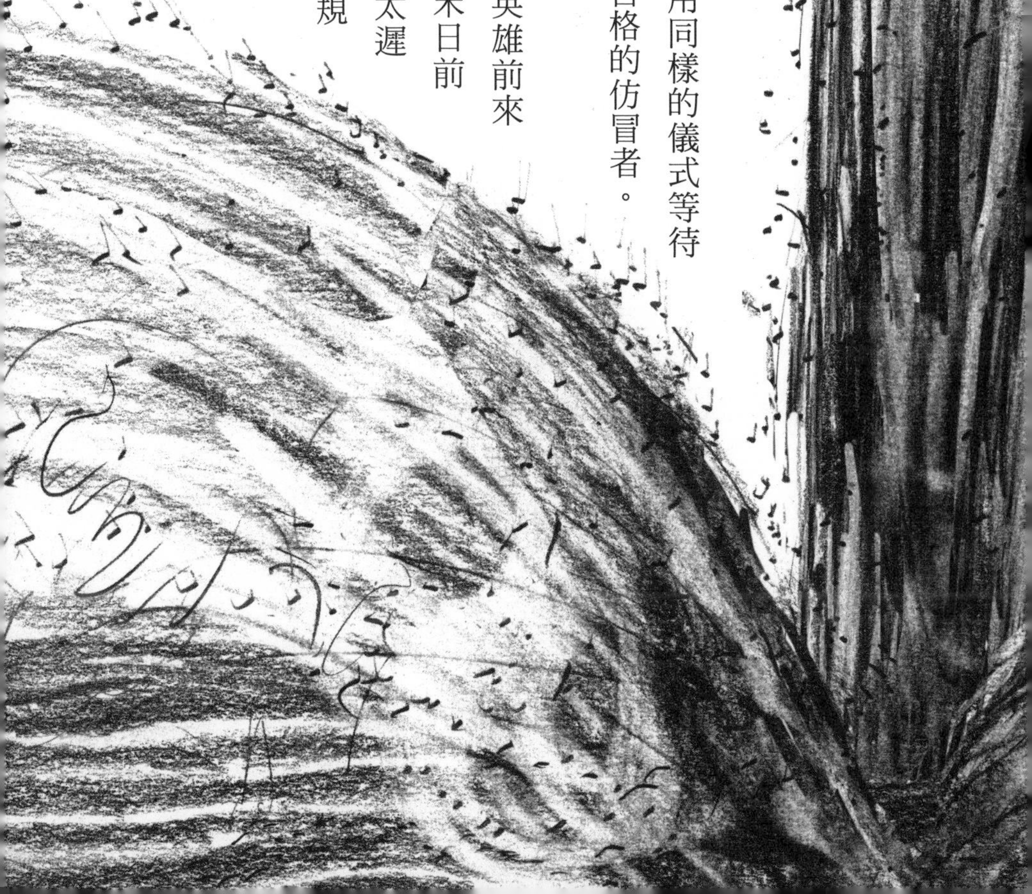

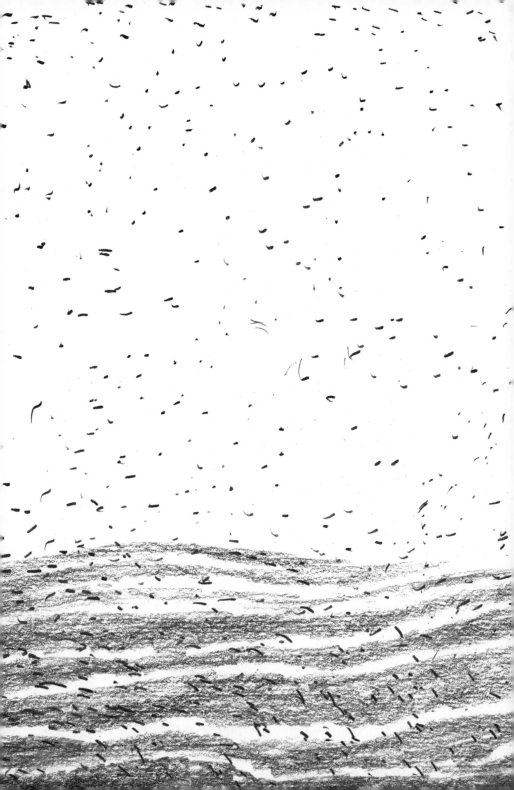

等到明年，一切就真的太遲了，龍王狂怒會變得太過強大，誰也阻止不了牠。

今年是人類唯一的機會。

英雄必須在第十一末日前帶著所有失落的王之寶物，前來成為新王……

……否則人類就完蛋了。

最後的維京英雄——小嗝嗝・何倫德斯・黑線鱈三世的前言

我的最後兩本回憶錄，記載了發生在短短四十八小時內的事，也就是我十四歲那年的最後兩天末日。我先警告你，這是最黑暗、最可怕的故事，也是最難寫下的故事，因為我是在這四十八小時內面對了恐怖陰森鬍的明日島守衛，以及龍王狂怒真正的力量與憤怒。

這，是龍族瀕臨絕種的時刻。

在這本書的一開始，蠻荒群島就面對了戰爭，龍族與人類想盡辦法摧毀對方，我不但被龍族叛軍恐怖的龍追殺，還被巫婆與奸險的阿爾文通緝。

每當我回顧曾經十四歲、曾經蒼白瘦弱的我，就會為那個男孩感到焦慮，因為他還不曉得等著他的未來是什麼。他生活在殘酷的戰爭中，當然已經見過死亡的樣貌，但他還沒失去自己愛的人或龍。他漸漸明白了領導人該背負的罪惡與責任，卻還沒接受這份重擔，還沒接受自己的命運。

我很想幫他。

我很想跨越空間、星辰與時間的鴻溝，握住他的手，帶他度過難關。但他住在遙遠的過去，不管我喊得再怎麼大聲，身在那個遙遠國度的他也聽不見。

我現在是年紀很大很大的老頭子了，回顧過去時，我在那段黑暗的時期看見道理與規則。

偉大的事物多誕生於愛與痛苦。

一把寶劍的原料必須是上等精鋼，但真正讓它成為寶劍的，是它鑄造完成**之後**發生的事。

我們稱之為「試劍」。

我們會用大鐵鎚把劍敲打成形，將它放入熾熱的火焰讓它軟化，接著迅速放入水中讓它硬化。火焰溫度越高就燒得越旺，燒出來的劍也就越強韌。

試劍的過程有可能煉成一把好劍，也可能毀了一把劍。

英雄也是同樣的道理。

救命!!

第一章 你母親不是叫你不要離開祕密基地嗎

這一晚，凶殘群山上又冷又多霧。

是個適合陰謀詭計的夜晚。

在戰爭時期，人類不該來凶殘群山的森林，要是龍族叛軍發現人類在迷霧中的山谷與燒焦的森林裡活動，那些人必定會遭龍族獵殺。

但是森林深處，離救援很遠很遠的地方，一個驚慌的人類聲音正尖叫著：「**救命！救命！救命！**」一小

隊勇敢卻又愚蠢的人類和龍族聽到呼救聲，決定展開救援行動。

小嗝嗝．何倫德斯．黑線鱈三世騎在一隻三頭死影龍背上，低空飛過樹梢，緩緩拍動的龍翅膀偶爾還會擦過燒焦的小樹枝。

死影龍是偽裝專家，所以這隻美麗的三頭龍現在是午夜天空的顏色，閃亮的體側甚至還有緩慢變動的星空圖案。

小嗝嗝努力坐在龍鞍上，用力到膝蓋都在顫抖。

小嗝嗝是個相貌平凡的男孩，

卻是人類和龍族的追捕對象。他像四季豆一樣瘦瘦高高的，身上的防火衣破破爛爛，臉上青一塊、紫一塊，頭髮亂七八糟，被太多人與龍追殺太久的他，眼神十分驚恐。他被戰爭與流放者生活搞得面容憔悴，身體像稻草人一樣瘦巴巴的。

他手裡舉著長劍，冰冷刺骨的風吹得他耳鳴了。三頭死影往前飛的同時，小嗝嗝從翅膀旁邊往下望，望向焦黑的荒地，心臟跳得很快很快。他正努力尋找求救聲的來源。

「**救命！救命！救命！**」那個聲音尖叫道。現在，小嗝嗝他們看到森林深處一股閃爍不定的營火，像螢火蟲的亮光、像人類的好奇心一樣，一閃一閃。

小嗝嗝會緊張也是理所當然，因為這片燒焦的森林

是龍王狂怒與龍族叛軍的地盤，而龍王狂怒想逮到小嗝嗝，甚至發誓，為了找到他，就算將全世界燒成灰燼也在所不惜。

牠曾發誓，無論小嗝嗝躲在山洞裡、峭壁上、岩石下、島嶼上，都不得安穩度日。在瘋狂尋找小嗝嗝的過程中，龍王狂怒把大地燒得慘不忍

睹，烤焦的樹木一棵棵立在原地，山崖也都被燒毀、砸壞了。

小嗝嗝的好朋友魚腳司坐在他後面，同樣騎在三頭死影背上，他小聲說：「我的雷神索爾啊。」

魚腳司比小嗝嗝更瘦小，樣子更憔悴，碎掉的眼鏡架在鼻尖，好像隨時會掉下去。「我們搞不好會被龍族叛軍

撕成碎片耶！你母親不是說**無論如何都不可以離開祕密基地**嗎？」魚腳司抗議道。

「我們只要再躲兩天，等末日前夕再去擺渡人贈禮之吟唱沙灘，和龍之印記軍團其他人會合就好了。**就這樣**。你母親說了，其他的事情她都會幫你搞定……」

「可是，假如是我

們其中一個人在森林裡求救，不會希望有人來救我們嗎？」小嗝嗝反駁道。

「你說得沒錯，」魚腳司用顫抖的手，緊緊握住劍柄。「我知道你說得沒錯……可是真的好可怕……」

小嗝嗝和他的兩個人類朋友已經一個月沒晒太陽了，三個人蒼白得像蛆，平常他們的龍會輪流出去找食物和木柴，今晚是他們一個月以來第一次離開祕密基地。現在，

龍之印記十勇士離開了安全的祕密基地，尋找遠處那個驚恐求援的人類。

他們飛到小小的營火附近，人類急切的叫聲變得越來越近，叫聲中的恐懼令人心底發毛。那個人究竟遇到什麼事了，怎麼會叫得那麼淒厲？

「**救命！救命！救命！**」

他們無法忽視人類同胞的求援。

小嗝嗝吞了口口水，俯瞰下方的樹海。這裡曾是生機盎然的樹林，現在卻充滿了死亡的寂靜，被龍王狂怒的怒火燒得一片焦黑，了無生機。

三頭死影背上的第三個人類，是個嬌小、凶悍的沼澤盜賊，她名叫神楓。她的頭髮很亂，彷彿有一家過動的松鼠在裡頭開了一整晚的派對。

「真是的，魚腳司，」神楓開心地吹著口哨，邊小聲說。「你也知道我們一定要救那個人。更何況，我們在祕密基地待太久了，我想稍微舒展筋骨。」

老實說，神楓已經受夠了整天窩在基地的生活，就算小嗝嗝說要抓著龍王狂怒的腳爪玩滑翔翼，她也不會拒絕。

這可不是什麼維京版的女子健身操……

「舒展筋骨？」魚腳司氣急敗壞地說。「什麼舒展筋骨，這可不是什麼維京版的女子健身操！」

三隻小狩獵龍和一隻馱龍飛在三頭死影上方，其中兩隻狩獵龍是小嗝嗝的，一隻是翅膀破破

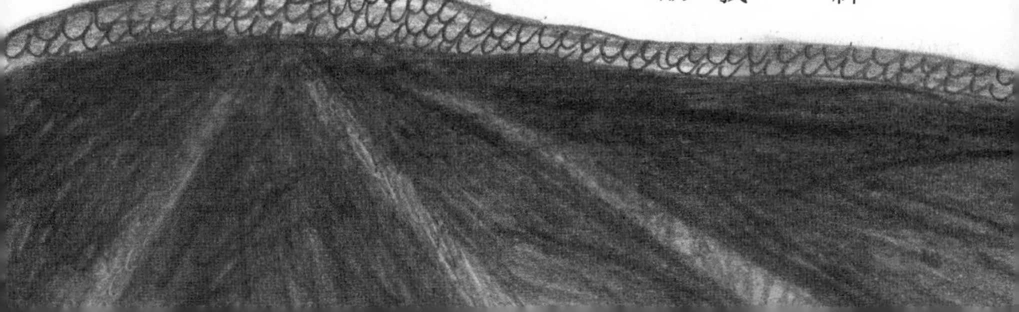

爛爛的老奧丁牙龍，一隻是全蠻荒群島最小、最頑皮的年輕小龍——沒牙。第三隻狩獵龍是名叫暴飛飛的金色心情龍，身體可以隨心情變色。牠是神楓的龍。

同行的馱龍是風行龍，牠四肢修長、個性溫和、樣子也有點破爛。牠甩了甩旗子般的尾巴，滿懷希望地等著其他人和龍決定接下來的行動。

「我、我、我們回家啦……」沒牙哭著用龍語說。龍語是龍族互相溝通用的語言，人類之中只有龍語專家小嗝嗝聽得懂。

沒牙怕得將青梅色的眼睛瞪得很大。牠才不在乎什麼不屬於牠的陌生人類，牠只想回家，卻又不想在暴飛飛面前承認這件事。沒牙暗戀暴飛飛，所以在暴飛飛面前都會努力耍帥。

「外、外、外面太冷、冷、冷了……」沒牙又哭著說。

沒牙本來就有口吃，現在牠全身發抖，口吃變得更嚴重了。

「沒牙，我不是早就叫你穿外套了嗎？」小嗝嗝回道。「我說了那麼多次，那麼多次！可是你說穿外套太熱了……」

「那件外、外、外套太娘、娘、娘了啦……」沒牙抗議道。「而且沒、沒、沒牙其實不、不、不冷……沒、沒、沒牙很溫、溫、溫暖……可能有一點太、太、太溫暖了……沒牙要回祕密基地散、散、散熱……」

「太溫暖」的沒牙其實冷到身體都快變成藍色了。

「絕、絕對不、不是因為沒牙怕龍族叛軍呢，」牠一本正經地說。「絕對不是，不是，『不是』。暴飛飛我跟妳說，沒牙就算只有一邊翅膀，也打得贏龍族叛軍的龍。」牠開始自誇。「對不對啊，奧丁牙龍。而且沒牙有一次還『超用力』咬、咬、咬了龍王狂怒的屁股，害他哭了……可是沒牙現在有點熱，而且翅膀不舒服……『你們看』……」

他伸出翅膀，故意讓翅膀尖端軟趴趴的。

「**軟趴趴，軟趴趴……**」沒牙安慰自己似地輕聲說。

「是啊，我喉嚨也有點癢癢的。」暴飛飛眨了眨調皮的眼睛，嘶聲說。暴飛飛是難得會用人類的語言說話的龍，會說諾斯語。「說不定我們應該回去休息一下……說不定我可以回去幫沒牙拿外套……沒牙，我覺得你穿外套很可愛。」

「**喔喔，真的嗎？**」沒牙突然覺得外套沒那麼討厭了。

「妳亂講，多呼吸一些晚上的空氣對身體比較好。」神楓責備道。「暴飛飛，妳應該是消化不良吧，誰叫妳每次都把松鼠整隻吞下去。」

「**消化不良？**」暴飛飛氣呼呼地說。她美麗的蛇形身體現在是紫色（她說謊時都會變成紫色），不過生氣時，一

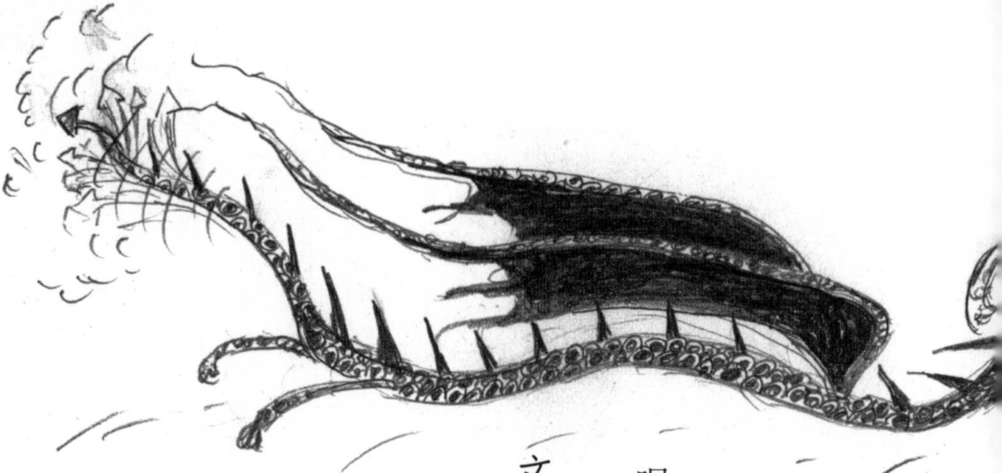

股黑霧開始從心臟往外擴散，像在水中擴散的墨水。

「**消化不良**？我可是藝術家，是自由自在的生物……我都追尋風兒飛行……自由自在的生物才不會消化不良呢……」

「**我得先警告你，這可能是阿爾文和他那幫阿爾文軍團設下的陷阱。**」奧丁牙龍用氣音說。

奧丁牙龍長得像皺巴巴的落葉，也像縮水成葡萄乾的小型臘腸犬。牠的耳朵剛才變成了紫色並顫抖著，這表示「危險」就在附近。

「小嗝嗝，我活了一千年，你該聽聽我的意見。」奧丁牙龍說。「那個火光的樣子很不尋常，我從未看過會動的營火……我活了一千年，一次都沒看過。」

奧丁牙龍說得有道理。

營火正沿著山谷，很慢、很慢地移動，有時完全被不停變動的濃霧遮掩，有時被茂密的樹林擋住，但過一段時間還是會在離剛才一小段距離的地方，很慢、很慢地出現。

營火怎麼可能會動？

簡直是天方夜譚！

人類的叫聲消失了，不知道為什麼，這比剛才的叫聲還要駭人。求救聲的主人會不會是被躲在焦黑樹林裡的怪獸吞下肚了？

他們漸漸接近火光，它變得更大、更亮、更強了，小嗝嗝鼻孔裡充滿了營火的味道。

一條河像沉睡的、邪惡的蛇，蜿蜒在谷底，小嗝嗝一行人也跟著河流前進。

河流轉了個彎，那東西近在眼前……

河流中間有座順流而下的小冰島，不知什麼人在島上生了營火。

一個人類趴在小冰島上，那個人被鎖鍊捆在一隻熟睡的馱龍身上。那是一隻體側到處是傷疤與鞭痕的颶風龍。

小嗝嗝一眼就看出人類剛才為什麼尖叫了。河畔的樹林間，一大群狼牙龍的黑影竄進竄出。人類可能是早先在河流上游結凍的湖上野營，結果冰塊在半夜裂開了，像小船似地載著他漂往下游，他的氣味吸引了狼牙龍。幸好狼牙龍是中立的龍種，沒有加入龍族叛軍。牠們沒有翅膀，卻是耐心十足的掠食動物。

有幾隻已經跳到水裡，靜靜游過去，試圖爬上冰船了。牠們伸著噁心的舌頭，人類正拚命用刀驅趕牠們。

這下，小嗝嗝知道他剛才尖叫的原因

了。

問題是，他為什麼突然不叫了？

還有，那些手腳並用要爬上冰船的狼牙龍，為什麼都安安靜靜的，完全沒有號叫？

我的雷神索爾啊，我的雷神索爾啊……

人類之所以不叫了，是因為河畔有「別的東

救命！

西」在野營，那些「別的東西」還睡在河邊，是比狼牙龍可怕很多的東西。

小嗝嗝驚恐地發現，他剛剛以為淺灘有許多歪倒的樹幹，但那些其實都不是樹幹。

而是刃翅龍與繞舌龍，挖腦龍與野凶龍，龍族叛軍中最恐怖的幾種龍都聚集在這裡。

而且不是只有寥寥幾隻。

放眼望去，河流淺灘到處都是龍族叛軍。

淺水中睡著形狀有點像黑豹的龍族，動也不動地趴在水裡，讓冰冷的河水沖走身體烤箱般的熱意。熱燙的龍鱗碰到冷冰冰的河水時，牠們身上冒起噁心的黃綠色硫磺煙。

一隻巨大的野凶龍邊睡邊啃咬一根破破爛爛的大樹幹，看樣子那棵樹是被連根拔起，可憐的嫩根散在河邊。還有一隻挖腦龍抓著一件血跡斑斑的人類外套，小嗝嗝打從心底希望那不是龍之印記軍團團員的衣服。

牠們黑暗、邪惡的形體，彷彿滿溢恐懼與惡意。

小嗝嗝指揮三頭死影往下飛，試著追上趴在冰船上迅速往下游漂去的可憐人類。

三雙人類眼睛與七雙龍族眼睛瞇了起來，在霧中看見一個趴在小冰島上的身影，那個人正努力敲打意圖爬上去把他拖下水的狼牙龍群。

那是個男人。一個年輕男人。

年輕人早就失去希望了，從他害怕、絕望的表情看來，他應該認為自己馬上就要死了。

小嗝嗝認出了那個人，嚇得倒抽了一口氣。

那個人，是鼻涕粗。

「救命……」

第二章 「我們只是想知道，你到底站在哪一邊？」

小嗝嗝彷彿肚子突然被打了一拳，他震驚不已地看著鼻涕粗。鼻涕粗是小嗝嗝的堂哥，從小嗝嗝出生起就處處和他作對。

上一次看到鼻涕粗時，他站在琥珀奴隸國的戰場上，為了自己該加入小嗝嗝、還是加入阿爾文與老巫婆那一邊而猶豫不決。所以，他最後究竟選了哪一邊呢？

神楓和魚腳司心裡已經有了答案。

「我們回祕密基地吧。」神楓嫌惡地低聲說。

魚腳司嘆了口氣。「我恐怕得同意神楓的看法。」

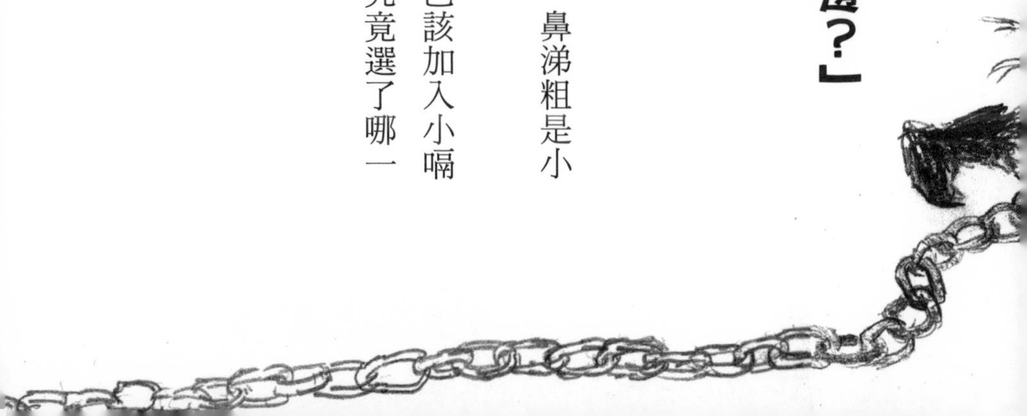

「等一下！」小嗝嗝小聲說。「我們總不能把鼻涕粗丟在這裡，自己回家吧！」

魚腳司看著小嗝嗝，被龍族叛軍追殺太久的他，眼睛變得空洞無神。

「小嗝嗝，」魚腳司說。「我不認為鼻涕粗選的是龍之印記軍團這一邊。他是個愛說謊、沒信用又陰險狡詐的壞人，過去就背叛了你好幾次，我可以肯定他是在幫阿爾文做事。」

「人是可以改變的！」小嗝嗝興奮得雙眼發亮。「你必須相信別人，相信他們有改變的可能！」

魚腳司還在用手指細數鼻涕粗的罪行。「以前上海上鬥劍課的時候，他想害死你。上次我們去歇斯底里島，他也想陷害你。在閃燒劍鬥術學院的時候，是他朝你丟石頭，讓所有人看見你的奴隸印記……他已經背叛你好多好多次了。」

「這次不一樣，」小嗝嗝樂觀地輕聲說。「這次，我**確信**他變了……我百分之百相信他改過自新了。」

「倘若你試圖拯救鼻涕粗，」老奧丁牙龍擔憂地警告他。「我們所有人和龍都會陷入危機。你對鼻涕粗仁慈，就是危害我們忠誠者的性命，而且你別忘了，我們可是一次也沒背叛過你。有時候，仁慈反而是殘忍，這就是領導人該做的困難抉擇之一。」

謝謝你啦，奧丁牙龍，你的意見好有幫助喔。我以前也說過，**我們大部分的人都很幸運，不必當國王或英雄，也不必面對國王與英雄困難的決策**。

一隻狼牙龍爬上冰船，冰船「吱呀」一聲歪向側邊。是小嗝嗝的錯覺嗎？冰塊吱嘎作響時，半潛在淺灘睡覺的龍，是不是跟著動了一動？

這時候，小嗝嗝注意到冰上除了鼻涕粗與颶風龍外，還有一隻很小、很醜的嗅龍一臉無辜地睡在旁邊，樣子像極了開心的小豬。那是一隻豕蠅龍，牠們是全世界最愚笨、最溫馴的龍。

九雙人類與龍族的眼睛焦急地看著小嗝嗝。小嗝嗝深愛他的朋友，保護

刃翅龍

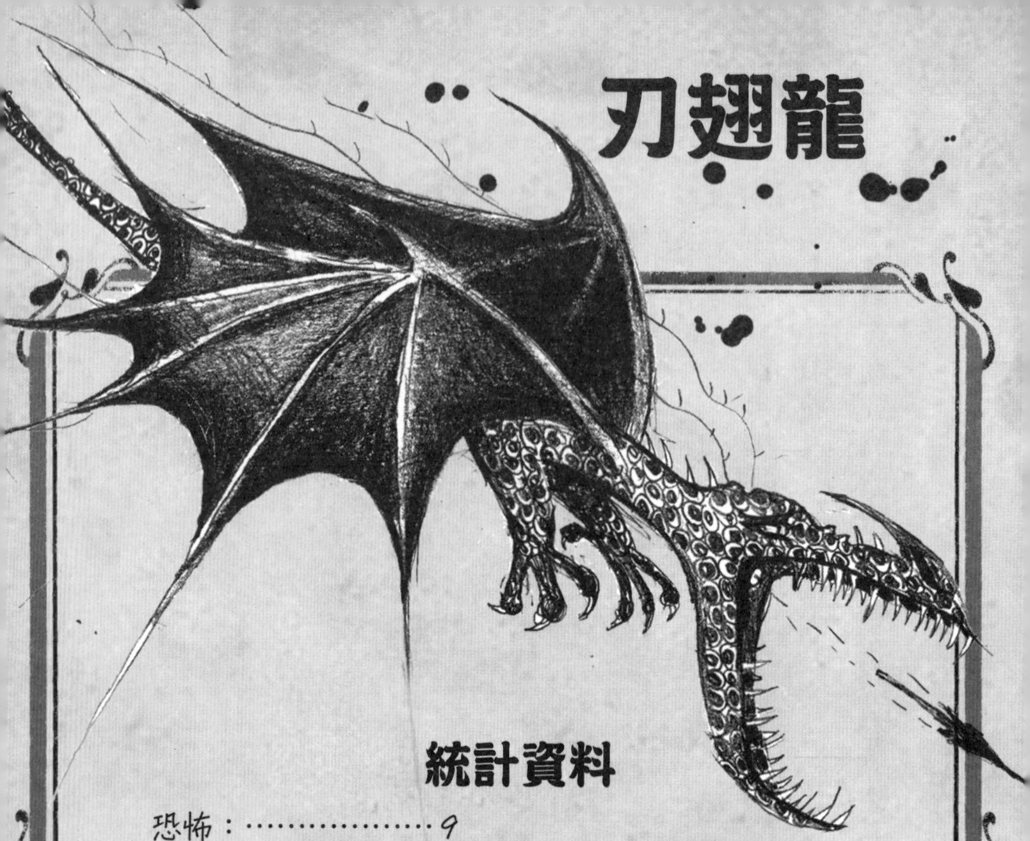

統計資料

恐怖：……………9
攻擊：……………8
速度：……………8
體型：……………7
叛逆：……………7

這是種非常不友善的龍，牠們的翅膀銳利到能瞬間割下獵物的頭。刃翅龍能把身體變得和飛刀一樣扁平，此外，牠們還會噴射短箭，帶有一點毒性。

豕蠅龍

統計資料

恐怖：……………… 0
攻擊：……………… 1
速度：……………… 2
體型：……………… 2
叛逆：……………… 1

豕蠅龍是十分溫馴、也非常喜歡討好別人的龍，卻也是龍族最愚笨的品種。牠們的嗅覺倒是很靈敏，只要你不介意牠們頭腦愚笨，還是可以訓練牠們當追蹤龍或嗅龍。

朋友也是他的責任，但就算鼻涕粗站在阿爾文那邊，他終究是人類，小嗝嗝不能讓同胞、傷痕累累的馱龍和呆呆笨笨的小豕蠅龍落入龍族叛軍的爪裡。

「我們去救他。」小嗝嗝悄聲說。「我們去救他！」

「完了。」魚腳司哀聲說。「我知道你說得對，可是我們完了……」

「我們得想辦法從空中救他。」小嗝嗝說道。「我會讓三頭死影飛到冰船正上方，就位以後麻煩神楓垂下一條繩索，讓鼻涕粗爬上來。」

「我先聲明，我完全不贊同你的決定！」神楓凶巴巴地小聲說。「太瘋狂了！太不要命了！小嗝嗝你這個白痴毛流氓，腦袋真的壞掉了……」說著，她突然像翻書一樣瞬間改變態度，拔出長劍。「我還是下去好了。」她下定決心。

大家還來不及阻止她，神楓就把繩索的一頭綁在三頭死影的龍鞍上，抓著繩索往下爬，直到她像黑色小蜘蛛般懸浮在小冰島上方。

「這也是計畫的一部分嗎？」魚腳司問道。

「我的干貝啊，才不是……**神楓**！」小嗝嗝嘶聲喊道。「快回來！」

可是沼澤盜賊總是能在不想聽人說話的時候，故意裝聾作啞。

「妳問問他是站在哪一邊！」騎在龍背上的魚腳司小聲提醒她。

神楓抓著繩索垂掛在三頭死影下方，就在鼻涕粗頭上，她一手抓著繩子，另一手彎弓射箭，單手朝一隻狼牙龍射出一箭（這是神楓炫技用的招式）。

「你好啊，」她愉快地對鼻涕粗說。「**小嗝嗝**覺得我們應該幫你，不過**魚腳司**想知道你是站在哪一邊。如果你跟阿爾文是一夥的，我就讓你自生自滅囉……」

鼻涕粗忙著驅趕狼牙龍群，聽到神楓的聲音憑空

出現，他震驚地轉頭，發出小聲驚呼。

神楓彷彿在安慰鼻涕粗，她揮了揮手，露出最大、最燦爛的笑容。鼻涕粗瞪大眼睛看她，一瞬間還以為她掛在半空中，也許是他眼花了。他回過神，不停發抖的手指指向睡在河畔的龍群，帶著疑惑而放鬆地用脣語說：「救

我……可是千萬要保持安靜……」

神楓像是沒聽到一樣，繼續用正常的音量說話。「說來有趣，我們剛剛就在討論該不該救你。」她像在跟人閒話家常，掛在那裡晃來晃去。

「我的雷神索爾啊，妳這個小不點沼澤盜賊瘋子……那些是龍族叛軍的龍……妳沒看到森林被他們燒成這樣嗎？他們要是醒了，就會把龍王狂怒叫過來……」

神楓鬆開繩索，敏捷得如

小貓般落在冰船上，落在鼻涕粗身邊。

「你還沒回答我的問題。」神楓說。「你到底站在哪一邊？」

鼻涕粗發出不耐煩的咕嚕聲，又拍掉一隻差點爬上冰船的狼牙龍爪，狼牙龍對他齜牙咧嘴地笑。

「好啦，」他沙啞地說。「我是站在『你們』這邊！絕對是站在『你們』這邊！毫無疑問是『你們』這邊！我是來找你們的，我要帶你們去巫婆的營地，這樣你們才能把剩下的王之寶物搶回來……」

「他說他站在『我們』這邊！」神楓抬頭大喊。「不過我還是不信任他。」

「我就說吧！」飛在上頭的小嗝嗝壓低聲音說。「神楓，說話小聲點……」

「我們非救他不可嗎？」神楓憂愁地說。「他真的不是什麼好人耶。」

「討厭的小沼澤盜賊，妳說話就不能『小聲』一點嗎……」鼻涕粗嘶聲說。「慘了……」

「慘了……」小嗝嗝跟著說。

豕蠅龍一覺醒來，打了個開心的大噴嚏。

「慘了？」魚腳司剛才驚恐得摀住了臉，現在他哀聲重複小嗝嗝的話。「『慘了』是什麼意思？『慘了』絕對不是什麼好消息。拜託你把那句『慘了』收回去，改成歡樂的『萬歲』好不好？雖然不敢問，我還是要問：發生什麼事了？」

「豕蠅龍，」小嗝嗝解釋道。「豕蠅龍好像要醒來了……」

「那又怎麼樣？」魚腳司小聲問他。「豕蠅龍又不危險。」

太遲了。

豕蠅龍一覺醒來，打了三個溼答答的大噴嚏，從熟睡的颶風龍肚子上彈了起來。牠用力撐開翅膀，懸

浮在空中，像隻肥滋滋的粉色大黃蜂嗡嗡飛行，捲捲的粉紅色尾巴快速左右搖晃。

「汪！汪！**汪！**」豕蠅龍愉快地吠叫。

豕蠅龍實在太笨了，牠還以為自己是狗。

聽到最後那聲開心的吠叫，河畔那些龍族叛軍，是不是變得比剛才僵硬了些？

「**豕蠅龍！**」小嗝嗝小聲對豕蠅龍說。

「**嗨嗨！**」豕蠅龍愉悅地揮著豬蹄回應。

「**我看──看──看──看到你了！阿嬤哈囉！牙刷在哪裡？**」

牠飛來飛去，豬鼻子到處嗅嗅聞聞。

這次，睡在河邊的龍族叛軍絕對都震了震，四肢動了起來，眼睛也即將張開。

「**喔喔喔喔！**」豕蠅龍顫動的鼻子嗅到小嗝嗝的氣味，興奮地唱道。「**我**

認得那個味道！我在找你！我在追蹤你！」豕蠅龍高喊。在小嗝嗝焦急的耳朵聽來，牠的叫聲就和打嗝戈伯老師當亂撞球裁判時一樣「安靜」，或像一隻巨海象沼龍隔著一、兩英里的浮冰，呼喚另一隻相思的巨海象沼龍般「平靜」。

「我跟大鼻子人類在玩遊戲，我在河上游一直找你，一直追蹤你！大鼻子人類，你看！」豕蠅龍得意洋洋地對鼻涕粗唱道，四隻小豬蹄都指著小嗝嗝。「我找到他了！我找到他了！絕對不會錯的！」

「可以叫那個東西安靜點嗎？」鼻涕粗嘶聲說。他害怕得眼睛都凸了出來。

「豕蠅龍！」騎在三頭死影背上的小嗝嗝輕聲說。「你好棒，好聰明，不過我們現在要玩『不一樣』的遊戲了……很『不一樣』的遊戲……這是『越小聲越好』遊戲……這個很好玩喔，你要不要一起玩？」

「喔喔喔，我要玩！」豕蠅龍尖聲說。「『我』也要玩！你看，我在玩！」

「越小聲越好……越小聲越好……」小嗝嗝把一根手指舉在嘴唇前，提醒牠要安靜。「噓噓噓噓噓……」

豕蠅龍非常非常專心玩遊戲，牠閉緊嘴巴，憋住一口氣，全身都變成紫色，還膨脹到原本的三倍大小，最後突然發出很大的「啵！」一聲，洩氣了。

牠驚訝地睜開眼睛。

「抱歉……今天是你生日嗎？『我』贏了！」豕蠅龍尖聲說。

「是是是……」小嗝嗝緊張地看著河畔，小聲說。「但是你別忘了，要越小聲越好……越小聲越好……」

「越小聲越好……」豕蠅龍愉快地重複道。「嘻嘻嘻……這個遊戲好好

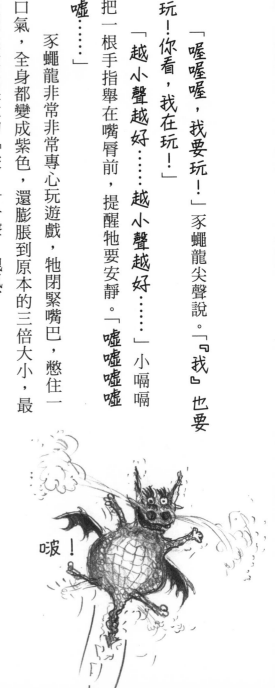

笑喔。」

牠又開始全神貫注地憋氣，飛在空中膨脹到兩倍、三倍大。小嗝嗝從三頭死影背上彎下腰，試圖抓住滯留在不遠處的豕蠅龍，但就在他伸出手的瞬間……

啵！

豕蠅龍又洩了氣，快速飛到小嗝嗝抓不到的地方，大聲笑著在空中翻筋斗。

「抱歉！你父親最近怎麼樣！『我』贏了！『我』贏了！『我』贏了！」

討厭的龍族叛軍開始亂動了。

豕蠅龍天真地飛到一小群恐怖的龍旁邊——毛茸茸大舌頭掛在嘴邊的繞舌龍、「挖杓」插在死掉的獾頭上的挖腦龍，還有一隻像躲起來的迅猛龍一樣睡在淺灘、只露出一雙銳利翅膀

的刃翅龍。

豕蠅龍開心地嘻嘻笑著飛過去，無視小嗝嗝盡量壓低音量的呼喚：「豕蠅龍！豕蠅龍，快回來啊！」

「喔喔喔！」牠愉快又愚笨地尖聲說。

「你們『都』好漂亮喔！我該選誰當朋友呢？」

牠停在刃翅龍令人毛骨悚然的鼻子上。

「我的餅乾在哪裡？你結婚了嗎？當我的女朋友好不好……」

「我看不下去了……」魚腳司呻吟著說。

那個畫面，就像有隻樂觀開朗的小兔子，試著和一條全副武裝、愛吃兔子的眼鏡蛇交朋友。

刃翅龍沒有睜開眼睛。不過牠的嘴巴很慢、很慢、**很慢**地開了條縫。

從鋸齒狀的嘴巴邊緣，一個沙啞、尖銳的聲音輕輕冒了出來，宛如腹語師的傀儡：

「讓人血染紅你的利爪……

毀滅骯髒的人類……」

「喔喔，好好聽的歌。」豕蠅龍禮貌地說，可是牠突然有點緊張、有點困惑，因為赤怒之歌一、點、也、不、好、聽。

「把人類像木柴一樣點燃……」

河邊其他龍族叛軍都沒有睜開眼睛，卻一起張開了嘴，像機器龍般一起發出沙啞又尖銳的歌聲。

「天啊……天啊……」魚腳司小聲說。

「完蛋了……我們完蛋了……」

龍群唸完一次又繼續唸第二次，聲音越來越響亮。

然後……

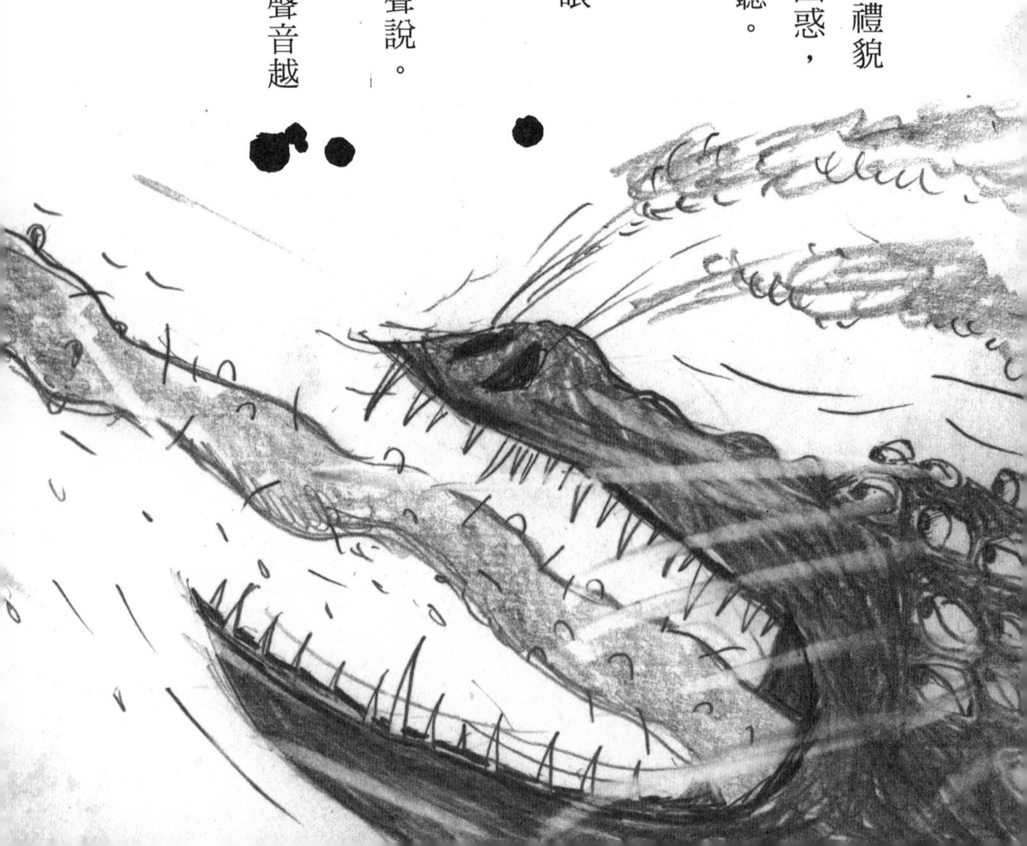

啪！

刃翅龍猛然睜開眼睛，眼珠子聚焦在豕蠅龍身上，那種若有所思的眼神，和大白鯊看獵物的眼神同樣「和善」、同樣「理性」。

繞舌龍同時睜開眼睛，又粗又長又毛茸茸的噁心舌頭，射向豕蠅龍拍得飛快的翅膀，想把一隻翅膀拔掉。不好意思，事實就是如此噁心。

刃翅龍的血盆大口很慢、很慢地張開到極限，露出

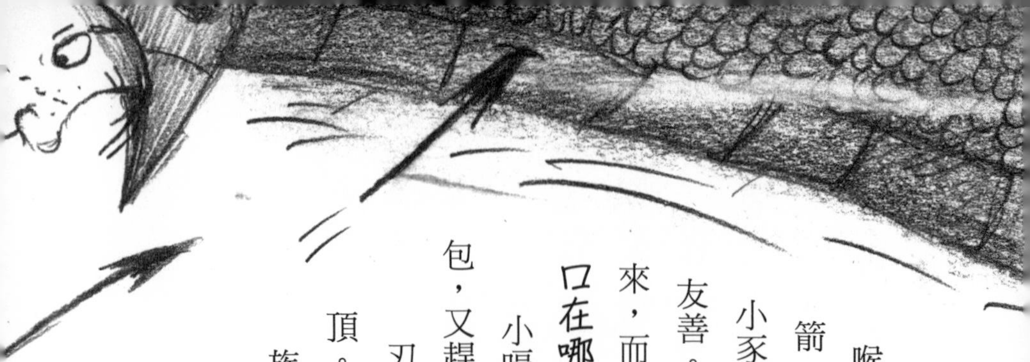

喉嚨後面的兩個火孔，以及像邪惡小蟲子般躲在火孔裡的兩枝小毒箭。這一次，龍族唸到「**把人類像木柴一樣點燃**」，呆呆笨笨的小豖蠅龍終於搞清楚狀況了。這些龍一點也不友善，反而很凶、很不友善。牠迷糊的表情瞬間變成莫名其妙的驚慌，活潑的小尾巴不再捲起來，而是沮喪地癱軟著。牠邊退後邊哭著說：「**叔叔，對不起……出口在哪裡？有人打噴嚏嗎？咬緊牙關！棄船啊啊！**」

小嗝嗝騎著三頭死影，隱形的他們飛衝下來，把豖蠅龍拖走後塞進背包，又趕緊往上飛走。他們逃得很是時候，因為——**咻！咻！**

刃翅龍用火孔猛吹一口氣，亮黃與墨黑的細小毒箭飛掠過他們頭頂。這時，唯一的好消息就是狼牙龍不再攻擊小冰船，牠們一發現龍族叛軍醒來，就立刻飛奔逃走，消失在焦黑、陰暗的森林裡了。在河裡游泳、抓住冰船的狼牙龍也紛紛躲進河水，像四散的魚群一樣溜走。連牠們都知道大事不妙。

看到狼牙龍群消失，鼻涕粗一點也不感激，但話說回來，他從來就不擅長感恩。

「你們這群水母腦**笨蛋**，到底在幹什麼啊！你們都是這樣『救人』的嗎？都把龍族叛軍吵醒了啦！」他驚恐地嘶聲說。「他們會把龍王狂怒叫過來！」

情勢迅速脫離他們的掌控。

在冰冷河水中靜止沉眠的龍群，全都激動又狂野地活了起來，龍族叛軍恐怖的赤怒唸誦聲爆炸似地響了起來，同時，載著鼻涕粗、神楓與仍然熟睡的颶風龍的小冰船繼續迅速漂向下游。赤怒戰歌可怕的音調與音量也成了一種攻擊，龍群像復仇女神一樣高聲尖叫，聲音非常刺耳。

「**急流……**」小嗝嗝驚恐地看著下方湍急的水流與惡魔牙齒般立在水裡的尖銳石塊。鼻涕粗和神楓正乘著小冰船，疾速漂往那些石塊。

更糟糕的是，小嗝嗝聽到遠方傳來轟隆隆的聲響，穿透了夜晚沉靜的空氣。那有點像雷聲的聲音，究竟是什麼？

噢，我的雷神索爾啊。小嗝嗝突然想到，這條河沖進大海時，會從斷崖形成巨大的瀑布。那是全蠻荒群島最大的瀑布。

「瀑布！」小嗝嗝高呼。現在安靜也沒有意義了。

「**你們快到瀑布了，快離開冰船！**」

第三章　計畫出錯了

龍族叛軍以驚人的力量進攻，刺耳的唸誦聲變得難以忍受。牠們俯衝、飛衝、尖叫、噴射毒箭、土龍火，甚至還噴出一道道爆炸般的雷電。

神楓和鼻涕粗拚命抓著歪斜的小冰島，朝俯衝下來的恐怖龍族射箭。小冰島像失控的雪橇，瘋狂搖晃著隨河水迅速前進，過程中躺在冰上的颶風龍一直熟睡著。

下游的瀑布隆隆聲變得越來越響，水流形成的噪音吵得要命，即使在夜裡，小嗝嗝他們也能看見前面樹林上方的水霧，那簡直像飄在火山上空的煙雲。

瀑布很近很近，再轉一個彎，神楓他們就要從斷崖飛出去了。

小嗝嗝和魚腳司騎在幾乎隱形的三頭死影背上，朝進攻的龍群射箭，讓場面更加混亂，不過進攻的龍群數量太多了，再過幾分鐘就會攻陷冰船。

咿——咻咻

咻——！又一隻刃翅龍從布滿岩石的河畔飛

躍上天，帶著邪惡的禿鷹笑容降落在小冰島一端，銳利的翅膀刮過冰塊。冰船劇烈搖晃，幾乎要完全沉到水裡。

「計畫**真的**出錯了……」刃翅龍準備跳起來用翅膀割他們時，神楓悄聲說。這時候——

砰！

搖來晃去的小冰島猛然撞上石塊，裂成碎片……神楓、鼻涕粗、刃翅龍與颶風龍被甩進冰冷的河裡。

颶風龍終於被冷冰冰的河水驚醒了，可憐的牠驚叫一聲開始游泳，努力在湍急的急流中解開溼答答地纏在一起的翅膀。

那條綁著鼻涕粗和颶風龍的長鎖鍊還在，鼻涕粗被拖著漂在驚慌失措的馱龍身後，被河水沖了一次又一次，幾乎要溺水了。

魚腳司像個不修邊幅的稻草人，英勇地從三頭死影背上跳到風行龍背上，試著幫助神楓。小嗝嗝駕著三頭死影繼續往前飛，魚腳司則騎著風行龍穿過刃翅龍的毒箭雨，接近在水裡浮浮沉沉的金髮。

「死影，下去！下去！」小嗝嗝大叫。

三頭死影開始俯衝……

……結果一股急流把神楓沖走，三頭死影伸長的手爪沒能抓住她。

隆隆隆隆隆隆！

數千噸河水落入大海的聲音十分駭人，瀑布就在前面了。

大量河水湧過斷崖，重重墜入海洋。

就在神楓被沖過瀑布的前一秒，

她用猴子般靈巧的手握住三頭死影身下的繩索，離開了洶湧的河水。

但是颶風龍從斷崖摔了下去，不停往下墜，要不是颶風龍的翅膀及時擺脫了河水的束縛，牠和鼻涕粗肯定會撞死在瀑布下的岩石上。颶風龍尖叫

著往上飛，鼻涕粗也被拖著上升。

魚腳司讓風行龍飛到抓著繩索的神楓下方，她鬆手落在風行龍背上。接著，魚腳司控制風行龍飛到颶風龍身旁，神楓跳到颶風龍背上，把鎖鍊與鼻涕粗拉上龍鞍。

三條龍在空中轉彎，三頭死影又往河的上游飛，準備回到山中的祕密基地。風行龍與驚恐得不停喘氣的颶風龍緊跟在三頭死影身後，滿懷殺意的龍族叛軍被人類射的箭激怒了，牠們知道一頓大餐近在眼前，自然也窮追不捨。

逃命的時間所剩無幾。

就在這時，小嗝嗝聽見真的令他全身發涼的聲音。

那個聲音比瀑布恐怖太多了，是遠方類似尖叫與哭號聲，是赤怒歌聲召喚而來的東西。

那，是龍王狂怒的吼聲。

應該是龍族叛軍之中有龍飛到牠在北方的要塞，把牠叫醒了。即使牠還遠

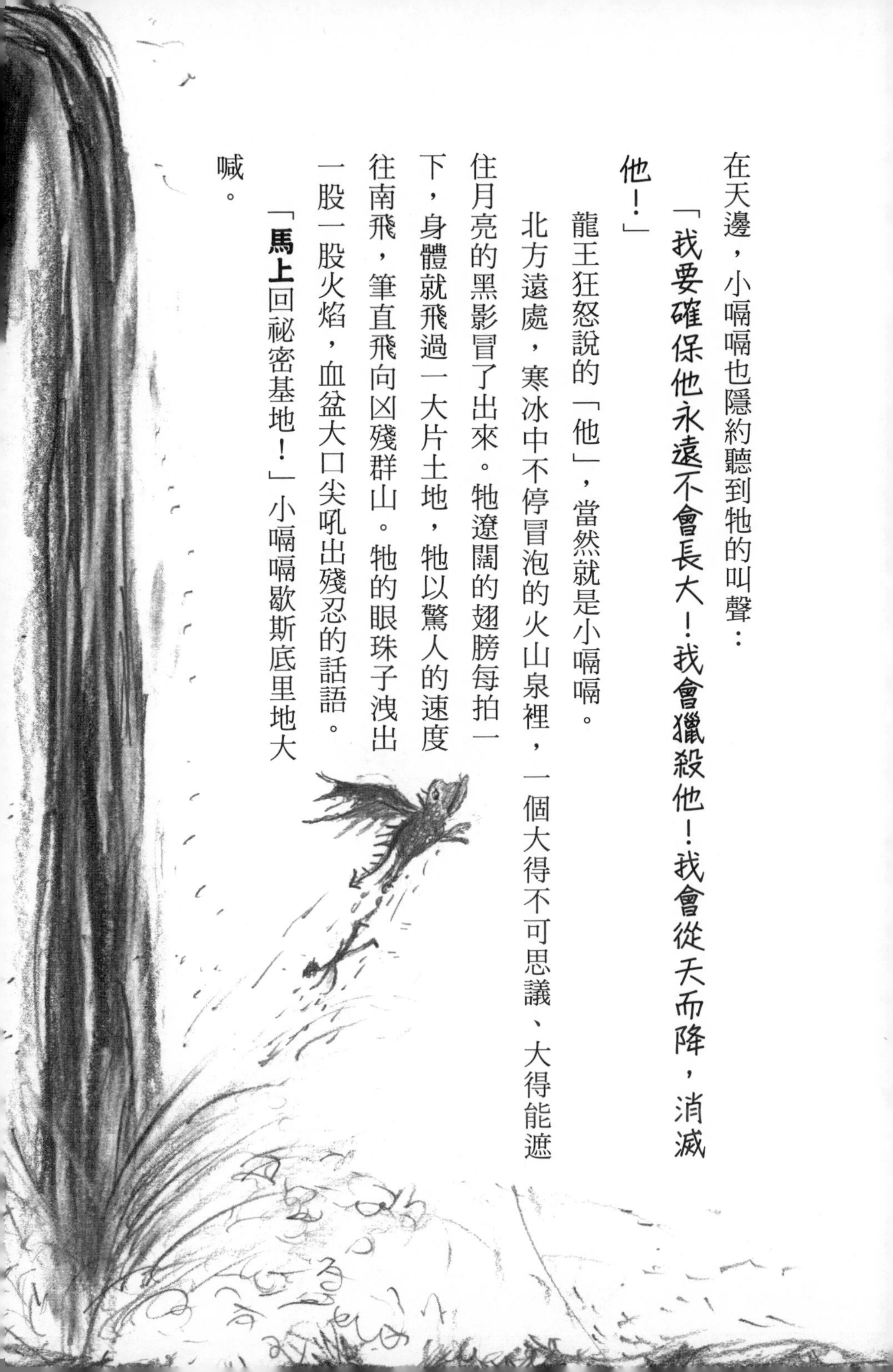

在天邊，小嗝嗝也隱約聽到牠的叫聲：

「我要確保他永遠不會長大！我會獵殺他！我會從天而降，消滅他！」

龍王狂怒說的「他」，當然就是小嗝嗝。

北方遠處，寒冰中不停冒泡的火山泉裡，一個大得不可思議、大得能遮住月亮的黑影冒了出來。牠遼闊的翅膀每拍一下，身體就飛過一大片土地，牠以驚人的速度往南飛，筆直飛向凶殘群山。牠的眼珠子洩出一股一股火焰，血盆大口尖吼出殘忍的話語。

「**馬上**回祕密基地！」小嗝嗝歇斯底里地大喊。

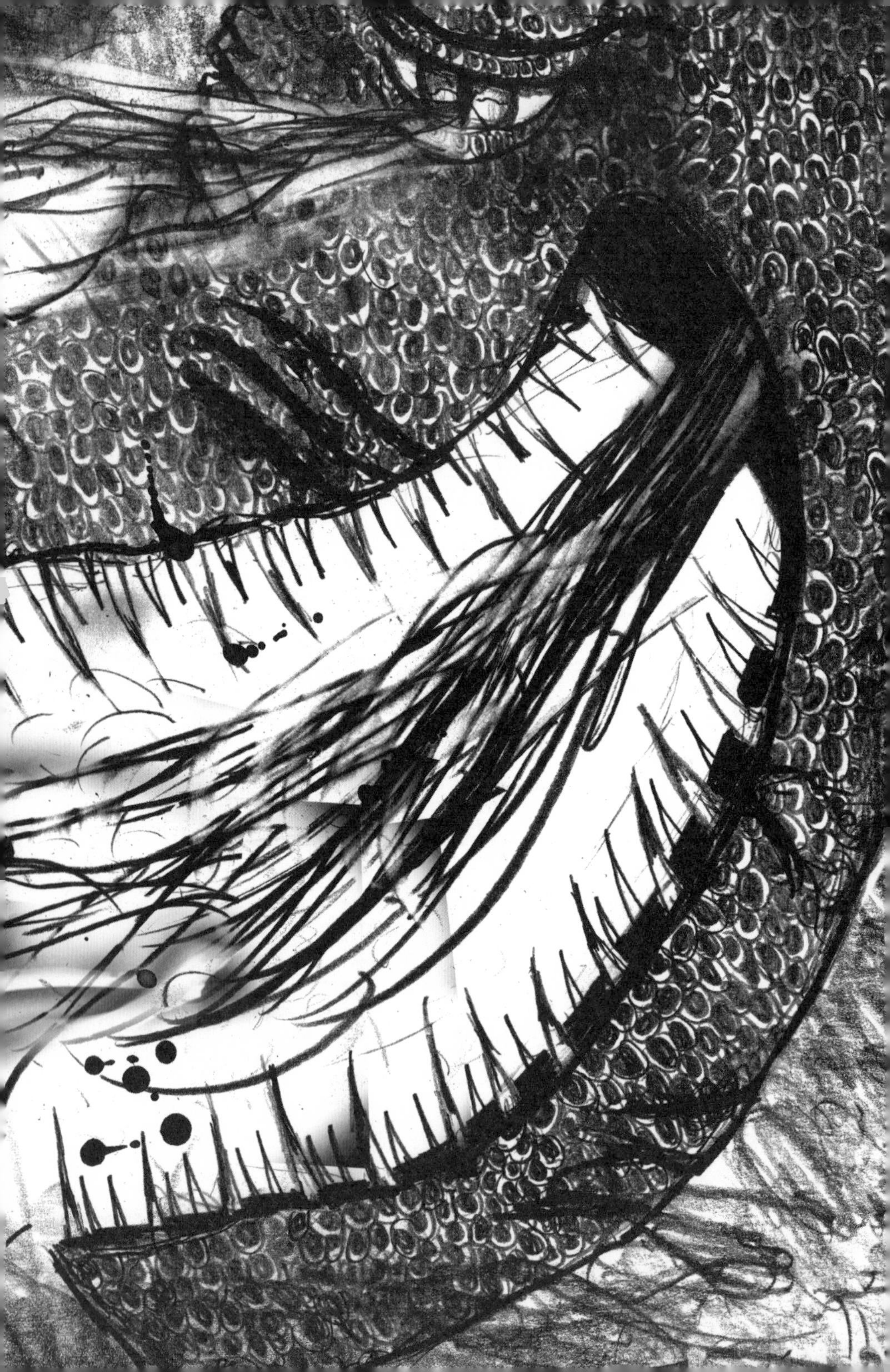

龍族叛軍的龍實在太多了，牠們像一大朵雷雨雲，或如數以千計的蝗蟲般飛撲過來。

牠們彼此之間距離太近，刃翅龍偶爾會不小心把同伴的頭割下來，不時有還在尖叫、噴火、噴雷電或射毒箭的龍頭，落入下方的峽谷。

小嗝嗝讓三頭死影自己飛行，他則像個機尾射手，面對後方趴在龍背上，箭矢連珠炮射向追在後頭的龍族叛軍，盡量不誤傷騎著風行龍的魚腳司或騎著颶風龍的鼻涕粗與神楓。

今晚的飛行狀況不佳，空氣中飄著不停變動的霧，蜿蜒的峽谷不適合飛行，霧中還會突然出現針一般直指天空的岩石。在

峽谷裡飛行，有點像在空氣形成的急流中航行。

幸好風行龍、三頭死影與颶風龍都是蠻荒世界最快的馱龍，能贏過牠們的只有銀幽靈，所以牠們一直和尖叫著、號叫著的龍族叛軍保持一段距離。小嗝嗝努力不去聽遠方那個更陰森、更深沉的吼聲，努力不去看龍王狂怒巨大的身影，努力不去聽牠比赤怒還凶猛的叫聲。狂怒飛得越來越近，像隻在夜裡狩獵的大貓頭鷹，準備飛下來把離開了鼠窩的笨老鼠抓走。

「為了獵殺他，我會撕毀全世界！我會親手殺了他！」

風行龍與三頭死影拐了個彎，前方的霧中出現一塊巨岩。小嗝嗝大大鬆了口氣。

尖尖的巨岩頂端能環視周遭，有一棵平衡在崖頂、彷彿隨時會摔下來的樹。那棵樹

盤根錯節的根部下有個藏得很好的地底樹屋，位置隱密到全世界只有幾個人知道它的存在。

奸險的阿爾文就算犧牲他最好的一把鉤爪，也想找到那個地底樹屋。龍王狂怒也是，牠手下有一批龍沒日沒夜地尋找小嗝嗝的祕密基地。

那曾經是魚腳司的母親——潑悍——小時候在凶殘群山的祕密基地，曾屬於潑悍的三頭死影帶他們找到了地底樹屋後，小嗝嗝等人一直躲在裡頭，等著在末日前夕去明日島和龍之印記軍團會合。

小嗝嗝看到祕密基地，心情瞬間好了起來。

他突然拉住三頭死影的韁繩，讓三頭龍突然在空中停下來。

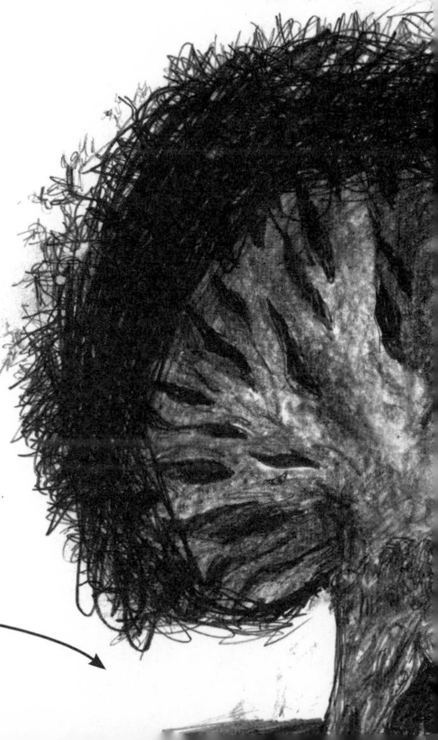

「你先帶大家進樹下祕密基地，我來阻擋龍族叛軍！」小嗝嗝對騎著風行龍迅速飛過的魚腳司大喊。魚腳司飛得那麼快，天曉得他有沒有聽見小嗝嗝的話。

颶風龍驚恐地跟著魚腳司與風行龍飛衝過去。小嗝嗝做好心理準備，把六枝箭排在三頭死影背上，不停顫抖的手指將一枝箭搭在弓弦上。三頭死影能讓小嗝嗝一起隱形，龍族叛軍不知道他的箭會從哪個方向射過去。

現在的關鍵，是時機。

飛在龍族叛軍最前頭的龍拐彎飛過來，小嗝嗝射出一枝、兩枝、三枝、四枝、五枝、六枝箭。

第一隻龍——一頭刃翅龍——驚叫一聲，被射中了，牠旋轉著撞上後面飛來的同伴、摔進了峽谷。龍群的困惑只持續片刻，但片刻就夠了，等到牠們恢復陣形、恢復注意力，獵物已經消失無蹤。

風行龍、颶風龍與騎士們消失在通往地下樹屋的入口，憤怒地流口水的龍族叛軍看不見就在前方二十英尺處、被死影昂起的身體擋住而變得隱形的小嗝嗝。刃翅龍們在空中飛來飛去、對彼此吠叫，最後牠們繼續沿著峽谷飛去，追尋不知逃到哪裡的獵物。

小嗝嗝呼出一口氣。

這時候，可怕的事情發生了。

第四章　飄在空中的兩顆紅眼睛

兩顆紅眼睛飄在空中，就在三頭死影面前。

那雙紅眼睛瞇成了縫隙，瞳孔微微顫抖。

小嗝嗝眨了眨眼，腦袋一時間無法理解——為什麼會有兩顆紅眼睛飄在前面？

剛才他和龍族叛軍你追我逃，都忘了對立方的人類——奸險的阿爾文與他母親，巫婆優諾——也在追殺他，吸血暗探龍奉巫婆的命令尋找小嗝嗝。

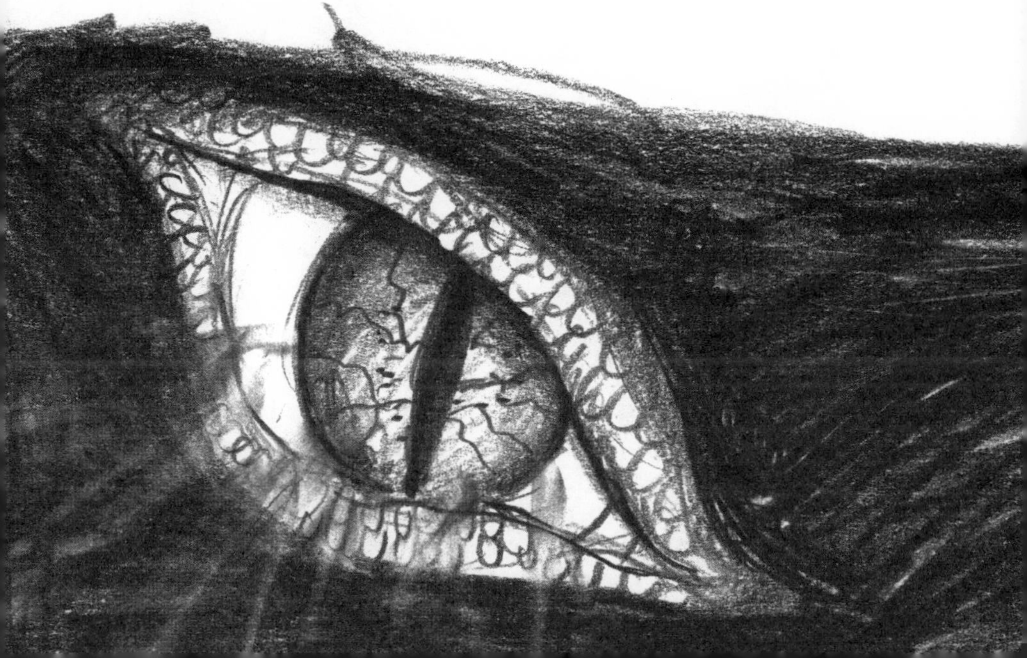

小嗝嗝從沒看過吸血暗探，但他知道這種龍的身體也有保護色，除了血紅的眼睛，全身都可以隱形。

那雙紅眼睛周圍，吸血暗探的其他部位開始現形。

可怕生物不停尖叫，頭部像吸血蝙蝠，身體像大猴子。

小嗝嗝看到吸血暗探，下一秒他的左手臂突然一陣劇痛，他困惑地低頭看，彷彿這是發生在別人身上的事。他看到吸血暗探的頭部掛在他手臂上。

吸血暗探還來不及咬緊，三頭死影就轉身把牠從小嗝嗝身上扯下來，有點像狗把背上

的老鼠扯掉的動作。吸血龍被三頭死影拋到空中。

前一秒，小嗝嗝還看得到那隻尖叫的怪獸，下一秒，牠又變隱形了，只剩一雙紅眼睛墜入峽谷。

小嗝嗝還沒機會移動或思考，龍王狂怒的龍火就已經噴到森林來了。

「我會殺了他啊啊啊啊啊！」

一堵橫向的火牆劃過夜空，白熱火焰燒毀了樹屋後方的山頂，整個山頂——好幾噸的岩石——全都落進下方的峽谷。

龍火從三頭死影頭上噴過去，嚇得牠的三顆頭齊聲尖叫。牠迅速拍了拍翅膀，穿過掛了常春藤的入口飛進地下樹屋。

還好他們逃得不算太遲。

「他受傷了……他受傷了……」小嗝嗝聽到魚腳司的聲音。魚腳司顫抖著扶小嗝嗝爬下龍背，在快要昏過去的小嗝嗝聽來，魚腳司的聲音非常非常遙遠。

外頭，滿懷仇恨與希望的龍

王狂怒終於抵達男孩剛才所在的地方，可是牠的獵物已經消失無蹤。狂怒又失敗了。

龍王狂怒氣得像要用龍火帶來世界末日，龍族叛軍的怒火燒毀了本就破敗不堪的山谷。不停發抖的沒牙、暴飛飛與豕蠅龍擠在祕密基地入口內側的牆邊，奧丁牙龍從洞口探出蒼老的頭，又迅速縮了回來。

「我們躲在裡頭，他找不到的。」老奧丁牙龍氣喘吁吁地說，安慰其他人與龍的同時，也

是在安慰自己。「他找不到我們的……他之前花了那麼多時間找我們都沒找著，今天不會是例外……」

但是赤怒叛軍無情又不懈地焚燒森林，小嗝嗝他們聽見森林再次被燒毀的聲音，聽到樹木像紙張一樣皺縮，聽到森林裡的小動物逃命和尖叫。

「神楓……」小嗝嗝氣喘如牛。「神楓在哪裡？」

「小嗝嗝，你先別急，你受傷了……」魚腳司正在包紮小嗝嗝的手臂。「你先等一下……」

可是小嗝嗝不理魚腳司，他跌跌撞撞地走進地下樹屋的第二個房間，還是沒看到神楓。

小嗝嗝蹣跚地回到剛才的房間，試圖沿著梯子爬回洞口，結果他

彷彿被熱氣揍了一拳，整個人被吹飛。外頭的火牆太熱了，即使站在離出入口幾英尺的位置，小嗝嗝的皮膚也快要燙傷了。

奧丁牙龍輕輕搖了搖頭。

「小嗝嗝，你不能現在出去……」

「我們一定要去找她！」小嗝嗝喘著粗氣說。

「現在不行啊，小嗝嗝……」

「她去哪裡了？」魚腳司嚴肅又害怕地睜大雙眼。

「她被抓走了。」後方傳來一個人的聲音。

仍被長鎖鍊困在颶風龍身邊的鼻涕粗躺在地上，他的臉上覆了陰影，看不清表情。他又用同樣平板、同樣死氣沉沉的語調說了一次：「她被抓走了。」

「『被抓走』？那是什麼意思？」魚腳司問道。

小嗝嗝已經聽懂了。

小嗝嗝腦中浮現一個閃電般的畫面，吸血暗探的紅眼睛一閃而過，似乎在嘲笑他。

既然峽谷裡有一隻吸血暗探，就可能有第二隻……

鼻涕粗說：「她被巫婆的吸血暗探活捉了。」

第五章　吸血暗探的一咬

「我看到了。」鼻涕粗小聲說。「她剛才先讓我進來，可是她還來不及爬進來，就突然有吸血暗探飛下來把她抓走了。」

「風行龍！他說的是真的嗎？」小嗝嗝轉向風行龍。風行龍趴在地上，毛茸茸的身體被刃翅龍的毒箭射得傷痕累累。小嗝嗝心中還有一線希望，他希望風行龍否定鼻涕粗的話……然而風行龍難過地點頭，繼續發出哀傷的低鳴。

「不……」小嗝嗝小聲說。「噢不……」

他抱住自己蒼白瘦弱的身體，努力安慰自己，結果手臂比剛才更痛了。

都是我的錯。

神楓沒有憑自己的直覺行動，而是相信了小嗝嗝，她雖然不同意小嗝嗝的看法，還是忠心耿耿地跟著他上戰場。結果呢？她就這麼被抓走了。

奧丁牙龍不是說了嗎？

「倘若你試圖拯救鼻涕粗，」老奧丁牙龍是這麼告誡他的。「我們所有人和龍都會陷入危機。你對鼻涕粗仁慈，就是危害我們忠誠者的性命，而且你別忘了，我們可是一次也沒背叛過你。有時候，仁慈反而是殘忍，這就是領導人該做的困難抉擇之一。」

是我的錯。

「啊不然呢？」鼻涕粗用他那冷硬的聲音不屑地說。「你們把整個任務搞砸了，龍族叛軍都被你們吵醒了，巫婆的吸血暗探應該是聽到那個聲音才找到我們的吧。你們做得那麼爛，難道以為可以順利完成任務嗎？」

魚腳司氣得全身發抖，轉向鼻涕粗。

「我們去那個地方，完全是為了救你這個人渣！鼻涕粗，她被抓走的時候，你怎麼不去把她救回來？她為你冒險，結果你連救她這點小事也不願意做？」

「我當然恨不得去把可愛的沼澤盜賊屁孩救回來，」鼻涕粗慢條斯理地說。「魚腳司，你也知道我這麼紳士的一個人，一定會立刻跳上馱龍追出去。可是不好意思，我的馱龍被刃翅龍的毒箭射傷了，翅膀幾乎動不了。」

「我們怎麼知道不是『你』把神楓交給巫婆的？這說不定全都是你的計謀，你打算把我們出賣給阿爾文軍團！」

魚腳司氣憤地說出小嗝嗝心中的想法。

「早知道聽到你的求救聲，我們就不要去救你了。搞不好就是你把她交給

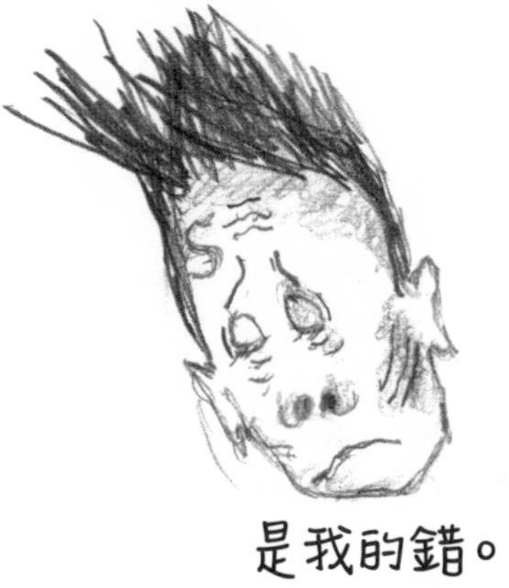

是我的錯。

巫婆的吸血暗探的！」魚腳司大聲說。「你根本不及那個女孩的一根腳趾！」

鼻涕粗沒有說話，他的臉還是籠罩在陰影下，不過聽到魚腳司說他比不上神楓的一根腳趾時，他的手指好像抖了抖。

也可能是小嗝嗝看錯了。

「你說我比不上那個小沼澤盜賊？」他慢悠悠地說。「拜——託，她也就是個沼澤盜賊……」

激怒他們吧？

聽到這裡，魚腳司真的氣壞了。

魚腳司從小到大被鼻涕粗霸凌，只要是被欺負過的人都知道這不好受。魚腳司的情況特別嚴重，他十歲前都生活在恐懼當中，怕到不敢離開他孤零零的小屋，免得被鼻涕粗和他愛欺負人的朋友——無腦狗臭——逮到。要是真的被他們找上，魚腳司再怎麼哭、再怎麼求饒，他們還是會一直踢他、揍他。

現在，他們冒著生命危險救了鼻涕粗，鼻涕粗居然背叛了魚腳司的兩個人類朋友之一，神楓。

被霸凌了十五年的魚腳司，再也無法壓抑心中的憤怒與仇恨了。

他擔心神楓被抓去很遠的地方，他怕龍王狂怒找到他們的祕密基地，他對鼻涕粗又氣又恨。現在，這些情緒全都一股腦湧了上來。

「我們應該把你丟出去！」魚腳司怒吼。「你是**騙子**！你是**叛徒**！你一次又一次背叛了我們和小嗝嗝！」

三頭死影的三顆頭齊聲尖叫，雷電在洞壁之間反彈。三顆頭一起吸了口氣，準備出擊，因為牠們現在的主人是魚腳司。

砰！魚腳司一拳正中鼻涕粗的鼻子。

鼻涕粗滿臉震驚。他從以前到現在都不太會想魚腳司的事，就算把心思放在那個小雜草身上，也是為了想一些特別的手法來羞辱他。以前的魚腳司連捏鼻涕粗的膽子都沒有，更別提用拳頭揍他了。鼻涕粗舉起手，準備回擊，可是聽到三頭死影的三顆頭尖聲警告他，他暫時停下動作。

砰！魚腳司又揍了他一拳。

鼻涕粗忍不住笑了，因為不管魚腳司多用力，那雙瘦巴巴的手根本不可能造成傷害。倒是他養的那隻三頭大龍……「牠」就真的有可能對鼻涕粗造成傷害了。鼻涕粗懼怕地打量牠。

「你的小命被我們握在手裡，」魚腳司咬牙切齒說。「這種滋味不好受吧？」

的確不好受。

看著魚腳司的臉，看著他像狂戰士般怒吼，

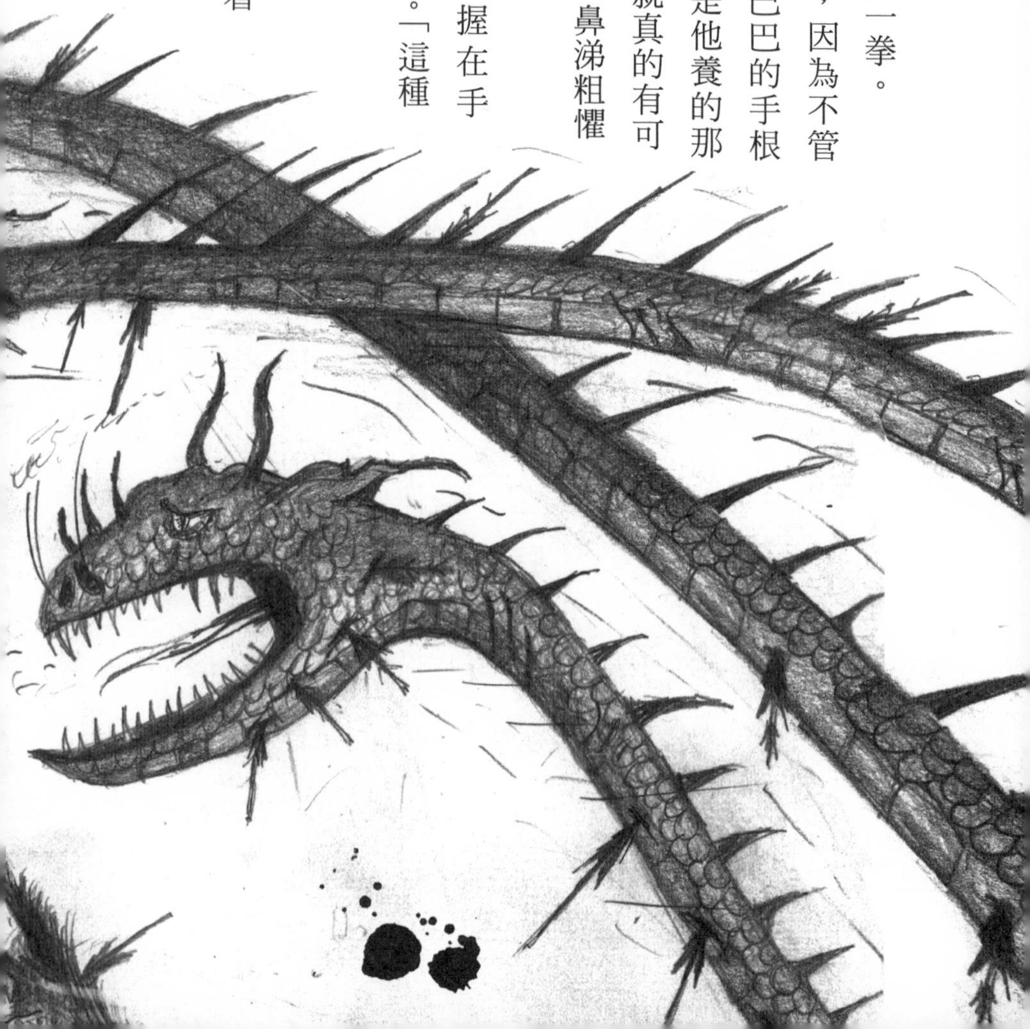

看著他身旁那隻發出可怕叫聲的三頭怪物，鼻涕粗的臉色變得蒼白了些。「魚腳司，別這樣嘛，」他不安地說。「我只是開玩笑而已……你不會開不起玩笑吧？」

「喔？你說你欺負我只是在開玩笑？」魚腳司罵道。「那我現在也只是在開玩笑！不管你怎麼做，不管你怎麼說，不管你怎麼討

饒，我**就是……不會……停！**這種滋味不好受吧？」**砰！砰！砰！**魚腳司打了一拳一拳又一拳。

「住手！」小嗝嗝拉著魚腳司的手臂說。「**住手！**」

魚腳司終於停下動作，臉上憤怒的紅暈消失了，他放下雙手。

這場戰爭真的很可怕。小嗝嗝心中充滿恐懼的倦意。就連溫和善良的魚腳司，志在成為吟遊詩人的魚腳司，也被怒火逼得用拳頭毆打了鼻涕粗。

「鼻涕粗會殺了我們，他以前就想殺你，還試了好幾次。」魚腳司頑固地說。「小嗝嗝，你不能懦弱，你不能給他這麼多次機會。」

「那是阿爾文和巫婆的思考模式。」小嗝嗝說。他為神楓被俘的事感到愧疚，也隱隱懷疑魚腳司說得有道理，想到這些，他就漲紅了臉。「我們要給人改過自新的機會。」他還是緊抓著魚腳司的手臂。「我們每次都要給人改過自新的機會。」

魚腳司訝異地看著小嗝嗝。

然後他嘆了口氣，撥開垂在眼睛前面的捲髮，狂戰士怒火在臉上留下的最後一抹赤紅也消失了。他搔了搔左手臂彎的一小塊溼疹，難過地小聲說：「你說得對……是戰爭讓我變成這樣的嗎……在戰爭中生活久了，我們的心性好像都會受影響。」

鼻涕粗惱羞成怒、臉色慘白，他被那個雜草魚腳司揍了好幾下，還被那隻三頭死影嚇得半死，而且山洞裡所有的人和龍都看到了他的糗樣。

「你們真是讓維京人丟臉！」他怨憤地冷笑道。「什麼給人改過自新的機會！我知道我們以前算是敵人，可是我為了警告你們，為了**幫助你們**，特地冒著生命危險過來找你們……」他聳了聳肩。「不想相信我就不要信啊，我才不管呢！」

「我們都先冷靜下來，」小嗝嗝靜靜地說。「反正我們現在哪裡都去不了，等龍王狂怒走了才能去找神楓……」

前提是龍王狂怒「會」離開這裡……從外面的聲音聽來，他可能會等我們全烤焦在床上才罷手……

「……而且我們多少受了傷。」小嗝嗝說。「我們先處理傷口，再聽鼻涕粗說他的故事。」

大部分的傷都是刃翅龍的毒箭所致，移除毒箭後，傷口會有種比蜜蜂或虎頭蜂螫傷還痛的麻木痛感。

更棘手的是小嗝嗝左手臂被吸血暗探咬傷的地方，一大片紫黑色瘀青像綻放的花朵般擴散。小嗝嗝拆下魚腳司剛才幫他包紮用的破布，這樣才能在傷口上敷一些藥草……但是看到傷口時，小嗝嗝嚇傻了。

傷口並不深。

可是手臂插了一根吸血暗探牙齒。

小嗝嗝是賞龍專家，他非常瞭解不同品種的龍，也知道牠們的狩獵模式。

吸血暗探的狩獵模式和科莫多龍有點像。牠們會先咬獵物一口，把一顆牙齒留在傷口裡後放開。牠們的毒液會漸漸麻痺獵物，等到獵物動彈不得時把牙齒當作追蹤器，找到瀕死的獵物並把牠們吃掉。

「別把牙齒拔出來！」奧丁牙龍警告他。「你的身體會排斥它，到時它會自己掉出來。牙齒的邊緣有鋸齒，如果你把它挖出來，只會讓傷

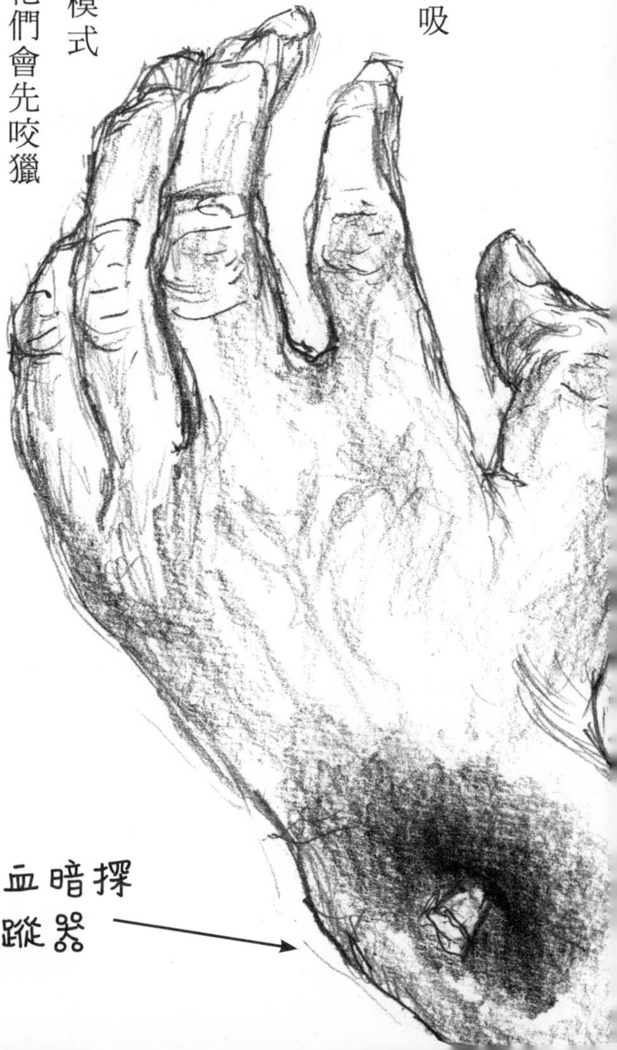

變得更嚴重。

「你會覺得麻木，甚至開始麻痺，不過他咬得不深，你不會被毒死。刃翅龍的毒箭也一樣……被毒箭刺到會痛，但你不會死……」

可是在牙齒掉出來之前，吸血暗探可以追蹤我。小嗝嗝心想。

沒牙有點搞不清楚狀況，但牠看得出主人心情很差，於是牠友好地坐到小嗝嗝頭上。「主人，別、別、別傷心，沒牙在。」沒牙滑到小嗝嗝肩膀上提醒他，還用翅膀抱住小嗝嗝的脖子，「溫柔」到差點把他給掐死了。

沒牙絞盡腦汁，想辦法讓小嗝嗝打起精神。

「我穿外、外、外套好不好？」沒牙說。「你看！沒牙會穿外套……『這樣』你有沒有很開心……」

牠找出有點燒焦的外套，之所以燒焦是因為之前藏在火堆裡。

「主人，這樣你有沒有很開心？沒牙很可、可、可愛而且不會感冒喔……哈、哈、哈、哈啾！」

沒牙打了個大噴嚏，一大堆龍鼻涕全噴在小嗝嗝臉上。

「啊、啊、啊唷！對不起……」

「沒牙，謝謝你。」小嗝嗝假裝很感激，抹了抹臉後摸摸小龍。「我開心多了。」

豕蠅龍窩在小嗝嗝手臂下，同情地尖聲說：「搔癢我的生日……到洗澡時間了……拿花生……」牠說的話都很莫名其妙，不過小嗝嗝知道兩隻小龍都在用自己的方式安慰他，還是十分欣慰。

鼻涕粗看著他們哀傷又安靜地在基地裡走動。龍族叛軍在外頭怒吼，基地裡的人受了傷，既擔心又害怕，但至少他們身邊還有彼此，**鼻涕粗**就不一樣了，他在錯誤的時間到了錯誤的地方，無法融入群體，只能以局外人的身分在

吸血暗探

統計資料

恐怖：……………8
攻擊：……………9
速度：……………7
體型：……………5
叛逆：……………7

吸血暗探可以改變身體顏色，除了紅眼睛之外都能隱形。牠們的身體像猴子，頭部像巨大的吸血蝙蝠。在漆黑的森林裡，被一大堆飄在空中的紅眼睛包圍，是十分恐怖的經歷——這往往是獵物死前看到的最後一幕。

暗影處旁觀。

鼻涕粗右手臂有道很深的傷口，臉上也有一、兩道刮痕，都是刃翅龍割出來的傷。沒有人要幫他清洗傷口或敷藥，房裡眾人與龍對鼻涕粗的恨意十分濃稠，幾乎形成看得見、摸得到的形體。龍族與人類都盡量不看他，彷彿他身上帶有惡臭。鼻涕粗不得不撕下自己上衣的一角，用來包紮傷口，自尊心還不讓他表現出疼痛。

只有懦弱的小嗝嗝要給我第二次機會。鼻涕粗忿忿不平地想。

「都沒有人要幫我解開鎖鍊上的鎖嗎？」他傲慢地說。「鎖開了以後，我可以把我的故事說給你們聽，你們說不定會發現，我從一開始就站在你們這邊……」

「你說你站在『我們』這邊，那你的龍之印記呢？」魚腳司還是很不友善。「叛徒，給我們看看你的印記啊！」

鼻涕粗冷著臉拿下頭盔，讓他們看見完全沒有刺青的額頭。「我沒有奴隸印記，」鼻涕粗說。「但我還是站在你們這一邊。」

「**哈！**」魚腳司大笑一聲，龍族也都不相信鼻涕粗，不屑地嗤笑著噴出煙霧。

「**給他解釋的機會！**」小嗝嗝大聲說。

「謝謝你啊。」鼻涕粗邊說，邊諷刺地對小嗝嗝鞠躬。

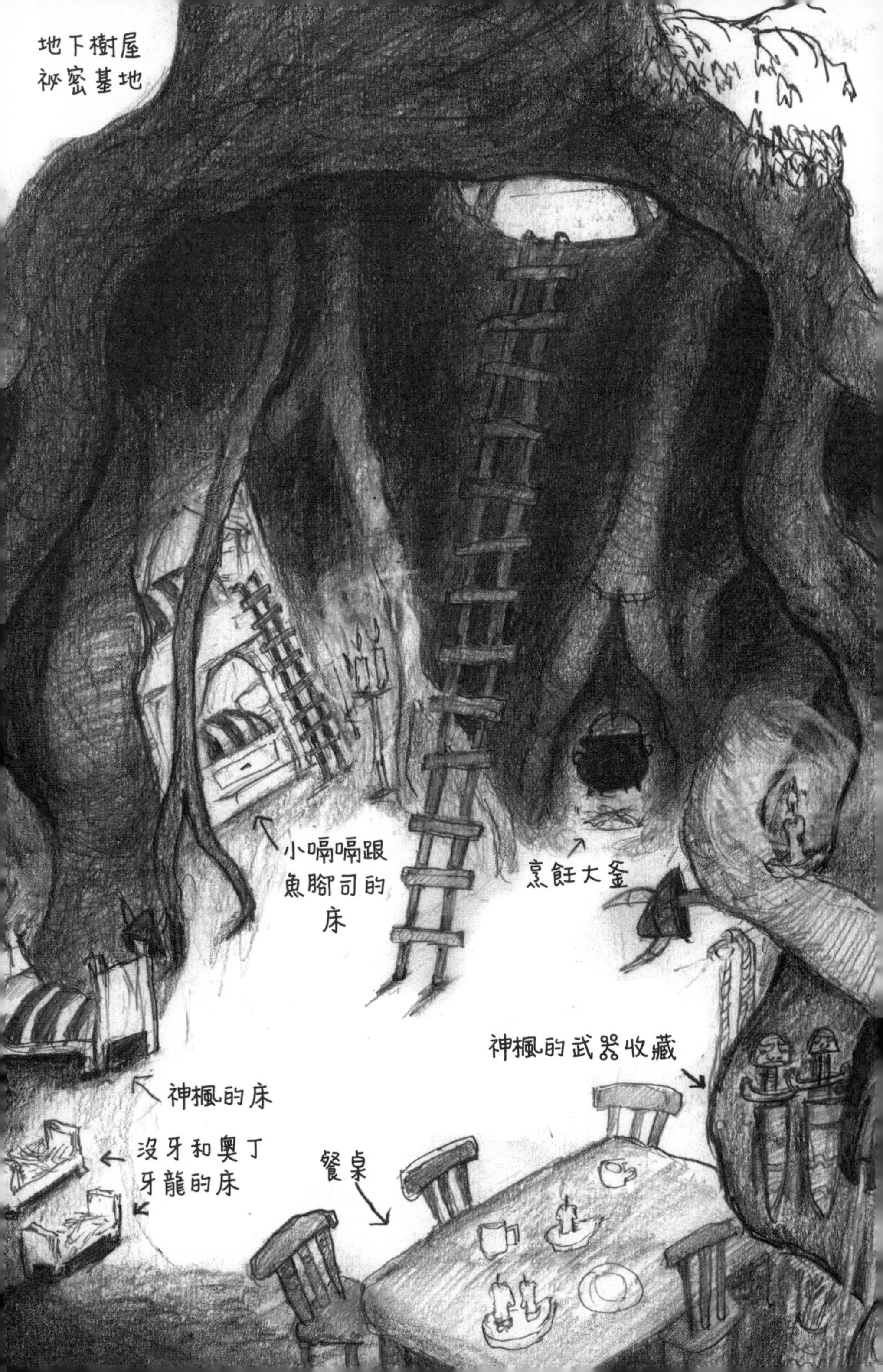
地下樹屋
祕密基地
小嗝嗝跟
魚腳司的
床
烹飪大釜
神楓的武器收藏
神楓的床
沒牙和奧丁
牙龍的床
餐桌

跟沒牙聊天

新龍加入大家庭時，你的龍可能會覺得自己的地位岌岌可危。你耐心等待就好，他會想通的……大概會吧……

沒牙：豕蠅龍不似甜甜笑笑似沒、沒牙。豕、豕蠅龍才不像沒牙這麼可愛。

你：簡單不，沒牙。「沒牙」是最棒一。可窩嘶有好心傢伙。

那當然了，沒牙，**沒牙**是最棒的龍。但是，我們要對他友善一點。

沒牙：簡單，簡單。沒牙會『大、大、大時』好心笨笨欠聰明綠血。

那當然，那當然，沒牙會非常友善。

停頓。

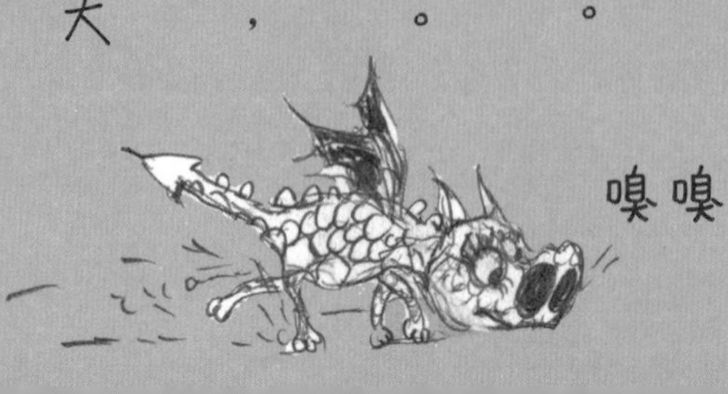

沒牙對豕蠅龍：豕、豕、豕蠅龍，嗶咻，逆眼眼似一咿哨，加逆是加笨似一鼻涕路。

豕蠅龍，請，你長得像豬，還跟蝸牛一樣笨。

你：沒牙！

沒牙！

沒牙（哀怨）：可沒牙說說嗶咻！

可是沒牙有說「請」啊！

又是停頓。

沒牙：豕蠅龍，逆要玩躲加看？逆、逆、逆躲那與好心小溼溼綠血與頭殼刮，加窩加加一想異與出出與找逆……

豕蠅龍，你要不要玩捉迷藏？你去那邊躲起來，跟可愛的小海龍還有挖腦龍玩，我數到一億就會出來找你……

豕蠅龍（開心地搖尾巴）：汪！汪！

第六章　另外一邊的故事

「再過三天就是聖誕末日了，」鼻涕粗說。「你們快要沒時間了。我猜你們跟瓦爾哈拉瑪說好，她會從阿爾文那邊把其他九件失落的王之寶物偷過來，到時候在末日前夕去擺渡人贈禮之吟唱沙灘會合，她再把寶物交給你們，對不對？」

「鼻涕粗，你猜對了。」小嗝嗝靜靜地說。「母親說，我們只要一直躲著，等到末日前夕再去那裡和她會合就好。」

「我告訴你，」鼻涕粗又說。「阿爾文的地下堡壘藏在一個非常隱密的地方，瓦爾哈拉瑪和史圖依克就算找一百年也找不到，所以你母親瓦爾哈拉瑪和龍之印記軍團失敗了，他們沒辦法從阿爾文那裡偷走其他九件失落的王之寶物。」

那之後，是一小段鬱悶的沉默。

「鼻涕粗，你憑什麼要我們相信你？」魚腳司問道。「我們怎麼知道你說的是真話？說不定瓦爾哈拉瑪已經拿到那九件寶物了，說不定你是巫婆派來的間諜。你既然加入我們這邊，為什麼沒有龍之印記？」

「『魚咬死』啊，世界上會用腦袋思考的人，可不只有小嗝嗝一個。」鼻涕粗回答。「我覺得，如果我假裝幫另一邊做事，應該更能夠幫助龍之印記軍團吧。」

暴飛飛不情願地「嘶」了一聲，表示贊同。「啊，」牠說。「聰明又狡猾，好計畫。」說完，牠想到說話的人是鼻涕粗，眉頭又皺了起來。「當然，前提是他沒說謊。」

「所以，我假裝自己站在巫婆和阿爾文那邊。」鼻涕粗說道。

「我讓他們帶我回祕密基地，找到放寶物的地方，然後就逃出來找你們了。我叫這隻可笑的豕蠅龍幫我追蹤你們，豕蠅龍雖然笨到可以，卻也是全世界最厲害的嗅龍。我在河上游一個結冰的湖上紮營，結果湖面好像在半夜裂開了，我被狼牙龍群追趕……接著你們就找到我了。」

「既然你知道失落的王之寶物藏在什麼地方，」魚腳司一臉狐疑地問。「為什麼不要在逃出阿爾文的地下堡壘時，**自己**把寶物偷出來？」

「我自己做不到，」鼻涕粗解釋道。「寶物都有人守著，而且王座太重了。你們是很廢沒錯，但我必須承認，你們的隱形偽裝超大三頭死影龍，應該會在偷東西時派上用場。

「我們可以合力把寶物偷出來，」鼻涕粗接著說。「甚至還可以把那個討厭的小沼澤盜賊神楓也救出來，到時就能在末日前夕帶著**所有**寶物去英雄海峽的沙灘，明日島守衛就會讓小嗝嗝成為西荒野新王，人類就有救了。」

「我們怎麼知道你可不可信？」小嗝嗝問他。「我們怎麼知道你不會突然背叛我們，把我們送到阿爾文和巫婆手裡？」

「你們沒辦法確定，」鼻涕粗說。「只能相信我了。我讓你們選，反正愛信不信我也懶得管了。如果要把我當壞人看待，那就隨你們便！沒有其他問題的話，我要睡了，這兩天真的好累。」

地下樹屋在龍與柴火的熱氣薰蒸下十分溫暖，鼻涕粗的衣服完全烘乾了。他打了個哈欠，用魚腳司母親的舊毛毯裹起身體，閉上眼睛裝睡。

不過藏在毛毯裡的眼睛，卻睜得老大。

「沒、沒、沒牙可以咬他嗎？」沒牙滿懷希望地問。「還是太沒禮貌了？對沒禮貌的人沒禮貌不行嗎？是不是不、不、不算數？」

「沒牙，那真的很沒禮貌，你不可以咬他。但我必須說，我自己也有點想咬他。」小嗝嗝承認。

「我的干貝啊，」魚腳司嫌惡地說。「我們現在該怎麼辦？到底該不該相信鼻涕粗？我還是想不明白，他都說他站在我們這一邊了，為什麼不接受龍之印記？」

「龍之印記是**奴隸**的象徵！」鼻涕粗模糊不清的聲音從毛毯裡傳出來。「我是站在你們這邊沒錯，可是我不想印上奴隸的標記！」

大家都躺下來試著入睡，然而他們太憤怒、太困惑、太害怕，怎麼也睡不著覺。

「**我選擇拯救鼻涕粗，是不是選錯了？**」小嗝嗝問奧丁牙龍。「**神楓被抓走，是不是因為我做錯選擇？**」

奧丁牙龍用另一個問題回答他的問題。

「**聽到另一個人類呼救，因而前去救援，**」老奧丁牙龍說道。「**『有可能』是錯誤的選擇嗎？**」

「就算鼻涕粗在說謊，」小嗝嗝用諾斯語說。「這裡也只有他知道巫婆的軍營在哪裡，只有他能帶我們去找神楓，所以也只能相信他了。唉，希望神楓沒事……」

「我也是，」魚腳司難過地說。「我也擔心她出事。我一直想安慰自己，跟自己說她不會有事的……你看，她之前被關進監獄那麼多次，不是都逃出來了嗎？她可是逃脫藝術家耶……」

「是啊，可是巫婆跟阿爾文最近越來越殘忍了，」小嗝嗝焦躁地說。「還會把人殺死。我在附近樹林裡看過龍之印記軍團的頭盔，阿爾文軍團把我們這邊的頭盔掛在樹上，好像在占地盤……」

小嗝嗝說得沒錯。

森林地上插著一根根長竿，每根長竿都掛著龍族叛軍的頭或龍之印記軍團頭盔，這是阿爾文軍團的戰利品，也是警告所有龍之印記軍團團員：這裡是阿爾文軍團的地盤。

除了這些煩心事，龍王狂怒與龍族叛軍在外面搞破壞的聲音也稱不上搖籃曲，那是焦黑森林被再次燒毀的聲音、火焰的劈啪聲、火苗化為火焰風暴的吼聲。森林大火燒得很旺，下方的火光往上照耀，透過祕密基地的窗戶照進來，

在天花板跳起邪惡的舞蹈。

「男孩，我會一直『追殺』你！」龍王狂怒爆吼。「我聞到你腐敗的人類血液了！你逃到哪裡都『沒用』！就算你躲在山洞裡、岩石下、小島上，也不可能躲一輩子……為了殺你，我會把全世界燒成灰燼，燒一次、兩次、三次……你只要一個不小心……最後，一定會被我逮到！」

彷彿要毀滅一切的吼聲，像雷神索爾最恐怖的暴風雨在你耳裡爆開，不想保持清醒也難。祕密基地外，全世界都在焚燒。

他們到底該怎麼離開祕密基地，去尋找剩下的王之寶物、拯救神楓呢？

從龍王狂怒的聲音聽來，牠**永遠**不打算放棄。

大家翻來覆去一陣子後，奧丁牙龍游絲般的聲音劃破了黑暗與恐怖噪音。

「既然沒有人睡得著，」老奧丁牙龍說。「就聽我說個故事吧。這個故事的主角，是一個和這位鼻涕粗有點像的男孩。」

「奧丁牙龍！」小嗝嗝驚訝地在床上坐起來。「你會說諾斯語！我都不知道你會說諾斯語！我以為只有暴飛飛會用人類的語言說話。」

「我也是。」暴飛飛難過地說。牠今晚過得很不開心，先是主人失蹤，現在又發現別的龍也會牠的特殊技能。

「奧丁牙龍，你之前怎麼都沒用諾斯語說話？」小嗝嗝問道。

「你擁有一份天賦，也不必告訴全世界。」老奧丁牙龍簡潔地回答。「我想，鼻涕粗男孩應該會對這個故事感興趣……」

於是，在黑暗中，奧丁牙龍說了龍之印記變為奴隸印記的故事。

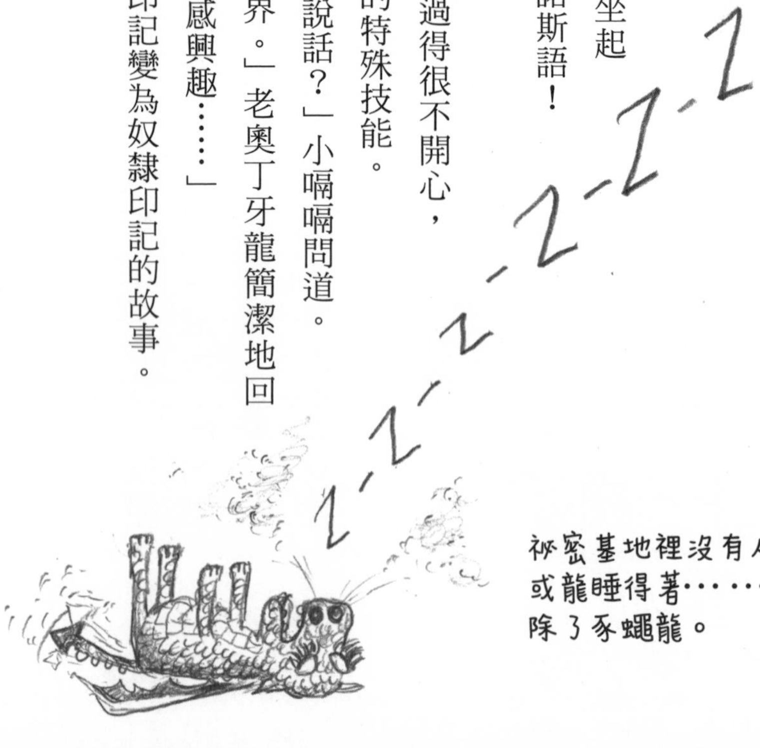

祕密基地裡沒有人
或龍睡得著……
除了豕蠅龍。

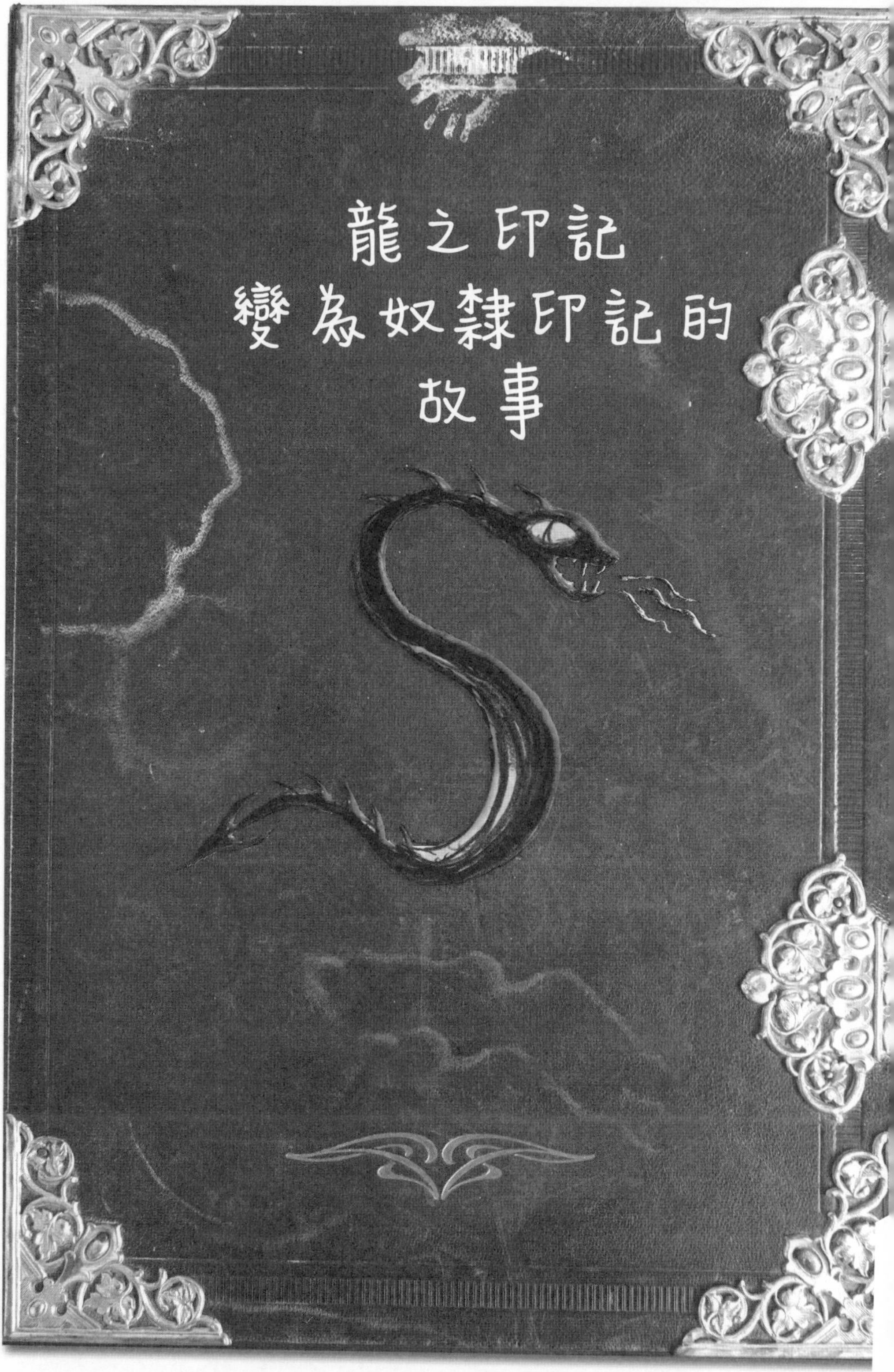
龍之印記
變為奴隸印記的
故事

「從前從前，」奧丁牙龍說。「我還不是現在這副皺皺、小小的模樣。其實啊，」牠解釋道。「我是海龍……」

小嗝嗝大吃一驚。「**你**？你是巨無霸海龍？」

「**哪有可、可、可能！**」沒牙尖聲說。「**你比沒、沒、沒牙還小耶！你怎麼可能是海龍？**」

「沒牙，有很多看似不可能的事情，其實都是真的喔。」奧丁牙龍笑著說。「海龍剛出生時體型都很小，」奧丁牙龍接著用諾斯語說。「但我們會像圓圓的滿月一樣，長得非常、非常巨大，最後又會像月亮一樣縮小……

「小嗝嗝啊，很久很久以前，大概一千年前，我還很年輕，那時候我和劍齒拉車龍差不多大。那時，我認識了你的祖先——小嗝嗝．何倫德斯．黑線鱈一世——把龍族寶石交給了他，也把寶石的祕密告訴他。」

「你已經跟我說過這個故事了。」小嗝嗝說。

「對，」奧丁牙龍說。「我說過，小嗝嗝一世用寶石的祕密降伏了龍族，並開始訓練我們。

「但是，我之前沒告訴你：做為回報，小嗝嗝一世在得到寶石的祕密時，在身上印下了一個印記。

「他在額頭一側印了一個龍形印記，那是他的血和他龍兄弟的血——**我的**血。那個印記是我們之間的約定，代表我們兩個是兄弟，我們會齊心協力，也會為彼此奉上性命。

「這種象徵的意義常隨時間改變，它後來成了西荒野王國的象徵，所有戰士的額頭都印了那個印記，大家稱他們為『龍騎士』。

「那個印記，被稱為龍之印記。」

山洞裡的年輕人類齊聲驚呼。

「所以印記一開始就叫龍之印記嘛！」魚腳司高呼。

鼻涕粗動也不動地躺著，不過他睜著眼睛，仔細聽奧丁牙龍說故事。

小嗝嗝摸了摸額頭上的青紫色印記。

「所以，奧丁牙龍，」小嗝嗝悄聲說。「第一個龍之印記是用你們的血做成的？」

奧丁牙龍點了點頭。

「那一千多年，我認為自己把寶石的祕密交給人類是正確的選擇。西荒野王國帶來了和平與繁榮，龍族與人類得以和平共處，寶石的祕密在人類王族代代相傳，沒有人濫用它。我漸漸長大，變得和一座山一樣大，大到有一陣子非得住在海裡不可。

「唉……那真是黃金年代啊……」奧丁牙龍嘆了口氣。

「好幾百年前，我年紀大了，開始縮水了，心裡卻還是為自己創建新朝代而感到滿足。我相信這會是永恆的王朝，一個幸福的王朝……然後……」

「然後？」小嗝嗝小聲問道。

「然後，我開始認為自己把龍族寶石的祕密託付給人類，其實是錯誤的選擇。其實啊，並不是所有人類都和小嗝嗝一世一樣善良。

「大概一個世紀前，我縮到和維京人獵犬差不多小，一個新王繼承了王位。他那時候還太年輕……和你們年紀差不多大。

「他的名字叫『速快』。」奧丁牙龍說。「速快不是壞男孩，但是他脾氣不好，也喜歡欺負弱小。

「他就是和鼻涕粗很像的男孩，他們甚至連長相都很像。那個男孩成年時，和鼻涕粗一樣拒絕接受龍之印記。

「『國王才不是人類或龍族的兄弟，』男孩傲慢地說。『**龍族**應該接受印記，表示牠們對國王的忠誠，可是**我**不接受。

「就這樣。

「象徵人與龍兄弟情誼的印記，成了奴隸的記號。

「人民紛紛效仿國王。那位戰士男孩是部族的未來，他拒絕接受印記之後，沒多久老一輩的人也將曾代表榮耀的印記視為恥辱，每個人都壓低頭盔，遮住額頭上的印記。

「接著，情勢急轉直下，小嗝嗝一世所有成就一一毀了。

「至於我呢……現在回想起來，我應該完全沒幫上忙。

「因為無論是過去的我或現在的我，都用太過嚴苛的標準批判速快。

「我一直在他耳

邊碎碎唸，說他背叛了祖先，我日日夜夜都在訓斥他。

「有一次，我印象特別深刻。

「速快睡在國王的床上，誰都不准打擾他，但我沒有遵守規定。他們憑什麼要我遵守規定？我可是他爺爺的爺爺的爺爺的爺爺的爺爺的爺爺的兄弟。

「我從窗戶飛進去，棲在他的床頭，等他醒過來。

「他一睜開眼睛，就看到我沉著臉站在那裡。

「『你來這裡幹麼？』速快打著哈欠說，英俊的臉瞬間露出不高興的神情。

「他是用他小時候就學會的龍語對我說話。

「『我來這裡做什麼，你應該很清楚。』我嚴肅地說。『你拒絕接受印記，還利用託付給你父親的祕密奴役我的龍族兄弟。你甚至通過了新法律，讓人類的奴隸制度再度合法化，在奴隸身上印上印記，還稱之為『奴隸印記』。

「『你的祖先花了一輩子建造西荒野王國，你難道要拋棄這一切嗎？你背叛了偉大的祖宗……』

「男孩的臉變得和他的頭髮一樣紅。

「『**我**會比我所有的祖宗都偉大！』速快對我大喊。『你好大的膽子，竟敢對我說什麼背叛！我會讓這個小小的西荒野王國變成偉大的帝國，把領土擴張到東方的羅斯和南方的羅馬疆界。我會收復受詛咒的小嗝嗝一世出生時，祖先所丟失的土地，收復東方富饒肥沃的農地，不要再住在這些到處是岩石的小爛島。』

「『我正在明日島興建一座宏偉的城市，它的力量和輝煌將媲美羅馬，但我需要人類和龍族奴隸來建造城市。所以別跟我說什麼背叛！明日島的城市會對全世界證明我是偉大的國王。』

「我又罵了他一頓，也許罵得太凶了。我說他永遠不可能變得和祖先一樣偉大，還說了很多苛刻的話。

「速快摀住了耳朵。『閉嘴！』他尖叫。『我要禁止所有人使用你們惡魔的語言，從今以後禁用龍語！我再也不想聽到你用你那條分岔的舌頭唸我了！』

「那是男孩最後一次在我面前哭泣。

「他用寶石的祕密來對付我，逼我離開他的王國，否則他會消滅所有龍族。

「他還真的說到做到。

「男孩新王禁止所有人說龍語，還關閉了祖先的圖書館。他在明日島興建了宏偉的城市，蓋了一百座城堡。曾經是速快的男孩，成了史上最可怕的維京人，羅斯邊境與羅馬疆界都感受到了他散發的恐懼。」

歷史會一再重演

地底樹屋裡一片死寂，大家都明白故事中的速快是誰了。

「你說『曾經是速快的男孩』？」小嗝嗝問道。問題才剛出口，他就已經知道答案了。

「他後來改了名字，」老龍回答。「把名字改成……」

「恐怖陰森鬍。」小嗝嗝幫牠說完。接下來，是一段很長、很長的沉默。

小嗝嗝覺得不太舒服。

「恐怖陰森鬍。在這種故事中，諸神往往會懲罰如此傲慢的人，陰森鬍也不例外。陰森鬍自己生了個弱崽兒子，取名叫小嗝嗝——小嗝嗝二世——他學會愛這個兒子，小嗝嗝二世甚至成了他最愛的孩子。但是，陰森鬍被騙了，他以為小嗝嗝要率領龍族叛軍造反，結果親手殺了兒子。兒子死時，他才發現自己犯下了天大的錯誤，背叛了祖先和親生骨肉。

「因此，陰森鬍把王之寶物藏了起來，把它們藏到蠻荒群島各個角落，這樣一來，只有真正的英雄能找到它們，成為合格的新王。他集結能力超群的人類戰士與出類拔萃的龍族，確保只有集齊了十件王之寶物的英雄能加冕為王，這些恐怖的戰士成了今天的明日島守衛。」

小嗝嗝全身一抖。「我聽過那些守衛的傳聞，都是一些糟糕的傳聞。」

奧丁牙龍點點頭。「是啊，只有他們那般恐怖的戰士，過去百年來才有辦法守護明日島。」

「明日島守衛們世世代代把龍族寶石的祕密傳承下來。

「唯有集齊十件失落的王之寶物的英雄，能活著加冕為王。只有那位英雄能得知祕密。

「但他或她必須是合格的英雄。」

「你為什麼要把這些事情說給我們聽？」小嗝嗝問道。

「我說這個故事，」奧丁牙龍說。「純粹是為了讓鼻涕粗知道，奴隸印記其實一開始並不是奴隸印記。

「還有，我想提醒你們，好東西很可能會在一瞬間消失。

「還有啊，你們要知道，一個男孩可能會從『速快』變成『恐怖陰森鬍』……

「……也有可能從『恐怖陰森鬍』變回『速快』。」

一片沉默。

「叫那隻老龍**閉嘴**行不行？」鼻涕粗無禮地說。「他吵到我**睡覺**了。」

山洞裡，又是一片沉默。

儘管外頭仍吵吵鬧鬧，儘管他們擔心神楓遭遇不測，疲憊的人類與龍族還是一一睡著了。

但小嗝嗝還醒著，他在床上翻來覆去，為神楓、為戰爭、為鼻涕粗是不是叛徒而憂心忡忡……

這些是他進入夢鄉前最後的想法。

又過好一段時間，鼻涕粗醒了過來。他把手伸到盔甲內側，從破破爛爛的胸前口袋拿出一枚黑星勛章。

好幾年前，鼻涕粗和小嗝嗝初次遇到奸險的阿爾文時，鼻涕粗在幸運十三號之戰中英勇奮鬥，後來獲得這枚勛章。他以前的老師——打嗝戈伯——對他說過，看到自己的學生獲得黑星勛章與榮耀，是他這輩子最驕傲的日子之一。（註1）

鼻涕粗面無表情地看著勛章。

剛好醒著的三頭死影發出警告的低吼，讓鼻涕粗知道牠在監視他。

鼻涕粗將黑星勛章放回口袋，翻身不讓三頭龍看見他的臉。

他哭了。

註1　請參閱《馴龍高手Ⅱ：尖頭龍島與祕寶》。

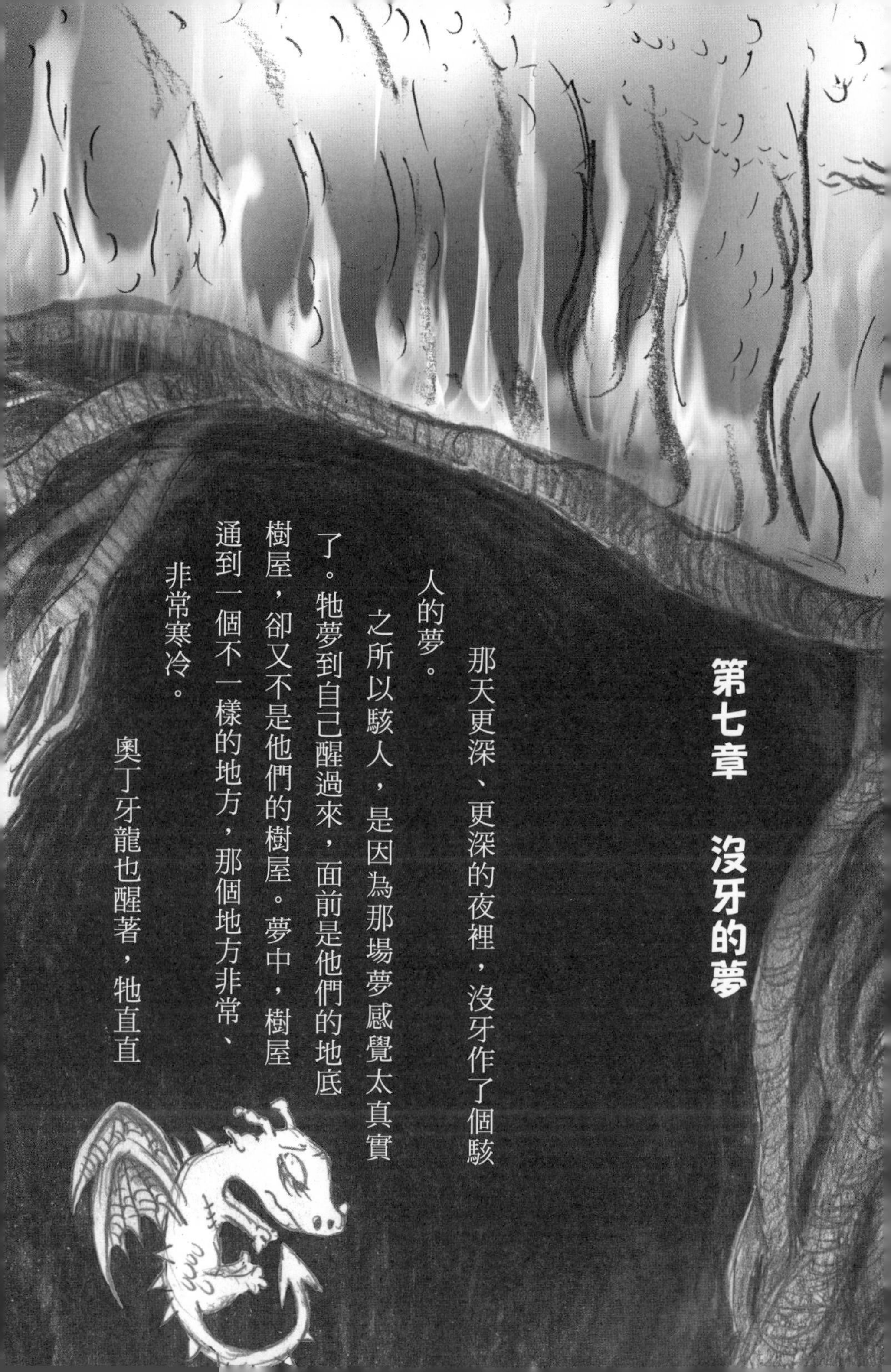

第七章　沒牙的夢

那天更深、更深的夜裡，沒牙作了個駭人的夢。

之所以駭人，是因為那場夢感覺太真實了。牠夢到自己醒過來，面前是他們的地底樹屋，卻又不是他們的樹屋。夢中，樹屋通到一個不一樣的地方，那個地方非常、非常寒冷。

奧丁牙龍也醒著，牠直直

注視著前方，眼睛變成一種很奇怪的紫色，胸口的疤痕似乎在發光。沒牙胸口也有一道疤，而且幾乎在一模一樣的位置，牠的疤突然又痛又癢，感覺像昨天才受的傷。

然後，樹屋裡出現了非常響亮的聲音，沒牙認得那個聲音。

是龍王狂怒。

沒牙顫抖著躺在床上。

牠聽到外面傳來龍族叛軍的吼聲、尖叫聲與摧毀森林的聲響，但沒牙驚恐地發現，龍王狂怒的聲音好像來自樹屋「裡面」。這怎麼可能？龍王狂怒不在這裡，而

且牠身體那麼大，不可能擠得進來啊。

牠會不會是把山頂掀了開來，從上方俯視沒牙他們？

沒牙怕得全身僵硬，但牠還是很慢、很慢地抬頭往上看。

不對，天花板還在。還好還好。

那麼，狂怒的聲音究竟是哪裡傳來的？

太神祕了。

「**叛徒！**」龍王狂怒大吼。「**叛徒！**」

在那令人心跳暫停的瞬間，沒牙生怕龍王狂怒吼叫的對象是「牠」，牠不悅地呻吟一聲，把頭藏到手爪下。不對，龍王狂怒是在對奧丁牙龍說話。

「奧丁牙龍，你為什麼現在才和我意識相通？」龍王狂怒尖

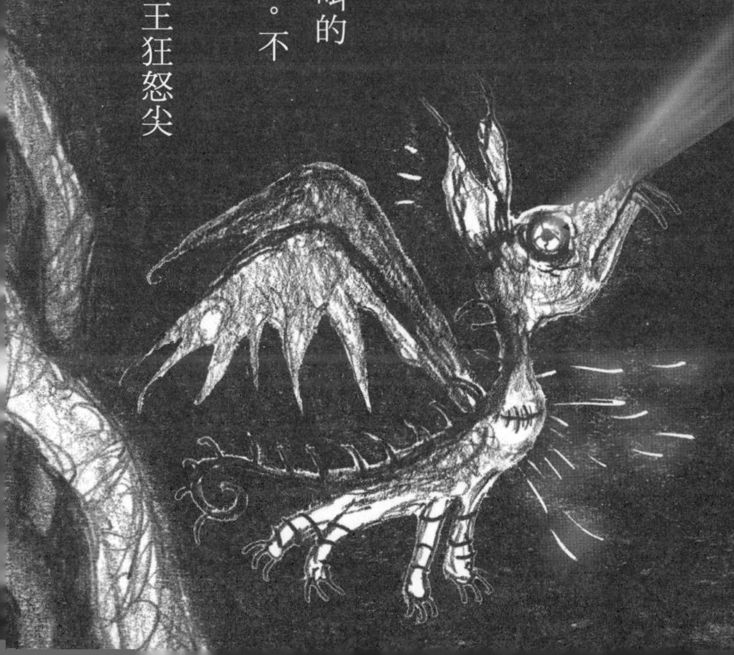

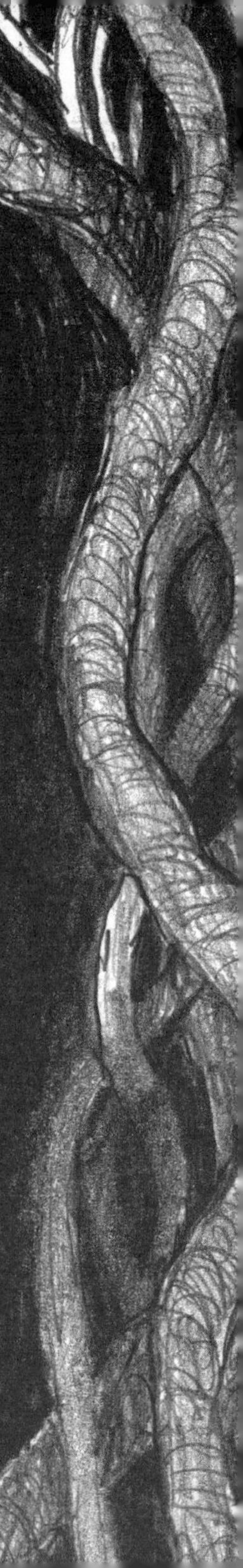

叫，語氣充滿毀滅性的憤怒。「你終於決定不再出賣同族了嗎？難道是因為第二次背叛龍族而感到羞愧？」

奧丁牙龍出聲回答，兩隻龍都在用諾斯語說話，而不是龍語。奇怪的是，奧丁牙龍雖然醒著，說話時卻沒有動嘴巴。這是怎麼回事？

「狂怒，狂怒，」奧丁牙龍答道。「冷靜點，你別氣壞了。還有，你別急著認定我背叛了你。」

龍王狂怒稍微靜了下來，語氣卻仍充滿怨憤。「奧丁牙龍，你是巨無霸海龍，而且是很老的巨無霸海龍，你預知未來的能力應該比我還強。你也知道，我們要是讓那個男孩活下去，他會終結我們龍族。」

奧丁牙龍嘆了口氣，沒有反駁。

「**我不會讓這種事情發生！**」龍王狂怒大吼。「我發誓不會讓小嗝嗝三世抵達明

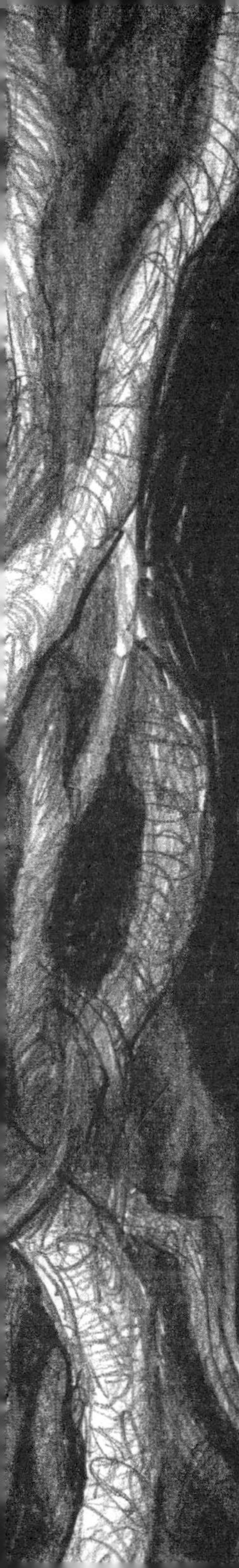

日島，我知道他就在附近，雖然你仍在保護他，我的心還是嗅到了你們兩個。我不會放棄，我會一直待在這裡，待到你們被我趕出藏身處。」

龍王暫時放下牠的憤怒，試著和奧丁牙龍講道理。

「我們沒時間顧慮一隻老龍愚昧的希望了。你以為你是唯一一隻愛過人類的龍嗎？我也曾愛過一個人，他叫小嗝嗝二世，但到了最後，這些名為小嗝嗝的男孩再怎麼善良，也無法擊敗人類的邪惡。你瞧，小嗝嗝一世的王國不是被曾是速快、後來變成恐怖陰森鬍的男孩給毀了嗎？還有，現在這個小嗝嗝三世找出失落的王之寶物，結果寶物一件件落到了奸險的阿爾文邪惡的鉤爪裡。」

老奧丁牙龍嘆息一聲。「我必須承認，那件事確實令我十分擔憂。」

「奧丁牙龍，這是命運給你的指示，我們必須從過去與未來學到教訓。」

奧丁牙龍靜靜坐在原地，遙望未來。

「如果你認為我沒想過這些，那你就錯了。」奧丁牙龍像是在自言自語。「某方面而言，我這麼做是因為我希望不可能化為可能，這些年輕人類對不可能的信念實在感動龍心。」

「我們老了就必須有智慧，放棄不切實際的夢想。」龍王狂怒說道。「你在火坑裡明明有機會殺死那個男孩的，既然你做不到，就把男孩帶到**做得到**這件事的龍面前。我會為了全龍族殺死他。我是龍族之王，君王就是該為大局設想。」

「你說話的方式和那個巫婆一樣。」奧丁牙龍輕聲說。

好吧，狂怒，我會背叛國王。

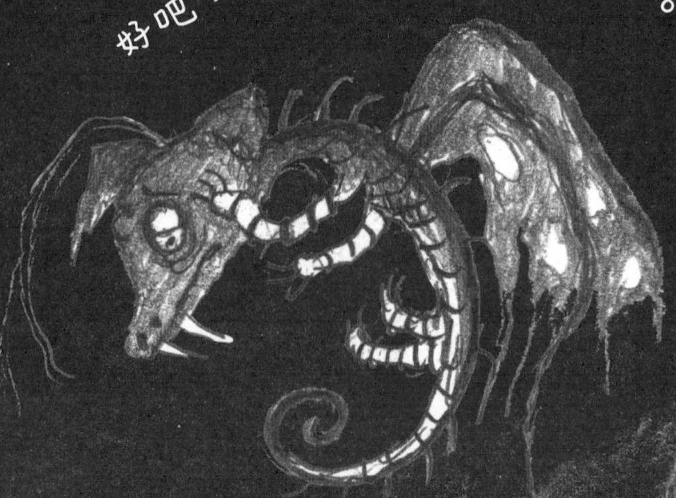

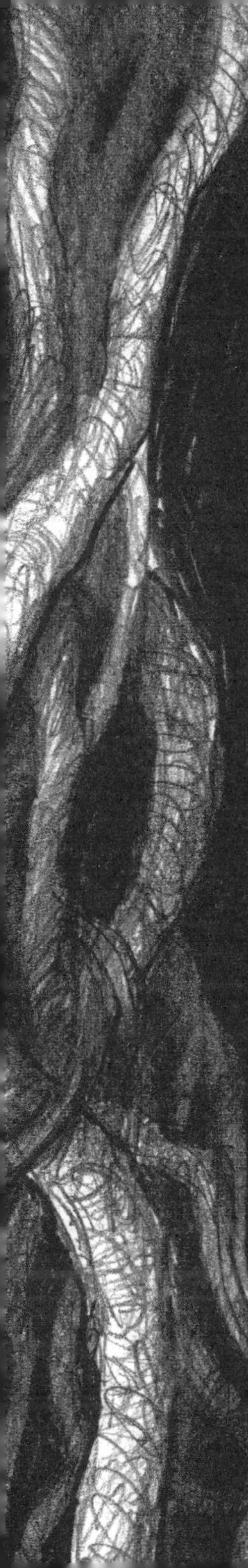

「你再怎麼愛人類，說到底還是隻龍，做決策時應該以龍族的利益為優先。把男孩帶來給我吧，你也知道你非這麼做不可，」龍王狂怒說。「再者，你也知道，你必定會這麼做。」

奧丁牙龍靜靜坐在那裡，坐了很久，在沒牙看來，牠好像在腦中用各種可能的未來下西洋棋。最後，牠說：「好吧，狂怒，我會背叛成為國王的人類。」

沒牙驚恐得全身僵硬。

「但不是現在。」奧丁牙龍又說。「我要讓故事發展到最終，讓男孩有機會成為偉大的英雄，然後在必要時終結故事……

「他就快要成為英雄了，我不想在他成為真正的英雄之前毀了他。我曾經幫助一個男孩當上國王，讓我在死前再為一個人類做到這件事，即使最後有一個種族因此滅亡，我也要這麼做。來交換條件吧，別再追蹤我們，別再獵殺我們，帶你的龍族叛軍去北方，準備在明日島戰鬥……」

「我為什麼要和你交換條件？」狂怒不屑地說。「我感覺得到你們，我已經離你們很近了。」

「但你這些憤怒的攻擊不過是浪費力氣，」奧丁牙龍指出。「你必須保留實力，用在最終一戰。狂怒，你害怕明日島、懼怕明日島，對不對？那就回北方準備戰鬥。現在距離第十二末日只剩三天了，到時你得全力戰鬥。

「如此一來，你可以養精蓄銳，我可以再和男孩相處最後幾個小時。」奧丁牙龍游絲般的聲音，充滿深深的憂傷。

龍王狂怒考慮片刻。

「假如我把你要的時間給你，」龍王狂怒沉聲說。「假如我暫時撤軍，在聖誕末日全力出擊，你會怎麼回報我？」

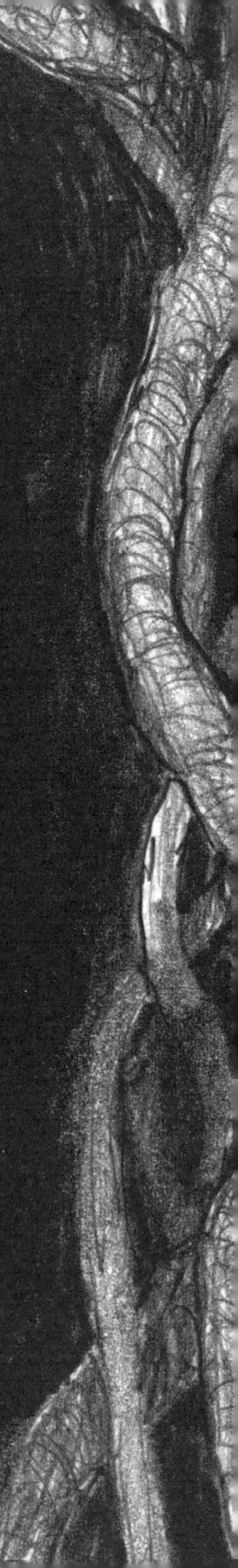

「我會以海龍之名發誓，」奧丁牙龍答道。「如果有人類在聖誕末日登基為王，我會在那一天帶新王去見你，讓你們一對一決鬥。」

龍王狂怒低哼一聲。「如果新王拿著寶石來，我和他一對一決鬥也沒有用。」

「在新王去見你之前，」奧丁牙龍又說。「我會先取走龍族寶石，把寶石帶去給你。」

龍王狂怒滿意地低吼一聲。

「所以，那個小不點人類國王必須和我——龍王狂怒——單打獨鬥，而且不能用寶石自保？」

「沒錯。」奧丁牙龍說。

「**我接受你的條件！**」龍王狂怒高呼。他雷鳴般的快樂呼聲嚇了沒牙一大跳。

「你先發誓你會把寶石帶來給我，再帶新王來見我。」龍王狂怒嚴肅地說。

「我以海龍之名發誓，我會把寶石和新王都帶到你面前。」奧丁牙龍難過地嘆息道。「這還真是辛酸的交易。」

「不！」沒牙在腦中吶喊。「只要以海龍之名發誓，就不能違背誓言了。不！不！不！不！不！」

「我也發誓，做為回報，我會暫時停止獵殺你們。」龍王狂怒說。「我必須承認，你說得對，一直生氣也挺累的，能在最終決戰前休養生息也不錯。」

「龍族叛軍啊！」巨龍高喊。「中止赤怒！」

沒牙聽到外頭的龍族叛軍安靜下來。

奧丁牙龍微微一笑。「狂怒啊，這下你總該停止透過那隻牙齦小龍的意識追蹤我們，我也不用再阻擋你，我們都能稍微放輕鬆點了……」

龍王狂怒哈哈大笑。「他的意識還真奇怪！我真不敢相信『他』那隻結結巴巴的無牙小龍，居然也是巨無霸海龍！他笨到腦子裡除了食物之外，什麼想法都沒有！」

「他只是年紀還小，」奧丁牙龍責罵道。「他還不知道自己是誰……」

「喂，聽、聽、聽我說話！」沒牙氣得用嘴巴說出話來。「你們說的該、該、該不會是沒牙吧？沒牙怎麼可能是海龍？這比『奧丁牙龍』是海龍還要好、好、好笑耶！沒牙才不要別的龍、龍、龍偷聽他的想法！而且沒牙知道自己是誰！沒牙是普通花園——不對，沒牙是無牙白日夢龍……

『反正不管沒牙是什麼，『不、不、不是』海龍就對了，他這麼小——這一定是討厭的噩夢！』

奧丁牙龍轉向沒牙。

「是啊，沒牙，這是一場非常討厭的噩夢喔。」奧丁牙龍沒有張開嘴，用那雙有催眠能力的眼睛直視沒牙，蒼老的聲音傳了過來。「你可以繼續睡覺，等你醒過來就會忘記這一切……」

「這是非常討厭的噩夢。」龍王狂怒漸漸淡去的聲音重複道。

沒牙打了個哈欠，牠緩緩閉上眼睛，繼續睡覺。

第二天早上，牠醒了過來，全身一抖。
祕密基地外，龍族叛軍的聲音消失了。
牠昨晚作的夢好——討厭喔。
牠到底夢到什麼？
沒牙怎麼也想不起來。

那是非常討厭的噩夢……

與此同時……

沼澤盜賊都**沒在哭的**，
神楓卻窩在某個黑暗的地方
哭泣。

更黑暗的地方，一雙飄在空中的紅眼睛，正很、慢、很、慢地接近小嗝嗝……

「我的牙齒……我的牙齒在哪——裡——？等我找到那個搶了我的好牙齒的可惡男孩，我會殺了他。
我的牙齒在哪——裡——？」

「跟我來。」小嗝嗝說。

第八章　就算找了一百年，你也找不到阿爾文的祕密營地

隔天一早，小嗝嗝驚訝地發現龍族叛軍都不見了，樹屋外是一片飄著濃煙、燃著火焰的荒蕪，卻不見人類或龍族的蹤跡。天空不停降下傾盆大雨。

「他們走了……」小嗝嗝小聲說。他不敢相信自己運氣這麼好。「我們可以去救神楓了。」

「你覺得這會不會是陷阱？」魚腳司悄聲問。「我們去阿爾文的軍營路上，應該會被伏擊吧？」

「不管冒多大的險，我們都一定要救出神楓……」

「我覺得我們不會有事。」奧丁牙龍輕聲用諾斯語說。

「別問我是怎麼知道的，總之我認為龍王狂怒不會攻擊我們……至少**現在**不會。」

但即使有了奧丁牙龍的保證，再次離開地下樹屋還是非常可怕，大家都擔心龍王狂怒或巫婆的吸血暗探會突然跳出來攻擊他們。

離開樹屋時，上方的樹木還在焚燒，燒成了焦黑冒煙的殘幹。

鼻涕粗騎著颶風龍，帶領其他人與龍飛過陰森的景色。小嗝嗝看過森林被燒毀的樣子，不過這比普通的森林火災還要嚴重十倍，周遭萬籟俱寂，彷彿被毀滅之火嚇呆了。

之前還半毀的樹林，現在長得像仍在冒煙的月球表

面，地貌完全變了個樣子，要不是河還在，他們絕對認不得路。

好幾座山峰都被摧毀，像遭遇大地震般發生山崩，整片整片的森林化成了乾柴與灰燼。

每前進一段路，他們就會來到一段被土石流阻擋的河道，河水宛如噴出傷口的血液，在障礙物四周噴濺，最後才恢復原本的流向。

小嗝嗝手臂的咬痕沒有一刻讓他忘記吸血暗探的存在。吸血暗探可以追蹤埋在他手臂裡那顆牙齒，還會憑空出現，因此小嗝嗝不停回頭檢查身後，他

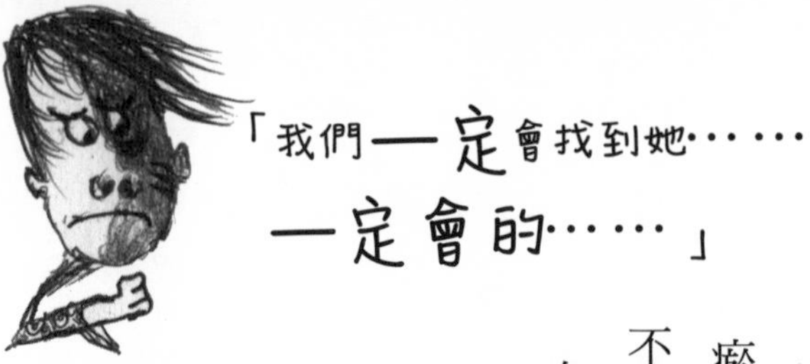

總覺得自己隨時可能再次遇襲。

他的瘀傷擴散得更大了，現在身體左側全都變成紫色，就連左邊大腿和膝蓋也沒倖免。

「我看起來好像心情龍喔！」小嗝嗝開玩笑道，但那不過是掩飾恐懼的玩笑話。

瘀青的部位都完全麻木了，他的左手臂徹底失去知覺，連動一下也做不到，在這種情況下，要抓穩三頭死影的背並不簡單。他告訴自己，吸血暗探應該被龍族叛軍昨晚的攻勢和昨晚發生的其他事情嚇壞了。小嗝嗝他們在焦黑的森林裡潛行，害怕地躲在一棵被炸毀的樹後面，即使三頭死影用隱形的翅膀罩住他們，他們還是覺得自己隨時可能被人或龍看見，只能不停在樹與樹之間逃跑、躲藏。這片荒地上，只有他們在動。

世界末日應該就是長這樣吧。小嗝嗝心想。

「哇，」鼻涕粗悄聲說。「那隻龍真的很想殺你耶，沒用。他要是逮到你，你就死定了……」

「可是龍王狂怒為什麼不在這裡？」小嗝嗝喃喃自語。他瞇起眼環顧四周，眼皮跳個不停。「他為什麼沒有追蹤我們？他知道我們躲在山裡某個地方，為什麼不來獵殺我們？這感覺怪怪的，不像龍會做的事，龍一旦困住獵物就會動手殺死獵物。他究竟跑去哪了？」

奧丁牙龍一臉無辜地飛在小嗝嗝頭上。

不知道為什麼，沒牙突然咬了小嗝嗝一口。

「很痛耶！沒牙！你怎麼可以亂咬人！」小嗝嗝說。「太沒禮貌了……」

「對、對、對不起，」沒牙困惑地哀聲說。「沒牙不知道為什麼咬人……可憐的沒牙覺得有點害怕……」

沒牙今天一直覺得心驚膽顫，非常不安。

大家順著河流往下游前進，在神楓和鼻涕粗昨晚差點摔下的海崖前停下來，小嗝嗝、魚腳司和鼻涕粗下了馱龍。

「阿爾文的營地就在**這裡**。」鼻涕粗得意地宣布。「營地超級大，有好幾百艘船，還有一整座漂在水上的城鎮。」

「你在說什麼啊？」魚腳司問道。他用手擋住一部分陽光，望向大海。「營地該不會跟吸血暗探一樣隱形吧？」

魚腳司說得有道理。放眼望去，前方是一片荒海，只有一座座形狀奇異的冰山。

完全沒看到超大的營地。

「魚咬死，你沒聽到我說的話嗎？」鼻涕粗說。「阿爾文的營地就在**這裡**。」

小嗝嗝和魚腳司瞠目結舌地看著鼻涕粗。

「你瘋了嗎？還是你在說謊？」魚腳司又問。「營地怎麼可能隱形！」

「這時候，**我**就派上用場了。」鼻涕粗得意洋洋地說。「它就在我們腳下。」

他戲劇化地頓了頓。

「營地在瀑布後面。」

人類與龍都驚訝地瞪大眼睛，盯著鼻涕粗。

「這座瀑布後面是一個巨大的海蝕洞，」他繼續得意地說。「巫婆和阿爾文在洞裡的水上架了木臺，他們的堡壘就蓋在那裡。」
小嗝嗝和魚腳司震驚地看著雄偉的瀑布，看著河水墜、墜、墜入大海。
「我的龍角啊，」奧丁牙龍悄聲說。「難怪史圖依克和瓦爾哈拉瑪一直找不到他們的營地……」
小嗝嗝吞了口口水。「鼻涕粗，我們接下來怎麼辦？你比較熟悉這個區域，你知道要怎麼去瀑布後面嗎？進去以後，我們該怎麼偷走王之寶物、救出神楓？」
「沒用，你終於肯讓我當領導人了。」鼻涕粗慢悠悠地說。「小嗝嗝，你邊看邊學吧，真正的領導人就是這樣制定軍事計畫的……
「好，」他一本正經地說。「飛到瀑布後面其實很簡單，瀑布中間的水流非常強，那裡的水會把你直接沖去撞下面的石頭。不過瀑布邊緣的水比較少，可以直接飛進去。」
「太聰明了。」小嗝嗝忍不住讚嘆道。再怎麼不情願，他還是得承認敵人有一手。

「可是進到海蝕洞**之後**就比較危險了。」

「噢不……」沒牙顫抖著說。「沒牙討、討、討厭危險。」

「阿爾文軍團衛兵不分晝夜地在洞裡巡邏，他們有的人走路，有的人騎牛守奴龍。我們得排好陣形飛進去，三頭死影飛上面，風行龍跟颶風龍飛在他下面，這樣說不定衛兵不會注意到他們……」

「說、說、說不定……」沒牙哀聲說。「沒牙討厭『說不定』……」

「地下城鎮建在水上的木臺上，我們直接飛去躲在木臺下面。

「平臺有些活板門，阿爾文軍團有時會把垃圾往水裡丟，或是打開活板門抓魚。我可以帶你們到通往藏寶房的活板門，到時候一起溜進去把寶物偷走，再從活板門鑽下去，把寶物放到三頭死影背上。」

「這個計畫太可笑了！」魚腳司高呼。「小嗝嗝，你該不會在認真考慮他的計畫吧！」

「小嗝嗝，你的魚腳朋友還是不信任我……」鼻涕粗說。他的眼睛閃爍著奇怪的光芒。「關鍵的問題是，你信不信我？」

「我選擇信任你。」小嗝嗝說。

「唉洛基的毛茸茸魚手指啊，」魚腳司不知道對誰哀嘆。「我只是想成為『吟遊詩人』，過上與世無爭的平靜生活，住在一間小木屋裡，彈彈小豎琴……這個願望有很過分嗎？結果呢？諸神偏偏要我在人類與龍族之間的『戰爭』中扮演重要角色。真是的，我怎麼運氣這麼差……」

風行龍窩在魚腳司身旁，同情地舔了他的臉頰一下。魚腳司忍不住露出微笑。「龍口水。沾到龍口水以後，再怎麼糟糕的事情都感覺沒那麼糟糕了。」

「太棒了。」鼻涕粗說著爬上了颶風龍。「你們跟緊了。」

鼻涕粗和颶風龍起飛了，但在其他人與龍跟上去之前，小嗝嗝揮手叫大家圍成一圈。

「我們在做什麼？」魚腳司小聲問。

「我**很想**信任鼻涕粗。」小嗝嗝說。「我真的、真的**很想**信任他，但我不太確定他到底可不可信。為了避免他出賣我們，我想到了B計畫。」

「**喔，**」奧丁牙龍低聲說。「**真聰明。小嗝嗝，你從過去學到教訓了——保持樂觀，同時未雨綢繆，這是君王該有的表現。**」

魚腳司也這麼認為。「還好還好，還好我們有B計畫，我實在不怎麼喜歡A計畫。」

小嗝嗝很快地把B計畫解釋給大家聽，人與龍全都點點頭，表示聽懂了。

「可是B計畫比A計畫還要危險耶！」魚腳司抱怨道。

「我真心希望我們不會用到B計畫。」小嗝嗝無奈地說。

「**快點啦！**」鼻涕粗小聲喊道。他飛在下方三十英尺處，就在瀑布邊緣。「膽小鬼，我不可能整晚在這邊等你們好嗎！現在我才是領導人，我叫你們走，你們就走！真是的，小嗝嗝，你跟你的朋友根本不懂軍紀，完全不懂……」

「改良版鼻涕粗真好，還有老派的領袖魅力。」魚腳司邊說邊爬上三頭死影。「你說呢？」

小嗝嗝騎上風行龍，魚腳司騎上三頭死影，他們在瀑布邊緣停留片刻，排好陣形。

面對前方這座洶湧的水牆，他們怎麼看都不覺得瀑布後面有東西。

「你們要飛快一點才衝得進去，所以要稍微助跑一下。」鼻涕粗建議道。「準備好了嗎？**走！**」

魚腳司打頭陣。

他輕輕用腳跟踢了踢三頭死影，死影驚恐地昂起頭，因為前方怎麼看都是一堵水牆，但三顆頭還是堅決地抿脣，隱形大龍的身體變成瀑布的顏色，高速飛向瀑布。

衝過瀑布的感覺十分奇妙。

一瞬間冰冷得嚇人的河水，冷到他們差點尖叫出聲——飛在上方

的沒牙不悅地尖呼一聲——那一瞬間過後，他們到了另一側，大家還在大口大口地喘氣。魚腳司讓三頭死影緊急煞車，大龍昂起身體，隱藏跟著衝進來的風行龍與颶風龍。

他們溼答答、眨個不停的眼裡，映入壯觀的畫面。

第九章　阿爾文的地下堡壘

那是座大得不可思議的地下冰窟，像是巨人的家，光源是數百萬隻螢火龍，洞窟裡的冰塊隨著螢火龍移動反射出眩目的光芒。洞頂掛著巨大的冰柱，彷彿上頭有什麼東西爆炸了，結凍成一根根粗大的藍綠色垂冰。

洞穴底部是海水，就如鼻涕粗所說，阿爾文與巫婆在海上建造了搭在木臺上的維京城鎮。迷宮般的木臺幾乎占據整個洞窟，平臺上有住家、鐵鋪、武器庫，中間甚至還有歪歪斜斜的集會堂，看起來像是用船的殘骸所組成，屋頂還插著奸險家族的骷髏海盜旗。

城鎮邊緣停泊了至少一百艘黑船，船隻宛如等著捕食獵物的黑寡婦蜘蛛，船身散發出火把的光芒。除此之外，小嗝嗝還看到備感熟悉又令人哀傷的畫面：巨大的龍籠。他聽到籠裡的龍族害怕的叫聲，聞到鑄造鎖鍊的味道，阿爾文和巫婆果真恢復了龍族的奴隸制度。

小嗝嗝在這時候看見龍籠其實是好事，因為在慘絕人寰的戰亂中，你很容易忘記自己是為什麼奮鬥。看到那些被捕的龍，小嗝嗝才想到，他雖然會犯錯——他雖然放了龍王狂怒、失去了神楓——之所以犯下那些錯誤，是因為他有一個目標。

他不會再讓這種事情發生。

他不會讓奴隸制度與痛苦延續到未來。

他**必須**創造新世界。

小嗝嗝注意到城裡立著許多長竿，長竿上高掛著龍之印記軍團的頭盔。看到這一幕，他突然有點想吐。

可憐的神楓應該就在城鎮某處。

妳千萬要平安……

凶悍的阿爾文軍團戰士快步走在木板道上，呼叫同伴、點燃火把、煮飯和製作武器。

阿爾文軍團的衛兵騎著牛守奴龍在空中巡邏，牛守奴龍凸出的眼睛射出探照光，繞圈飛行時，衛兵們仔細確認是否有人或龍入侵營地。

太不可思議了，這麼多房屋與船隻居然能藏得如此隱密，龍之印記軍團與龍王狂怒怎麼找都找不到。瀑布的巨響完全遮蔽地下城鎮的聲音、氣味與火光。

小嗝嗝稍微調整握劍的姿勢。

「走吧。」他小聲說。

三頭死影往下飛向支撐城鎮的木臺，風行龍與颶風龍低飛在牠的翅膀下，以免被飛在上空的牛守奴龍或衛兵發現。

鼻涕粗看著美麗的三頭死影俯衝下去，雙眼閃爍著羨慕的光芒。

「沒用，我不得不說，」他悄悄地說。「你們是瘦瘦小小的雜草沒錯，但是你們還滿會挑馱龍的嘛。」

飛到牛守奴龍附近時，小嗝嗝的心撲通撲通地狂跳，好像隨時會從胸腔蹦出來。一隻牛守奴龍轉過頭來，也許是感覺到三頭死影的翅膀揚起的風，也許是聽見狩獵龍們盡量壓低的細語聲……

他們應該看到我們了吧？小嗝嗝驚恐地想。

小嗝嗝一行人繼續往下飛，小嗝嗝抬頭一看，滿心以為會有人大吼一聲「發現你們了！」後騎龍追來。可是衛兵都沒有反應，阿爾文軍團衛兵臉上沒有異樣，他們騎的龍也毫無反應。牛守奴龍繼續兜圈巡邏，眼睛的探照光穩定地繞著圈子照亮海灣。

三頭死影持續俯衝，迅速飛到最近的木臺下，緊接著是颶風龍與風行龍，以及豕蠅龍、暴飛飛、奧丁牙龍與沒牙。

小嗝嗝終於鬆了一口氣。

迷宮般的木臺下空間不大，三頭死影幾乎無法飛行，翅膀不時會碰到海面。水中立著一根根腿腳似的木樁，小嗝嗝一行人飛行時還得小心避開木樁。

飛在城鎮的街道「下」感覺十分奇妙，抬頭時，小嗝嗝從木板縫隙瞥見在走道上行走的一雙雙鞋子。前方有人打開活板門，風行龍及時閃開，躲過被人倒下來的一桶魚內臟。活板門又關了起來。

下方的海水中是一艘艘腐爛的沉船殘骸，鼻涕粗讓颶風龍降落在其中一艘沉船翻倒的船身，用拇指往上一指。

「就是這扇活板門。」他小聲說。「被巫婆抓到之前，我跟颶風龍暗中查探了很多次，一直在找王之寶物。你們看，我在這扇活板門上畫了『X』記號，這樣回來時才找得到它。」

小嗝嗝和魚腳司也讓馱龍降落在鼻涕粗身旁，三隻龍並排坐在沉船的船身，像三隻棲息在岩石上的大鸕鶿。

「有誰在保護寶物？」

鼻涕粗的眼睛閃過異光。

「這個啊，就只有一、兩個愛打瞌睡的阿爾文軍團守衛而已，我們應該隨便就能打敗他們了。」

「**他說謊……**」暴飛飛用龍語說。「**騙子是瞞不過其他騙子的……**」

「我們三個一起爬上去，」鼻涕粗接著說。「就能把王座搬下來，放在三頭死影背上，再去監獄拯救神楓。」

小嗝嗝拔出長劍，用力吞了口口水。

「**好喔。**」小嗝嗝說。「**奧丁牙龍、豕蠅龍和暴飛飛，你們跟風行龍還有三頭死影一起待在這裡。**」

「**汪！汪！**」豕蠅龍乖巧地說。「**靠左走！陽光，嫁給我吧！出口在哪裡？**」

「**沒牙，**」小嗝嗝說。「**你可以跟我來，把你交給別人管，我實在不放心……**」

「因為沒、沒、沒牙是最棒的寶物，對不對？」沒牙露出燦爛的笑容。「暴飛飛妳看……奧、奧、奧丁牙龍你看……長得像豬的笨笨龍你看……『沒牙』超級重要，小嗝嗝都不放心沒牙……沒牙『超、超、超級無敵』重要……」

「三頭死影，麻煩你們把我們三個載到活板門下面。風行龍，可以幫我們開門嗎？」

風行龍一口氣燒壞了活板門的閂，門板垂了下來。

三頭死影飛到活板門正下方，小嗝嗝坐在牠背上，小心翼翼地探頭一看。

上方一片漆黑，沒有任何聲音。

「我先進去，」鼻涕粗輕聲說。「我比較熟悉環境……」

他的眼睛異常明亮。

是因為他很興奮嗎？

還是有什麼不可告人的原因？

鼻涕粗看到小嗝嗝懷疑的表情，笑了起來。「小嗝嗝，你不相信我嗎？」

「『沒、沒、沒牙』不相信他……」沒牙低沉的小聲音從小嗝嗝背心裡傳出來。「相信他就跟相信蛇、蛇、蛇不會咬你一樣……」

「我**很想**相信你，」小嗝嗝鎮定地說。「鼻涕粗，我真的真的**很想**相信你……」

鼻涕粗垂下眼簾，是不是有一瞬間露出了慚愧的表情？

然後，他拔出匕首，用牙齒咬住它。

鼻涕粗在三頭死影背上站起來，拉著木板的洞口把自己往上拉，掛在空中片刻之後繼續往上爬，消失在黑暗中。

「你瘋、瘋、瘋了。」沒牙不清不楚的聲音說。

小嗝嗝**真的**瘋了。

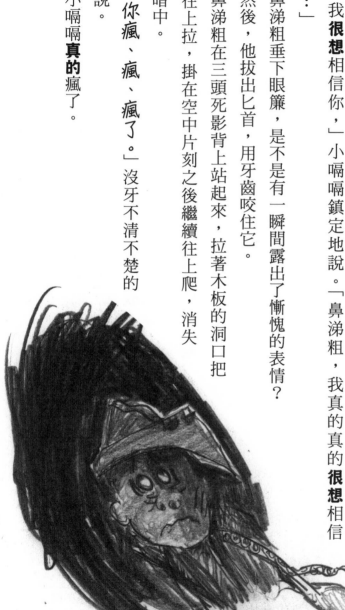

從鼻涕粗過去的表現來看，他完全沒理由要求小嗝嗝信任他。
但鼻涕粗的腳才剛消失在洞口，小嗝嗝就跟著爬了上去。
小嗝嗝用力吞了口口水，站起身來，努力在黑暗中尋找鼻涕粗。
「鼻涕粗？」他緊張地問。
沒有人回應。
房裡暗得伸手不見五指，小嗝嗝焦急地到處看，卻什麼也看不見。
「鼻涕粗？」這次他說得稍微大聲一些，仍然沒有人回應，他只聽到細微的窸窣聲。
鼻涕粗為什麼這麼安靜？他應該也在房間裡啊……他只比小嗝嗝早來兩秒鐘而已……
沉悶的寂靜讓小嗝嗝有種不好的預感，他的腳自動輕輕、輕輕倒退。這時候，一股熟悉的味道鑽進他的鼻孔，那是臭雞蛋的味道……
他不可能認錯。

那股「芬芳」是凶殘部族特有的體臭，而凶殘部族所有人都是阿爾文軍團的忠實團員，也是阿爾文與巫婆的僕人。

他聽到大腳的腳步聲及粗重的呼吸聲，那不是一個戰士，而是許多名戰士的聲音。

這代表一件事。

背叛。

背信與背叛。

鼻涕粗出賣了他。

背心深處，沒牙正焦慮地輕咬小嗝嗝肚皮。

快跑！小嗝嗝心想。**快跳進活板門，趕快騎著風行龍飛走！**

但如果鼻涕粗背叛了他，就表示鼻涕粗不知道王之寶物真正的藏匿處，所以小嗝嗝只剩一個選項。

那就是實施B計畫。

小嗝嗝把頭伸到活板門洞口，魚腳司已經站在三頭死影背上，正鼓起勇氣準備跟著小嗝嗝爬上木臺。

「B計畫！」小嗝嗝低聲說。

魚腳司震驚地大雙眼看著他。

「不要……不要B計畫……鼻涕粗背叛我們了嗎？」

「B計畫！」小嗝嗝重複道。

說完，小嗝嗝無視逃跑的直覺反應，遠離活板門、遠離逃生路線、遠離自由，回到漆黑、未知的房間。

他又走兩步之後，被兩隻手粗魯地抓住。

「**抓到他了！**」阿爾文軍團戰士高喊。即使小嗝嗝沒有抵抗，還是有三個戰士過來抓住他，對他拳打腳踢。

小嗝嗝被人從黑暗拖到刺眼的光線下，進到一個新的房間，這裡滿是嘰嘰喳喳聊天的人。他被拖進去的瞬間，眾人靜了下來。

刺眼的光線害小嗝嗝什麼都看不見，但他認得接下來說話的聲音。

那個聲音和以前不太一樣，變得口齒不清、尖銳刺耳，但那絕對是小嗝嗝的死對頭：奸險的阿爾文。

「唉呀，**小嗝嗝．何倫德斯．黑線鱈三世**，你居然來了！我們誠心歡迎你……」

冬食龍

統計資料

恐怖：……………………6
攻擊：……………………7
速度：……………………5
體型：……………………2
叛逆：……………………7

冬食龍體型很小，牠們閉著嘴巴時看起來很可愛，但其實很像食人魚。如果一群冬食龍攻擊一頭鹿，牠們能用剛好三分鐘時間把鹿吃得只剩骨頭。

第十章　背信與背叛

小嗝嗝的眼睛逐漸適應燈光，他發現自己應該身在那棟歪歪斜斜的集會堂裡，就在漂浮城鎮的中心。集會堂蓋得相當粗糙，主體是三艘一度在強盜灣觸礁沉沒的維京船，船身被倒著固定在一起，形成類似建築物的構造。房間邊緣有許多籠子，裡頭關著人類與龍族囚犯，籠子一個個地往上疊，疊到天花板。

集會堂中央，是阿爾文軍團的戰士。

這些人一臉凶狠、滿身刺青，是一群殘忍、嗜血的罪犯，他們都曾是維西暴徒部族、凶殘部族、流放者部族、歇斯底里部族與醜暴徒部族最討厭的成員，這些蠻荒群島的敗類全都選擇加入阿爾文與巫婆，在過程中變得更加恐怖。在阿爾文和巫婆的薰陶下，他們完全體現出人性的黑暗面。

阿爾文軍團戰士把小嗝嗝拖到集會堂中間，推倒在一個戴著鐵面具的男人面前。

鼻涕粗大搖大擺地走進來。

小嗝嗝看了幾秒鐘，才發現戴著鐵面具的男人是奸險的阿爾文。

阿爾文被母親傳染了疣，隨著他的權勢增長，身上的疣也變得越來越嚴重，不停增加、變大、變大、增加，像雨後春筍般長個不停。大疣生出小疣，小疣長大後生出自己的小疣，大大小小的疣像愉快的火山一樣在他臉上噴發膿汁，一直重複成熟與繁殖的循環，直到他的臉腫得連親媽都認不出來了。原本只是一張帥臉上的小裝飾，現在

讓他完全毀容了。

所以，阿爾文為了遮住自己腫脹的臉，不得不戴上鐵面具，而面具後的嘴脣也長滿了疣，看起來像被一大群蜜蜂螫過。紅腫的嘴脣再加上鐵面具，使他的呼吸聲與話聲變得刺耳難聽。

失落的王之寶物他一件都沒帶在身上……就連心形紅寶石手環也一樣。

現在，阿爾文是名戰士。

他是幾乎全身上下都由金屬

製成的戰士，一條手臂裝著閃亮的鉤爪，身上佩帶了長矛、長劍與弓箭，就連象牙質假腿末端也裝上鋼鐵。除了掛在腰間的種種武器，不僅有龍之印記軍團的頭盔，還有龍之印記戰士的鬍子。

認出小嗝嗝時，他開心地歡呼一聲，呼聲被鐵面具的縫隙扭曲成嘶啞、非人的尖叫。

巫婆優諾手腳並用地跑過來。

她的身體像瘦瘦長長的狼骨架，皮膚蒼白得嚇人，完全沒有人類的血色或善良。她應該是女人才對，不過她頭頂半禿，身上布滿刺青，凸出的下巴長了長長的白毛，看上去像「別的生物」。

她縱身一躍，把小嗝嗝撲倒在地，簡直像準備咬死獵

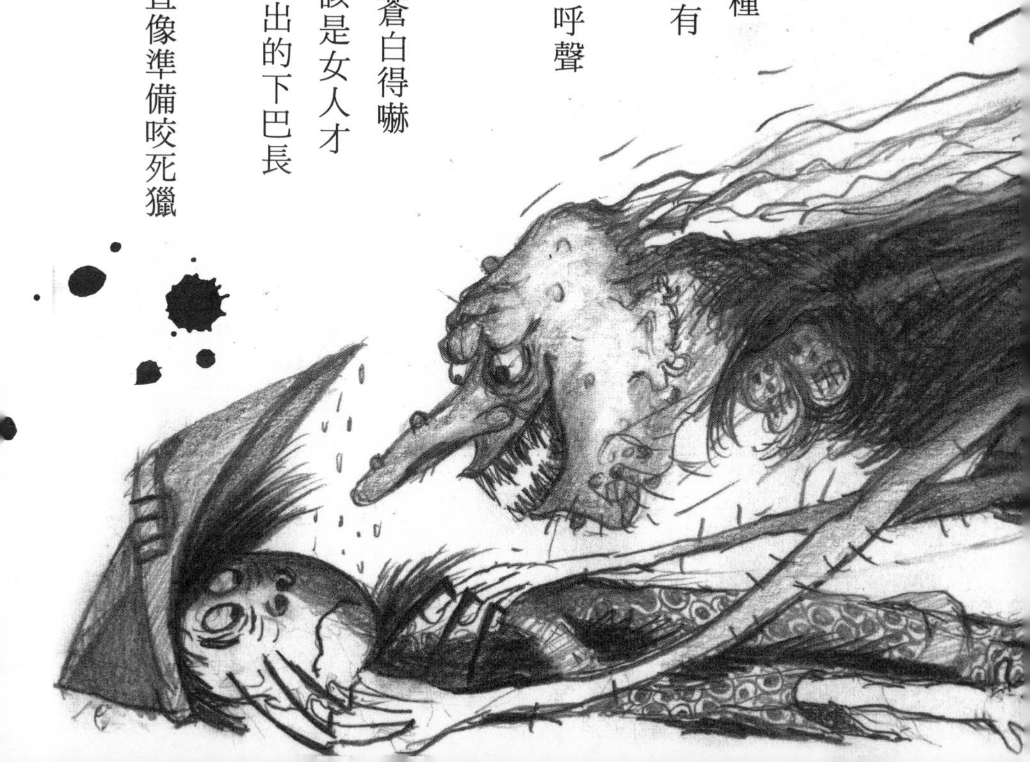

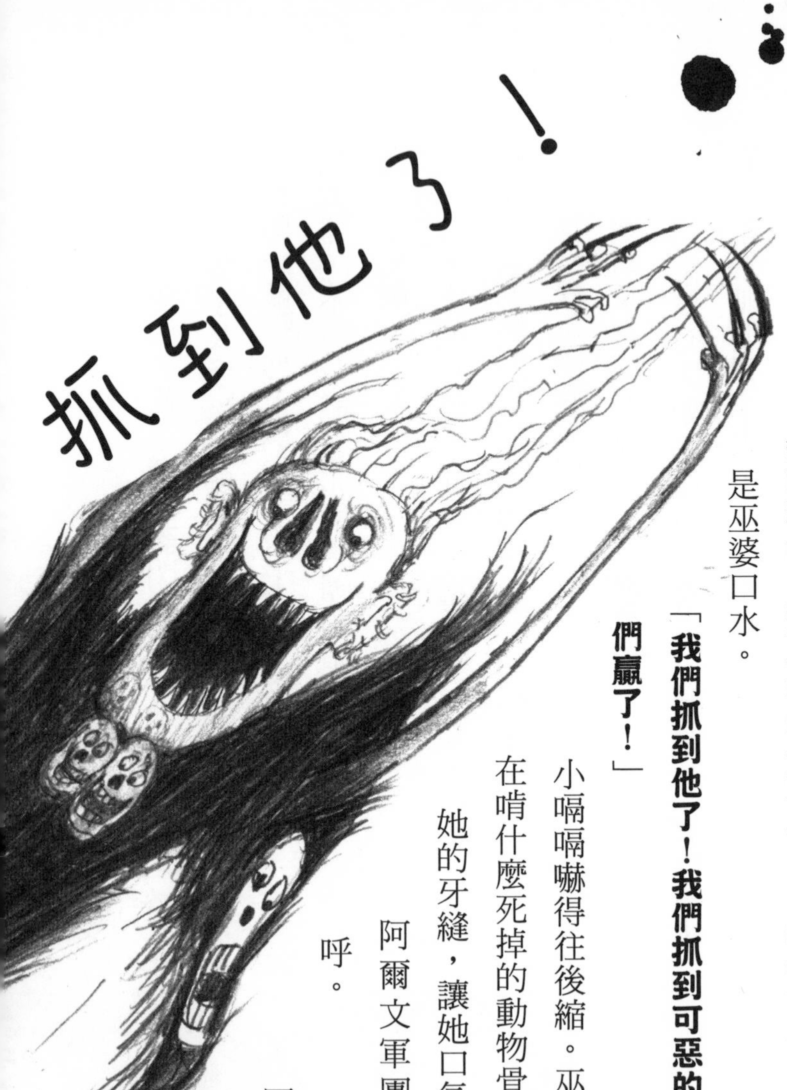

物的野獸。她張開可怕的嘴巴，露出磨得和鯊魚牙齒一樣尖的利齒，對小嗝嗝大聲尖叫，噴得可憐的小嗝嗝滿臉都是巫婆口水。

「**我們抓到他了！我們抓到可惡的小混蛋了！我們贏了！**」

小嗝嗝嚇得往後縮。巫婆剛才不知道在啃什麼死掉的動物骨肉，腐肉卡在她的牙縫，讓她口氣非常臭。

阿爾文軍團戰士紛紛歡呼。

困在房間四周
牢籠裡的龍
之印記

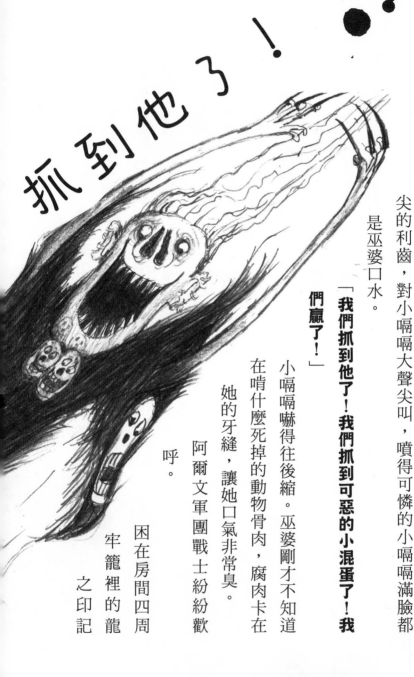

戰士，則紛紛懊惱地呻吟。

巫婆像野獸般用後腿立起來，把小嗝嗝也拖了起來。

「鼻涕粗，做得好，做得好啊！」她歡唱道。

「毒男孩，做得好！小嗝嗝還真相信你了！」

「我說的每一個字，他都信了。」鼻涕粗冷笑著說。

他和房裡每一個阿爾文軍團戰士擊掌，甚至和阿爾文本人擊掌（這其實滿痛的，因為阿爾文手臂裝的是鉤爪）。

「這是天大的好消息。」阿爾文唱道。「今晚，我要把小嗝嗝的心臟吃掉……」

「你們好噁心！」有人大罵。

那個聲音來自房間一角的大箱子。

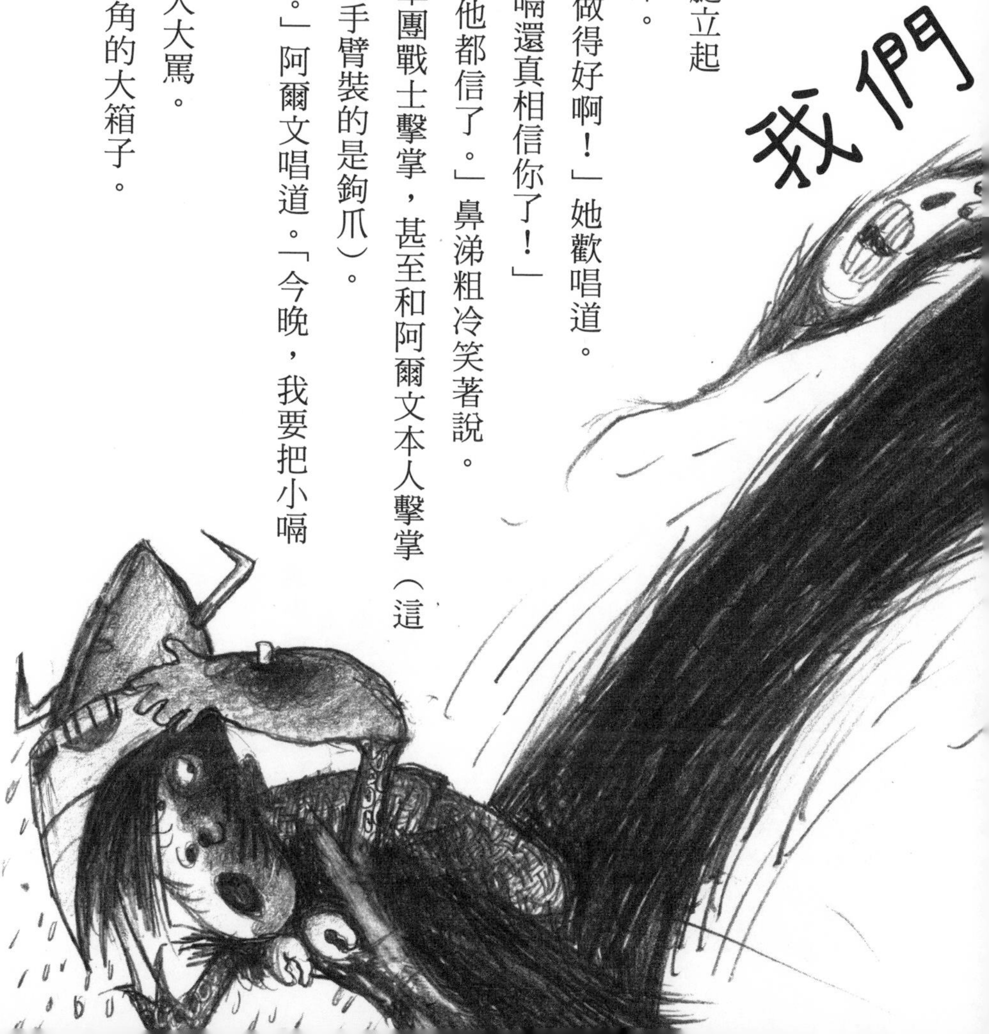

「神楓！」

感謝索爾，感謝奧丁，感謝諸神。小嗝嗝大大鬆了口氣，幾乎要軟倒在地。

「神楓，妳還好嗎？」

「我沒事！」箱子裡的聲音愉快地說。「我好得不得了。小嗝嗝，你別擔心我，我完全沒事……」

「你們幹麼把神楓關在箱子裡？」小嗝嗝氣沖沖地問巫婆。

「我不想讓那個小逃脫藝術家逃走……」巫婆柔聲回答。

箱子纏滿粗重的鎖鍊。

可見巫婆完全不打算冒險。

「神楓，妳**真的**沒事嗎？」小嗝嗝對箱子喊道。從昨晚到現在，他一直沒有忘記她——他怎麼可能忘記神楓？

「當然沒事。」箱子回答。「裡面的空間比想像中大，其實還挺舒服的，而且有很多氣孔。可是他說要吃你的心臟耶！阿爾文，你太不要臉了！還有妳，巫婆，妳到現在還沒學到教訓嗎？小嗝嗝每次都能用聰明的計畫騙過你們，這次也不例外，到時候你們就會跟之前一樣，再被他將一軍！」

「可憐的小沼澤盜賊啊，」巫婆用對小嬰兒說話的語氣說。「小寶貝，戰爭的風向是會變的……戰爭的風向是會變的。我告訴妳，妳男朋友有個弱點……」

「小嗝嗝**才不是**我的男朋友！」箱子氣呼呼地抗議。

「他相信每個人都有善良的一面，」巫婆不理她，接著說。「結果呢，鼻涕粗輕輕鬆鬆就騙了他。」

「叛徒！」箱子怒罵。

「神楓啊，妳是不是警告過小嗝嗝，叫他不要相信鼻涕粗？」巫婆柔聲說。

箱子沉默不語，巫婆知道自己說中了。

「嘖嘖。」巫婆溫和地說。「漂亮的小丫頭，妳看，他要是真正的國王，就不該這麼容易被騙。妳難道看不出自己站錯邊了嗎？這個男孩的父親沒能找到我們的祕密基地，這個男孩的母親沒能盜走失落的王之寶物，這個男孩懦弱到自己跳進我的陷阱，他怎麼有資格當國王呢？」

「**妳這個邪惡的巫婆！**」神楓的叫聲從箱子裡傳出來。

「多謝誇獎。」巫婆笑著說。「就如我所說，戰爭的風向隨時可能改變，妳當然也可以改變心意，站到我們這一邊。這個房間裡所有人都知道，現在換到贏家這一邊也不算太遲。」

「**我拒絕！**」神楓高呼。「小嗝嗝，你雖然看不到我，可是我就在這個箱子裡，我絕對**不會**背棄你！」

「小嗝嗝，我再也不會背棄你了。」

「妳為什麼非要追隨小嗝嗝不可？他可是傻瓜！」巫婆尖叫。「無可救藥的傻瓜！傻瓜！大傻瓜！他信了一個兩度出賣他的人，真是蠢到家了！」

「我信他，是因為我知道鼻涕粗有善良的一面。」小嗝嗝固執地試著交叉手臂，不過一隻手軟趴趴的，沒辦法做他要的動作。

「真是的，我的雷神索爾啊，小嗝嗝，」鼻涕粗罵道。「別再原諒我了行不行？**真的**很煩耶。」

打嗝戈伯壯觀的黃鬍子被全部割下來了。

「鼻涕粗，你這個**叛徒**！」房間一角的籠子裡，有人大吼。

那是小嗝嗝以前的老師——打嗝戈伯，他也被阿爾文軍團抓起來了。

他壯觀的金黃色大鬍子——象徵戰士榮耀的大鬍子——被全部割掉了，現在他的臉邊緣是粗糙的鬍碴，看起來悽慘透

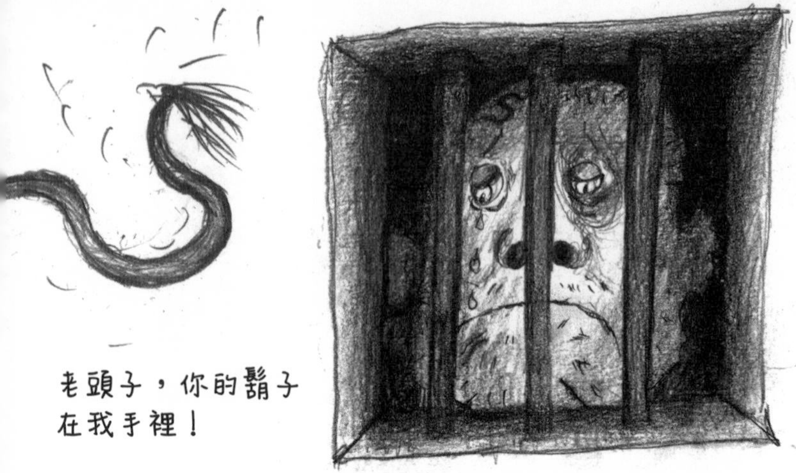

頂。這是對維京戰士莫大的羞辱，意思和割掉獅子的鬃毛差不多。

戈伯「從前的鬍子」像一塊頭皮似地掛在阿爾文腰間，阿爾文嘲諷地摸摸鬍子，抓著那撮毛髮對戈伯晃了晃。

「老頭子，你的鬍子在我手裡。」他隔著鐵面具輕聲唸道。「你的鬍子在我手裡。」

但至少戈伯還活著。

他還不服輸。

「**鼻涕粗！**」戈伯大吼。「我在琥珀奴隸國給過你加入我們這一邊的機會，那時候我就告訴你了，你要是加入我們龍之印記軍團，肯定會是我們的一大助力。我現在要收回那句話，你是汙辱了自己的名字、汙辱了部族的叛徒！」

鼻涕粗咬住嘴脣，不過很快就恢復平靜，高傲地說：「起碼我沒被關在籠子裡，你那個樣子才叫丟臉。」

阿爾文軍團的士兵聽了哈哈大笑。

「寧可當光榮的奴隸，也不要當一條自由的狗。」戈伯大聲說。

鼻涕粗臉紅了。

「是『你』背叛了『我』。」鼻涕粗惡狠狠地說。「你背叛了你教我的一切，然後呢，你看看你，這就是懦弱的後果！」鼻涕粗揮手示意外頭的世界。「全世界都在打仗！龍族就要毀滅人類了！你還好意思罵我叛徒？你才是叛徒！你們都背叛了我愛的世界！」

「你好大的膽子，竟敢說我是叛徒！」戈伯怒吼。「你這隻**小蝦米**，你以為我喜歡看到世界發生這樣的改變嗎？可是以前的世界已經沒有了，我們非得在小嗝嗝和阿爾文之間做選擇，就算是你，應該也看得出阿爾文是多麼邪惡的一個人！」

「多謝讚美。」阿爾文滿意地說。

「我們雖然是戰俘，」戈伯吼道。「但鼻涕粗，我們還是可以背棄你！龍之印記戰士們！我們一起背棄這條狗、這個叛徒，從此他的名字就和背信忘義劃上等號！」老戰士在自己的籠子裡轉身背對鼻涕粗，其他被俘虜的龍之印記戰士——殘酷傻瓜族長牟加頓、他兒子凶酷利、無情霸抓、斯波塔、哈莉塔馬——全都跟著轉身。

「我人在箱子裡，你看不到，」神楓說。「不過我也要背棄你。」

鼻涕粗的眼睛異常閃亮，看起來像發了高燒。他和平常一樣擺出傲慢的樣子，假裝自己一點都不在乎以前的老師和戰友背棄他，假裝自己完全不在意。

「你們背棄我有什麼大不了的？」鼻涕粗壞笑著說。「你們可是選擇讓小嗝嗝當領袖的人，你們看看那傢伙……」

背棄鼻涕粗的龍之印記戰士若有所思地回頭看小嗝嗝，其中一些人突然懷

這時候，小嗝嗝看起來
實在很可笑。

疑自己選錯了。這時，小嗝嗝看起來實在很可笑，身體半白半紫，左手像斷掉的翅膀般垂在身邊，手臂彷彿塞滿破布軟趴趴的，戴在頭上的頭盔也不合身。

「而且，」鼻涕粗冷笑著說。「**小嗝嗝**還笨到把最後一件王之寶物給帶來了……」

阿爾文驚呆了，哪有這麼好的消息！他把鉤爪伸進小嗝嗝的背心，抓出氣得不停掙扎、扭動、身上沒穿外套的小沒牙。

小嗝嗝垂頭盯著地板，無法面對追隨者從信誓旦旦變得失望的眼神。

「放、放、放開沒牙！」沒牙尖呼。「**我就跟我的壞主人說了，這個計畫超、超、超級糟糕！**」

「哇，」巫婆欣喜地驚呼。「哇，天底下

竟然有這麼好的事。最後一件失落的王之寶物也到手了……」

戈伯與龍之印記戰士們驚恐得倒抽一口氣。

他們的最後一線希望……消失了。

「**這回**，我們會好好保管最後一件王之寶物，」巫婆笑吟吟地說。「立刻把牠和其他幾件寶物藏在一起。鼻涕粗，你表現得太棒了！」

鼻涕粗對巫婆與阿爾文深深鞠躬。

「讓我把最後一件寶物帶去放在藏寶的地點吧，給我這份為你們效勞的榮耀。」鼻涕粗說。

他用輕鬆的語氣說話，一副若無其事的樣子。

巫婆瞇起眼睛。

「沒有人知道王之寶物的藏匿處，這是我們的大祕密。」

「我背叛了過去的部族與族人，證明自己的忠誠。」鼻涕粗說。「我已經不是毛流氓了，我現在是阿爾文忠誠的部下，是西荒野王國的阿爾文軍團戰士。」

鼻涕粗已經加入黑暗勢力……

巫婆考慮了一下，用那雙眼神銳利的蛇眼仔細打量面前的男孩，輕輕地嘶聲說：「鼻涕粗，你為阿爾文與西荒野王國付出不少，我們當然十分感激，也會給你相應的賞賜。

但是……」

巫婆站在鼻涕粗面前，眼裡閃爍著不懷好意的精光。

「我不打算把藏寶地點的祕密交給你……」她冷笑著說，一字一句都像利刃般狠狠地刺向鼻涕粗。「你的確把小嗝嗝男孩和無牙的龍帶來給我了，但你該不會以為做到這些，我就會把王之寶物的藏寶地點告訴你吧？你是生性狡猾的叛徒，你這種人很適合當小嘍囉，而且你背叛了自己的族人，以後就只剩留在我們這邊這一個選項了。

「他們再也不會接受你了。鼻涕粗，你現在是我們的人，再也跑不掉了。」

鼻涕粗皺起眉，彷彿現在才意識到永遠當巫婆和阿爾文的人是什麼意思。

「我們的新王國裡，當然有你的一席之地，」巫婆接著說。「但我可不信任你這種叛徒，因為我知道叛徒腦子裡想些什麼。」

巫婆的語氣變得比蜂蜜還甜膩，她只有在說出最殘忍、最狠毒的話時，才會用這種語氣說話。

「你可能想偷走王之寶物，自己去當國王。你心裡其實很清楚，你沒資格當國王，但可憐的孩子啊，你一定是充滿了當上國王的希望吧……」

鼻涕粗的表情——也許是微微抽動的嘴角——好像在說巫婆猜對了，不過他還是盡量保持高傲，什麼話都不說。

「你想欺騙我們所有人，但是，」巫婆的語氣變得十分剛硬。「命運打從一開始就挑出新王的人選了，新王不是阿爾文就是小嗝嗝，你再怎麼有維京人風範也不可能成為國王。」她諷刺的語調令鼻涕粗整張臉一皺。「命運已經展現出你真正的樣貌了，你其實就是條背信忘義的蟲子。」

集會堂充斥著肅穆又恐怖的沉寂，彷彿所有人都在看一個人不流一滴血地死去。

假如人能用言語殺人，用文字與純粹的惡意把人捅死，那巫婆絕對是一流殺手。

鼻涕粗看起來像是快吐了，就連阿爾文軍團戰士都鄙視他。

沒有人喜歡叛徒。

鼻涕粗張開嘴巴，想說些什麼。他一個字也說不出來，最後只好閉上嘴巴。

他低下頭，肩膀垮了下來，整個身體縮到最小，好像希望能憑空消失。他退到一旁的陰影處。

解決鼻涕粗之後，巫婆把裝著沒牙的籠子拿給維西暴徒部族的超惡邪，小

聲將王之寶物的藏寶地點告訴他。巫婆要表達的意思再清楚不過：超惡邪沒有鼻涕粗聰明，但他比鼻涕粗可信多了。

小嗝嗝受不了沒牙的哭喊聲。

小嗝嗝沒辦法看牠，他覺得自己是背叛了沒牙的叛徒。

都是我的錯。他心想。**都是我的錯**。

籠子裡，沒牙背上的龍角都難過地垂了下來。

「主、主、主人！快阻止他們啊！『拜託』你阻止他們啊！沒牙是『你的』……而且我是最、最、最棒的寶物……」

「沒牙，相信我！你不會有事的……沒牙，我一定會去救你！別擔心，這都是乃計畫的一部分！」小嗝嗝用其他人聽不懂的龍語喊道。

然而超惡邪已經提著籠子走出房間，小嗝嗝不確定沒牙有沒有聽見。

「這下，**所有**王之寶物都到我們手裡了！」巫婆對被俘的龍之印記戰士高喊。「你們已經輸了！我們明天帶著寶物去沙灘，阿爾文就會成為新王！你們現在想反悔，現在加入阿爾文這一邊，還不算太遲！」

「**我們還是支持小嗝嗝！**」打嗝戈伯大吼。

龍之印記戰士們不服輸地大叫，有些人叫得比較認真，有些人好像不太確定。

「**小、嗝、嗝！小、嗝、嗝！**」

「**小嗝嗝萬歲！**」

「你們真是忠心耿耿，」巫婆咬牙切齒地柔聲說。「到了這個地步，你們還支持小嗝嗝，真的是忠心耿耿。問題是，小嗝嗝男孩會不會支持你們呢？**把男孩給我捆起來！**」

第十一章　英雄的考驗

幾雙粗魯的手用鎖鍊捆住小嗝嗝，直到他像準備被抓去烤的雞一樣，動彈不得。

「母親，妳在做什麼啊？」戴著面具的阿爾文不安地問。「我上次不是告訴過妳了嗎？我跟這小子已經周旋很久了，我們應該一抓到他就馬上把他殺掉才對！王之寶物都到我們手中了，我們應該趕快殺了他，再把他所有的龍之印記戰士全都殺死。」

「寶貝阿爾文，我們總不能一直殺人吧。」巫婆假惺

惺地說。「人都殺死，我們不就沒有臣民了？我們必須改變他那些追隨者的心意，讓他們投靠阿爾文軍團，這樣就不必殺了他們。親愛的阿爾文，這就叫政治，政治這方面就交給我吧。**打開活板門！**」

吱吱吱嘎嘎嘎嘎！

房間正中央的地板上，一扇巨大的活板門開了，下方就是海水。

「小嗝嗝會把史圖依克和瓦爾哈拉瑪的藏身地點告訴我們，徹底摧毀那些討厭的追隨者對他的忠誠心。」巫婆說道。

史圖依克和瓦爾哈拉瑪的祕密基地位在珊瑚海

灘，就在強盜灣對面，不過巫婆和龍王狂怒都還沒找到他們的地下基地。

「我才不會說。」小嗝嗝嚇得動彈不得，但他還是盡可能堅定有力地說。

「相信我，你絕對會說的。」巫婆告訴他。

「把你母親和其他龍之印記戰士的藏身處告訴我，不然我就把你泡進冰冷的海水，讓你被鎖鍊捆著泡在那裡，直到你開悟或溺死。」

「我**永遠**不會背叛朋友。」小嗝嗝打從心底祈禱自己說的是真話。

「你們都聽到了，他說『永遠』不會背叛你們！」阿爾文說。

「『永遠』可是很長、很長的喔。」巫婆說道。「冬食龍都聚集過來了，到時小嗝嗝不僅得在冰冷的水裡存活，還得被冬食龍撕咬。冬食龍體型雖小，成群進食時還是十分危險，一個全身被鎖鍊捆住的孩子牠們當然不會放過。」

冬食龍是非常討厭的小型龍，習性和食人魚有點像，一頭鹿丟到冬食龍群中，就會在剛剛好三分鐘內被吃得只剩骨頭。

「冬食龍會不停啃咬你的四肢，直到你變得幾乎和我一樣漂亮……」

「**你們不要臉！**」戈伯高喊。

龍之印記戰士驚恐又不齒地大呼小叫。

「可是他有可能逃走啊！」阿爾文扭曲的聲音從面具裡傳出。

「胡說八道，」巫婆柔聲說。「我的小龍蝦陷阱，我的小阿爾文啊，你太愛瞎操心了。他全身上下都被鎖鍊綑住了，怎麼可能逃走！這個男孩又不是超人！他連英雄都不是！他不過是個平凡的小男孩罷了。等他出賣自己人，你們這些龍之印記戰士就知道了，來看看你們所謂的領袖有多不值得你們效忠吧……」

「**把他從活板門放下去！**」巫婆尖叫。「**各位，我隨時歡迎你們倒戈！**」

巫婆的計畫非常簡單：把小嗝嗝泡進海灣冰冷的海水，讓寒冷鑽進他的靈魂，將他的靈魂凍得跟冰山一樣死透透。

她打算像鑄劍師拿劍淬火一樣，把小嗝嗝浸到海水裡。小嗝嗝會因此成為寶劍，還是化為破銅爛鐵呢？

小嗝嗝被垂、垂、垂下去……
喀嚓！喀嚓！
喀嚓！

小嗝嗝實在答不上來。

他低頭看著冰冷無情的海水，全身發起抖。他曾經在冬天落海，他知道海水一開始會冷得像火燒，接著會迅速失去知覺，彷彿不再存在。

他也知道，人泡在冬季的海水裡，很快就會死去——應該兩分鐘，頂多三分鐘就夠了吧？

拜託別讓我招供……小嗝嗝心想。**希望我比自己想得還要勇敢……**

垂下去。

垂下去。

垂下去。

小嗝嗝被兩個阿爾文軍團戰士垂、垂、垂入冰冷刺骨的海裡。

天啊，好冷喔。

雷神索爾……
拜託別讓我招供。

海水冷到緊緊鎖住他的胸腔，把他肺裡所有的空氣都擠了出來，他感覺自己被冰霜巨人握在手心，用力捏緊——還是用烈焰巨人做比喻比較恰當？在這種低溫下，冰與火幾乎沒有差別。

巫婆讓他在水下泡一分鐘，才命人把他拉上來。

對小嗝嗝而言，那是萬分恐怖的一分鐘，他努力在冰冷的海裡憋氣，努力壓下心中的恐慌。他一直覺得自己撐不下去了，但他心裡很清楚，一旦張開嘴巴，他吸進肺裡的不會是甜美的空氣，而會是海水。

被巫婆拉回來時，小嗝嗝冷得像根冰棒，卻又癱軟得像抽出所有棉絮的布娃娃。奇怪的是，他身上完全沒有咬痕。

巫婆百思不得其解。

「怎麼會這樣……」她嘶聲說。「冬食龍呢？下面沒有冬食龍嗎？」

「應該有很多冬食龍才對。」阿爾文說。「但母親，我就說吧，這小子很狡猾……非常狡猾……」

巫婆推開小嗝嗝頭盔的面甲。

「嗯？」巫婆說。「你準備把龍之印記軍團的藏身地點告訴我了嗎？」

小嗝嗝寬慰地發現，他還有拒絕回答的勇氣。他搖了搖頭。

「再把他放下去！這次泡兩分鐘！」

「他永遠不會背叛他們的。」阿爾文悶悶不樂地說。

也許阿爾文說得對。

他感覺自己被冰霜巨人
握在手心，用力捏緊。

男孩又一次被浸泡在海裡，但他還是不肯洩漏機密。

「我們要有耐心，」巫婆柔聲說。「我看這男孩的眼神，應該再泡一次他就會招了。就算是成年人也沒辦法承受第三次浸泡……這小子還是小孩，他一定受不了。」

第三次，阿爾文軍團戰士將小嗝嗝拉上來時，他看起來真的很慘。

巫婆拉開他的面甲。「嗯？你打算招了嗎？」

小嗝嗝有點頭暈，巫婆好像在他眼前搖來晃去，他冷到腦袋似乎要結冰了，全身上下都劇烈顫抖，像是發了高燒。

他在心中審視自己。

小嗝嗝內心一部分高喊：「不要再下去了！拜託拜託，我再也不要下去了！」……但他內心更重要的一部分意志堅定，說什麼也不肯招供。

在這種極端的情況下，你可能會看到自己真正的面貌。

小嗝嗝幾乎站不穩腳，皮膚是屍體般的青色……儘管如此，他還是搖了搖頭，拒絕說出龍之印記軍團的藏身處。

而且，他身上還是沒有冬食龍咬痕。

「可惡的小子，你到底在搞什麼鬼？」巫婆氣得發抖。「你是不是用了什麼花稍的呼吸技巧？」

房間各個角落，龍之印記戰士們紛紛歡呼：「**小、嗝、嗝！小、嗝、嗝！小、嗝、嗝！**」

大家越來越佩服他，就連「阿爾文軍團戰士」也開始竊竊私語：「他好勇敢喔，你說是不是？他長得瘦瘦小小的，可是真的好勇敢……」

因為維京人尊敬勇士，即使是個手臂和火柴一樣細的小男孩也一樣。

而且不知道為什麼，冬食龍都沒有咬小嗝嗝，莫非他有什麼超自然力量？

這種時刻，巫婆實在不想看到大家把小嗝嗝當作異於常人的存在。

「他是怎麼做到的？」人們小聲交談。「冬食龍都不咬他……你覺得他是怎麼做到的？」

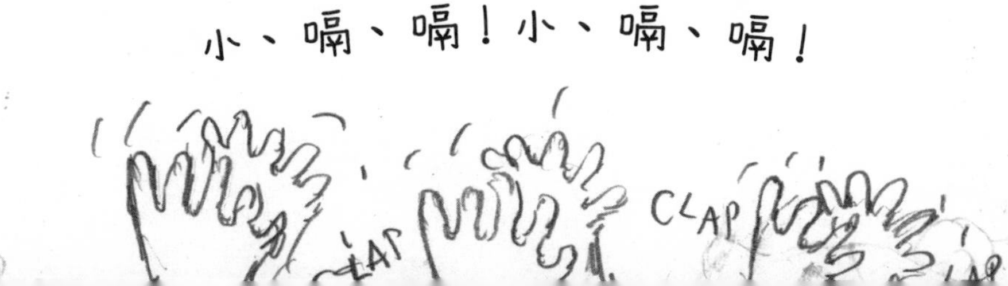

「說不定下面沒有冬食龍啊！」巫婆大聲號叫。

可是海裡有**超級多**冬食龍，這時剛好有一隻從水裡跳出來，在木板上彈跳。阿爾文氣憤地把牠踢回海裡。

「母親，妳的計畫好像起了反效果……妳讓他變成大家心目中的英雄了……」

巫婆惱怒地咬牙切齒，決定改變策略。

「小嗝嗝，你心底其實很清楚，你並不想當國王。」她溫柔地說。「你也知道，當上國王的人必須做可怕的決定，選擇是否用

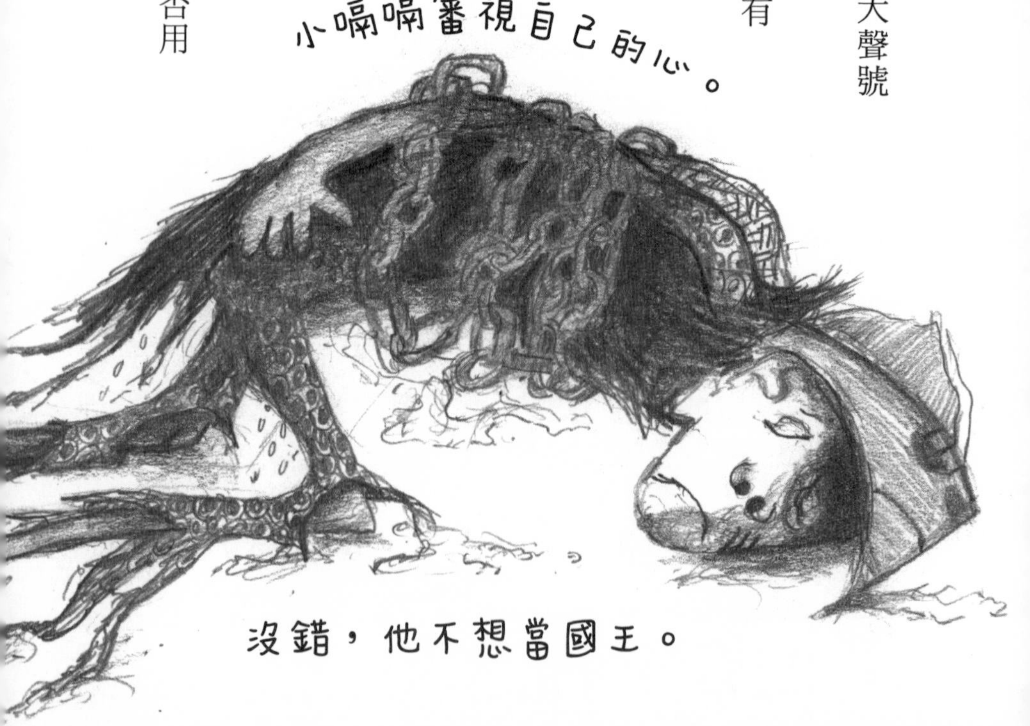

龍族寶石永遠消滅龍族……小嗝嗝，你應該不想永遠承擔那份罪惡感吧？罪惡感，就是一國之王的負擔……」

小嗝嗝的心臟差點停了。

那是他心中最黑暗的恐懼……

「小嗝嗝啊，」巫婆溫和地說。「我可以幫你承擔這份責任，放你和你朋友們自由，你跟龍之印記戰士都可以平安離開營地，愛住在蠻荒群島的什麼地方，就在什麼地方住下來，甚至可以回博克島……你想想看，在博克島平平淡淡地過活，不是很好嗎……」

小嗝嗝渴望地想起故鄉，想到戰爭前的世界……

「還有龍族……」小嗝嗝說。「那龍族呢？」

巫婆的語氣不再溫和。「龍族已經沒救了。反正牠們左右都是死，你何不盡己所能拯救家人朋友的性命呢……別讓他們**因為你犯的錯**就白白送死……」

這是最艱苦的考驗。

這比忍受酷寒和缺氧還要難受，因為巫婆的提議太誘人了。

周遭一切變得十分安靜，小嗝嗝幾乎聽不到維京人們跺腳鼓掌的聲音了。

他獨處在自己心中一個安靜的角落。

他不想當國王，不希望自己的過錯害到別人，也不想承擔那份罪惡感。

但在安靜的內心空間中，他自己的聲音說道：如果他不當國王，那阿爾文就會成為新王，之後會發生什麼事，小嗝嗝清楚得很。阿爾文當上國王後，龍族將會絕種，邪惡暴君將統治蠻荒群島，世世代代統治明日島。小嗝嗝不能讓這種事情發生。

他不想當國王，但現在他**非得**當國王不可。他必須為王位奮鬥——不是半吊子的抗爭，而是全心全意的奮鬥。

那一瞬間，小嗝嗝選擇接受宿命。

他抬起垂下的頭。

「就算太遲了，我也**永遠**不會對妳投降……就算我已經失去一切……就算我不可能獲勝……我也會一直、一直、一直和妳戰鬥……」

巫婆又失敗了。

「巫婆，我永遠不會對妳投降！」

把他泡在水裡八分鐘！！

「把他丟到水裡泡**久**一點！」巫婆氣得顫抖著怒吼。「把他泡在水裡八分鐘！」

「八分鐘會要人命的！」打嗝戈伯氣憤地大叫。

但阿爾文軍團戰士還是把小嗝嗝垂到海裡，過五分鐘、六分鐘、八分鐘。

打嗝戈伯生怕小嗝嗝死了。人類不可能在水下憋氣八分鐘，維京人夏天都會舉辦潛水比賽，他們知道在水裡待八分鐘是不可能的任務。

然而，阿爾文軍團戰士將小嗝嗝拉上來，拖出海水時，男孩雖然全身發青，被鎖鍊捆住的身體還是動了一動。他還活著。

集會堂裡一片寂靜，眾人震驚又敬佩地看著他。

巫婆「啪」一聲拉開小嗝嗝的面甲。

原本是給小嗝嗝的考驗，卻成了對她自己的考驗。他們不是在考驗一個人的意志力，這是兩個人之間的意志力決鬥，而且小嗝嗝占了上風。

巫婆用力搖晃他。

「**可惡的打嗝小混蛋，你到底說不說**？你打算現在把龍之印記軍團的藏身地點告訴我們，還是要我把你丟到海裡，再也不拉你上來？」

「你這個不知好歹的小子，我已經很努力不殺你了，」巫婆咬牙切齒說。「可是你再嘴硬，我就只能動手殺你了……」

「不管妳怎麼對付我，」小嗝嗝氣喘吁吁地說。「我都**不會**改變心意。」

聽他這麼說，巫婆眼睛一亮。「**哈！**」她得意地說。「原來如此！我怎麼都沒想到這個？**我考驗的對象錯了**。小嗝嗝啊，我們每個人都有弱點，對不對？」她興高采烈地說。「而你的弱點就是心太軟，比起關心身為弱崽的自己，你更關心別人。不如這樣吧，我們別再把你丟到海裡，改成把裝著

你的小沼澤盜賊朋友的箱子丟下去，好不好？」

阿爾文終於覺得母親選對方向了。

「小嗝嗝，這就是你永遠都比我懦弱的原因所在。神楓是你的好朋友，對不對啊？她雖然是很了不起的小逃脫藝術家，但她不可能逃出這個纏上鎖鍊、被丟到海裡的箱子。

「畢竟她再怎麼厲害，也不是魔術師。」

六個粗壯的阿爾文軍團戰士用繩索綁住箱子，同時神楓的聲音喊道：「小嗝嗝，你要堅強！別擔心，我可以逃出去的！別為了我背叛大家！」

嘩啦！

箱子被丟下水。

「小嗝嗝，快想個妙計。」戈伯哀求他。

「小嗝嗝，你只要告訴我龍之印記軍團的祕密基地在哪裡，」巫婆非常、非

常有耐心地說。「我就會馬上把箱子拉上來。我問你最後一次：你要不要把祕密基地的位置告訴我？」

沉默的房裡，龍之印記戰士們紛紛靠上前，傾聽小嗝嗝的回答。

小嗝嗝，別說……別說啊……

別說……

拜託別說……

但小嗝嗝似乎撐不下去了。

他點點頭，決定告訴她。

也許，我們每個人都有自己的極限。

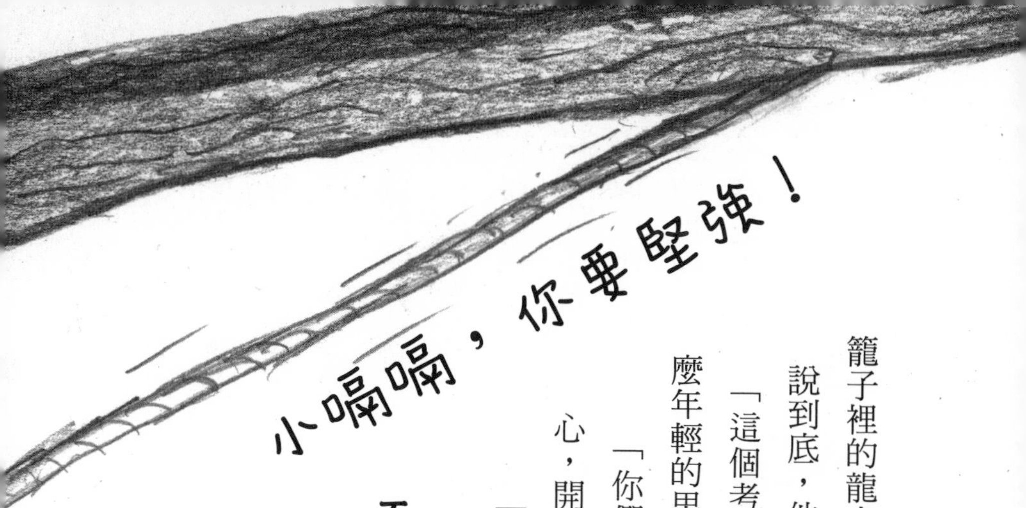

籠子裡的龍之印記戰士絕望地呻吟一聲。

說到底，他們的英雄還是不完美。

「這個考驗太困難了。」戈伯自言自語安慰自己。「對這麼年輕的男孩來說，實在太難了。」

「你們看……」巫婆終於成功了，她笑得非常開心，開心到飄飄欲仙。「只要稍微勸說一下……」

「**你們看啊！**」她得意洋洋地張開雙臂。

「**這個男孩終究是個人！他跟我們一樣，不過是一條可憐的小蟲子！**」

「那麼，**快說！快說！快說！**」巫婆大喊。

小嗝嗝一直劇烈咳嗽，好像說不出話來。

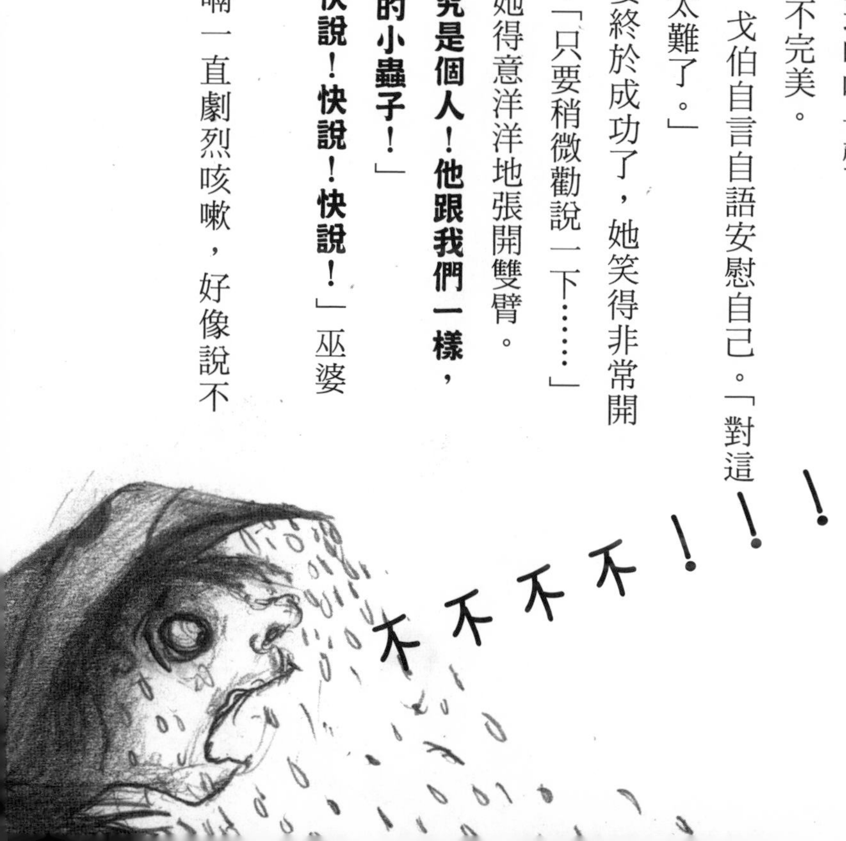

「你拿地圖指給我看！」巫婆大叫。「龍之印記軍團躲在哪裡，你指給我看……」

小嗝嗝試著用頭指向地圖的某個位置。

「他累到說不出話來了……解開纏住他手臂的鎖鍊，讓他用指的！」

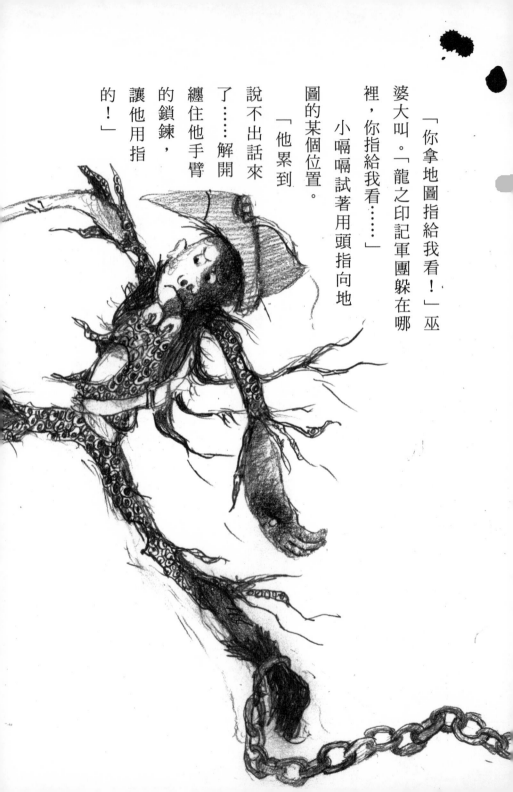

巫婆不耐地罵道。

「不可以！」阿爾文說。

抓住他！……

巫婆不理兒子。「別解開他腳踝上的鎖鍊……把門都擋住……他不過是個小男孩……」

戰士們解開捆著小嗝嗝手臂與雙腿的鎖鍊。

他跌跌撞撞地走上前，左手軟綿綿地垂在身旁，像死掉的東西般動也不動。

然後，小嗝嗝撲了上去。

巫婆震驚地看到小嗝嗝突然彆扭地跳起來，像個搖搖晃晃、踉踉蹌蹌的幽靈，用還能動的右手把地圖拍在巫婆臉上。

他笨拙地閃過兩個阿爾文軍團戰士，單手單腳用不知哪來的力氣，爬上龍之印記戰士的籠

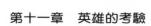

子。

「我就知道有詐！**抓住他！**」小嗝嗝邊爬，阿爾文邊驚恐地大喊。

「別緊張！」巫婆尖叫。「他腳踝還纏著鎖鍊！他哪都去不了！」

小嗝嗝抓著最高的籠子，像個歪七扭八的稻草人，右手不服輸地握成拳頭。

「巫婆，我……**永遠**……不會出賣朋友！還有，我們絕對不能消滅龍族！**絕對不行！不行！不行！**」小嗝嗝高喊。

房間各個角落的龍之印記戰士放聲歡呼。

「**絕對不行！不行！不行！小嗝嗝萬歲！小嗝嗝萬歲！小嗝嗝萬歲！**」

巫婆憤怒地尖叫一聲。「我不管，反正我們還可以殺死他！阿爾文，你說得對！政治什麼的不重要！殺死他們！把他們殺光光！**放箭！放箭啊！把他射下來！**」

阿爾文欣喜若狂地下令，自己也拿出北方弓，準備射箭……

但為時已晚。

小嗝嗝低頭看著鼻涕粗。

「鼻涕粗，**我**沒有背棄你。」他說。「你別忘了。」

說完，小嗝嗝縱身跳下籠子堆，從活板門跳進冰冷的海裡。

「**不不不不不不不不不不不不不！**」阿爾文尖叫。他撲向還捆在小嗝嗝腳踝上的鍊條。

阿爾文用手、用鉤爪拚命拉扯鐵鍊，邊拉邊尖聲叫其他人幫忙，他非要把小嗝嗝拖回來不可。三個人高馬大的阿爾文軍團戰士趕來幫忙，他們很輕鬆就把鍊條拉了上來，畢竟另一端綁在一個瘦巴巴的小男孩身上。

他們身旁，另外三個阿爾文軍團戰士正賣力拉繩索，要把裝著神楓的箱子拉上來。

「再用力拉兩下，他就上來了！」阿爾文稍微喘了口氣說。

不過先被拉上岸的是神楓的箱子——不對，應該說是箱子的「殘骸」。箱

小金髮逃脫藝術家完成了最不可思議的逃脫任務。

外的鎖鍊都壞掉了，溼答答的木材破了個大洞，不知道是被什麼巨大的力量撞成碎片，而箱子裡當然沒有神楓。小金髮逃脫藝術家完成了最不可思議的逃脫任務。

「不不不不不！」巫婆大聲號叫。「她跑去哪了？」

這時，另一端綁著小嗝嗝的鍊條扯了一下、兩下……

阿爾文和他的戰士彷彿在開放海域釣鯖魚，釣到一半，魚餌突然被大鯊魚咬走。鍊條被一股巨力往水裡拖，四個戰士都被扯得飛了起來，飛到活板門旁。

「撐住！」阿爾文歇斯底里地尖叫。他拉著繩子往後仰，身體幾乎要和地板平行了。越來越多阿爾文軍團戰士來幫忙，全力拉扯鍊條。

在旁觀者看來，這簡直是神祕的拔河儀式。

阿爾文拔得氣喘吁吁、面紅耳赤，戴著面具的臉整個漲了起來，完好的腳與象牙質假腿無法站穩。他和戰士們被未知力量拉向打開的活板門。

「**用力拉啊！**」這個瘋瘋癲癲的大壞蛋尖叫。房間裡所有人都目瞪口呆地看著他們，怎麼也想不懂：小嗝嗝不過是個小男孩，怎麼可能把這麼多戰士拖到活板門邊？

「這是奇蹟……」一個阿爾文軍團戰士忍不住驚嘆地說。從古至今，維京人傳說中的英雄一定會有超乎尋常的巨力。

大家又奮力一扯，鐵鍊終於**啪！**一聲斷開，十個阿爾文軍團戰士突然癱倒在地，結果阿爾文嶄新的斗篷跟著被拖進海裡。阿爾文放聲尖叫：「**不不不不不不不不不不！**」

失望透頂的阿爾文將剩下的鎖鍊拉上來，鎖鍊和蟹餅一樣輕，另一端根本沒有東西。

「**啊啊啊啊啊啊啊啊啊啊！**」阿爾文尖叫。

他非常執著於殺死小嗝嗝，這是他日日夜夜都放在心頭的夢想，結果這次，男孩都已經落到他鉤爪上，怎麼又逃走了？

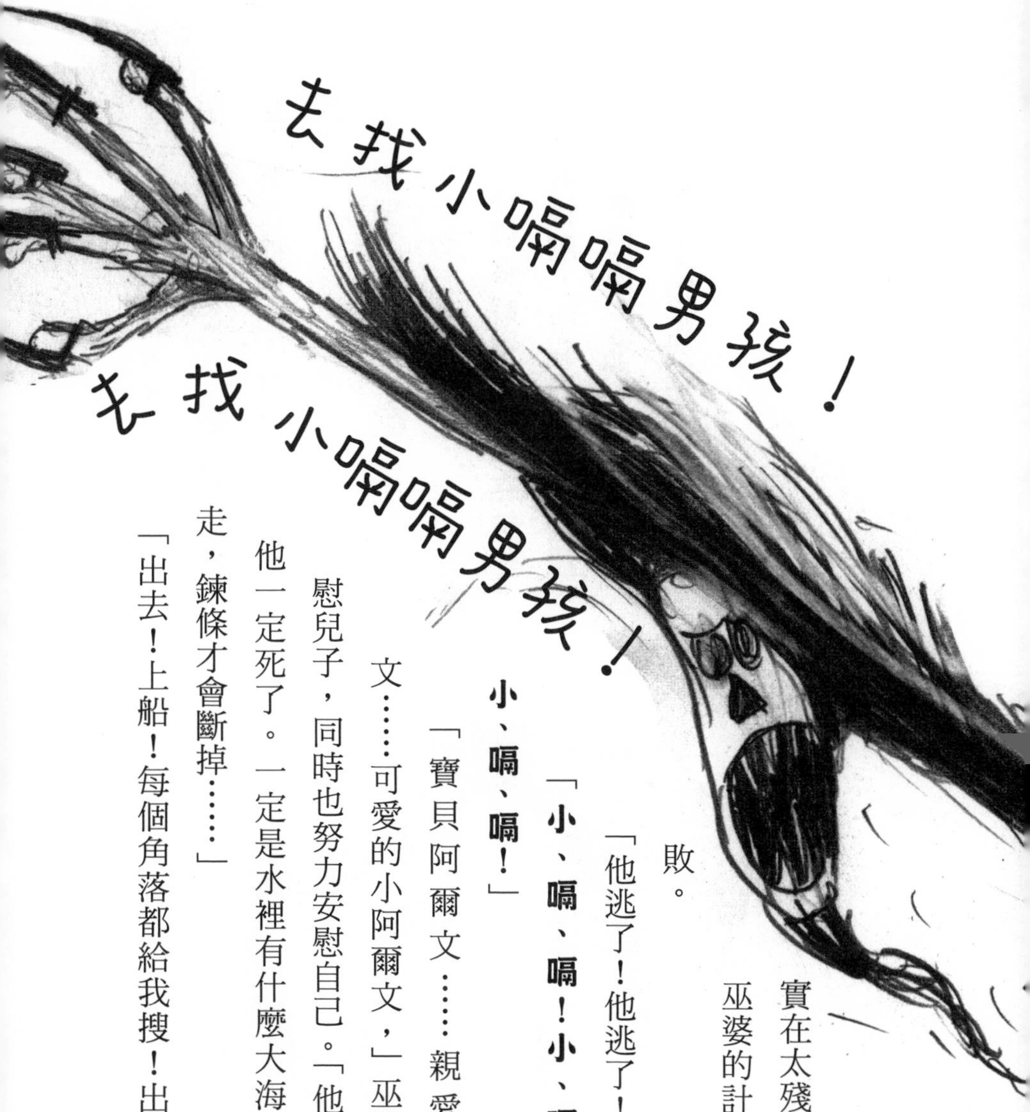

命運

實在太殘酷了。

巫婆的計畫完全失敗。

「他逃了！他逃了！」

「**小、嗝、嗝！小、嗝、嗝！小、嗝、嗝！**」

「寶貝阿爾文……親愛的阿爾文……可愛的小阿爾文，」巫婆努力安慰兒子，同時也努力安慰自己。「他死了……他一定死了。一定是水裡有什麼大海怪把他抓走，鍊條才會斷掉……」

「出去！上船！每個角落都給我搜！出動牛守奴

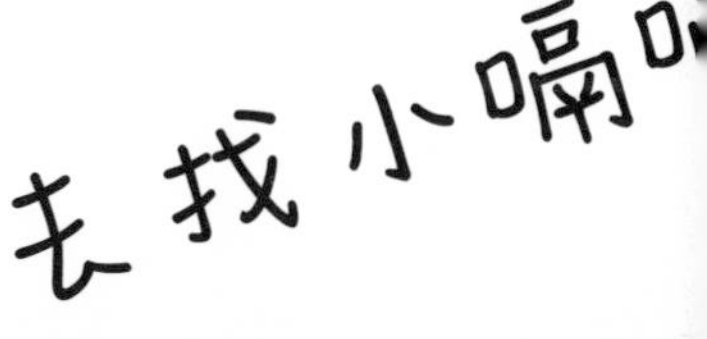

龍跟衛兵！」阿爾文甩開巫婆的手，跳起來大吼。「**看到那個男孩不要跟他廢話！直接放箭射死他！**」

巫婆蹲在地上沉默片刻，又突然尖叫著展開行動。

「**你們這群笨蛋，還在等什麼？去找啊！所有地方都給我找一遍，把他找出來！**

去找小嗝嗝男孩！」

第十二章　叛徒中的叛徒

阿爾文發瘋似地衝出門，緊接著是巫婆與拔出長劍的阿爾文軍團戰士。房間角落的籠子裡，被俘的龍之印記戰士壯著膽子竊竊私語，音量越來越大：「發生什麼事了？最後一件寶物被他們搶走了嗎？小嗝嗝會不會還活著？還是死了？背信忘義的叛徒中的叛徒——鼻涕臉鼻涕粗——背叛了我們所有人……」

「背信忘義的叛徒中的叛徒」鼻涕臉鼻涕粗並沒有隨其他人離開集會堂，他還站在陰影中，你看不清他的臉。就算看得到，也讀不懂他臉上的表情。

「噓！」

「噓！噓！噓！」

房裡迴響著龍之印記戰士憤怒的叫聲，以及他們搖晃牢門的聲響，他們的叫罵聲更是不堪入耳。

「叛徒！人渣！卑鄙小人！部族的恥辱！」

過去的同伴全都在詛咒鼻涕粗，氣呼呼地辱罵他，鼻涕粗漲紅的臉上浮現羞恥的表情。

再也沒有人會相信他了，就連巫婆與阿爾文都不信任他。他無處可去了。對維京人來說，比起失去鬍子，失去榮耀更丟臉。

一滴眼淚流下鼻涕粗的臉頰。

很久很久以前，鼻涕粗還是打嗝戈伯最喜歡的學生，現在，打嗝戈伯洪亮的吼聲層層疊疊迴盪在房裡，宛如海象憤怒的叫聲。

「你讓毛流氓之名蒙羞！你汙辱了父親的名聲，還有你父親的父親的父親的

名聲！你恥辱的故事會永傳後世！」戈伯大吼。

鼻涕粗動也不動地站在原地。

然後，他自言自語說：「小嗝嗝知道我會背叛他。他**早就**知道了。」

房裡只剩兩個阿爾文軍團戰士，他們跪在活板門旁邊看著下面的海水，手裡舉著長劍，全身不停顫抖。他們生怕魔法英雄——流放者小嗝嗝——會突然展現神奇的魔法，從海裡跳出來打敗他們。

鼻涕粗動作俐落地走到他們背後，拿走掛在他們腰帶上的鑰匙，接著一把將他們推到水裡。要是在從前，戈伯看到他這麼迅速的動作，肯定會十分驕傲。

龍之印記戰士的叫聲靜了下來。

叛徒在做什麼？

一滴眼淚滑落鼻涕粗的臉頰。

他為什麼突然攻擊阿爾文軍團戰士？

我的英靈神殿啊，這到底是怎麼回事？

鼻涕粗跑到戈伯的籠子前，把鑰匙插進鎖孔。

「邪惡的鼻涕粗，你在做什麼啊？」殘酷傻瓜部族的凶酷利驚呼。

「白痴傻瓜，你覺得我在做什麼？」戈伯的籠門打開時，鼻涕粗對凶酷利說。「我在幫你們逃走。」

困在籠子裡的人們驚訝地竊竊私語。

維京人大多是孔武有力的戰士，但他們腦子不太好。他們參加海盜訓練課程時，都修過「間諜與背叛」課，不過大部分的人都不怎麼擅長這門學問，他們非常喜歡明確的敵友關係，同一陣營的人最好要穿同樣顏色的衣服、戴同樣的頭盔、穿款式類似的毛斗篷之類的，免得在戰場上分不清誰是敵人。

因此，鼻涕粗突兀的舉動讓維京人摸不著頭腦。

「等一下，」殘酷傻瓜凶酷利哀怨地說。「你不是他們那邊的人嗎？」

「我也以為你是敵人。」無情霸抓抱怨道。「巫婆不是都感謝你了嗎……你幹麼放我們出來？這是怎麼回事？」

「鼻涕粗，你給我說清楚，」痛揍蠢貨阿瘡大聲說。「你**到底**是不是那個可惡的阿爾文的人？」

「不管我說什麼，你們都不會信。」鼻涕粗回答。「你們不是說我是背信忘義的蟲子嗎？」

戈伯的籠門敞開著，但高大的戈伯雙臂環胸坐在籠子裡，不肯出來。

「你是叛徒，是部族的恥辱，我才不要你幫忙！」戈伯氣呼呼地大吼。

「我的雷神索爾啊，你愛待在裡頭就繼續待著吧！真是的，你這個倔強的本性就不能改一改嗎？」鼻涕粗嘀咕。他把鑰匙丟進離他最近的籠子，讓其他人自行開鎖，自己則跑出房間。

龍之印記戰士沒浪費時間推敲鼻涕粗的動機，他們開了鎖後把鑰匙傳給隔壁籠的人，一一打開籠門。維京人本來就不怎麼懂心理學。

但是，他們很懂得戰鬥。

重獲自由的龍之印記戰士縱聲歡呼，去武器庫找了刀劍、長槍、長矛與其他武器。

就連戈伯也發現，還是暫且放下自尊心、加入其他人比較好。他走出籠子，困惑地搖搖頭。

第十三章　與此同時，地板下……

那麼，神楓是怎麼逃出箱子，小嗝嗝是怎麼擺脫鎖鍊的呢？事實上，他們的手法並沒有龍之印記戰士與阿爾文軍團戰士想的那麼神奇。

我們先倒回去，之前小嗝嗝在漂浮城鎮的地板下，害怕地小聲對魚腳司說：「B計畫！B計畫！」說完，他就蓋上木板門，留魚腳司和六隻龍——三頭死影、暴飛飛、豕蠅龍、風行龍、颶風龍與奧丁牙龍——坐在黑暗中那艘沉船上。

「唉，我的雷神索爾啊。」魚腳司哀聲說。「B計畫！小嗝嗝說要用B計畫，就表示失落的王之寶物不在上面！」

奧丁牙龍的耳朵變成亮紫色，還通電般不停顫抖，這表示危險就在附近。

「我就跟小嗝嗝說吧。」奧丁牙龍用氣音說。「我在夢中看到王之寶物了，它們藏在某個地方的水下。小嗝嗝選擇信任鼻涕粗，是十分勇敢、十分值得敬佩沒錯，可惜啊……」

魚腳司吞了口口水，幫牠說完那句話。「可惜鼻涕粗又背叛了他？」

彷彿要證實這句話似的，鼻涕粗的颶風龍從沉船的船身起飛，自己飛走了。

「他要去哪裡？」魚腳司問道。

話才剛出口，他就回答了自己問題。

「一定是去找他的叛徒主人了。」

「沒關係。」魚腳司自言自語。「我自己一個人在這裡，可是沒關係。」他很努力不讓自己驚慌。

壓力大的時候，魚腳司常常會氣喘發作。

幸好三頭死影在緊要關頭能吹出煙霧，呼出讓人鎮定的激素，魚腳司吸入溫馴三頭大龍呼出的白煙，心裡還真的感覺平靜許多，至少可以專心想事情。

魚腳司把壞掉的眼鏡往上一推，讓眼鏡穩穩架在鼻梁上。他不想在母親的龍面前表現得像膽小鬼，既然母親生前那麼勇敢，他也應該拿出同樣的勇氣。

「好喔，」魚腳司逼自己理性思考。「根據B計畫，我們要想辦法神不知鬼不覺地救小嗝嗝出來，可是我們根本不知道他在哪裡，該怎麼救他才好？」

距離他們兩百碼的位置，木臺的活板門開了，一束明亮的光線打在暗沉海面上，叫喊與跺腳聲變得震耳欲聾。魚腳司嚇得縮到三頭死影的脊刺後面，免得被人看見。

「小、嗝、嗝！小、嗝、嗝！小、嗝、嗝！」

接著，巫婆的聲音清清楚楚傳過來。

「把他從活板門放下去！」

有東西從活板門掉下來，落進海裡。魚腳司驚恐地瞥見小嗝嗝的頭盔。

「好……喔……他在那邊……那是小嗝嗝……我們去救他吧。」魚腳司說。

魚腳司話還沒說完，風行龍就趕緊飛往小嗝嗝所在的位置。魚腳司看到風行龍拍兩下翅膀，就飛到海水不停冒泡的地方，緊接著奧丁牙龍、暴飛飛與豕蠅龍也飛了過去。他騎著三頭死影，飛到小嗝嗝所在的位置附近。

「快把他救上來啊！你們在做什麼？」他躲在陰影處，焦急地低聲說。「你們為什麼不救他？水裡有冬食龍耶……」

他看到長了長牙的冬食龍在水下的黑影，牠們被狩獵龍追得東奔西逃。

阿爾文軍團戰士又拉扯鎖鍊，鍊條拉緊，小嗝嗝發青、滴水的身體被「拖」了上去。魚腳司瞠目結舌地看著他。

嘩啦！奧丁牙龍從水裡衝了出來。

「你們為什麼不救他？」魚腳司焦急地小聲問。

「他不要我們救他。」奧丁牙龍回答。「他一直往上面集會堂的方向指，好像想先救出神楓再說。」

「感謝索爾，」魚腳司悄聲說。「所以神楓還活著？」

「我們剛才盡量幫他保溫，確保他不會死，」奧丁牙龍接著說。「還把冬食龍群嚇跑。風行龍有往他嘴裡吹氣，以免他溺死。」(註2)

嘩啦！小嗝嗝又被丟下來了，魚腳司看見風行龍像魟魚的影子潛在水下，嚇得小小的冬食龍到處逃竄。小嗝嗝一次又一次被拖上去，一次又一次被丟下海……他待在水下的時間只有增長，沒有縮短。

「怎麼辦？」魚腳司痛苦地喃喃自語。「總不能讓他一直泡在海裡吧……B計畫太冒險了……小嗝嗝全身被鎖鍊捆住，怎麼可能救得了神楓？」

就在這時，**嘩啦！**一口大箱子被丟進海裡，回答了魚腳司的問題。這次，

註2　在這裡，風行龍扮演的是氧氣筒的角色。小嗝嗝在《馴龍高手Ⅱ：尖頭龍島與祕寶》的故事中，被困在恐怖陰森湖的海底洞窟裡，他和沒牙發現了龍族的這個祕密。小嗝嗝和風行龍曾在比較溫暖的海裡、比較快樂的時光練習過，他們很久以前曾在夏天的毛流氓港潛水抓螃蟹。

風行龍奮力攻擊箱子，神楓喘著氣浮到水面。魚腳司大大鬆了口氣，伸手把神楓拉出來，她爬到三頭死影背上，坐在魚腳司後面。神楓顫抖著坐在溫暖的龍背上，身上冒著蒸汽。

第四次，小嗝嗝自己跳進海裡時，風行龍決定改變策略。他們已經成功救出神楓，是時候把小嗝嗝也救出來了。

風行龍在水下咬緊小嗝嗝的衣領，宛如母貓叼著小貓，再全力拉扯鎖著小嗝嗝腳踝的鐵鍊，和鍊條另一端的阿爾文等人拔河。

集會堂裡的阿爾文軍團戰士與龍之印記戰士只看到神奇巨力在拔河，而這就是那股巨力的真面目。

風行龍最後用力一**拉**，鍊條斷掉。風行龍扇動強而

有力的翅膀帶大口喘氣的小嗝嗝回到海面，將他放到神楓身旁。

「神楓，謝謝妳。」小嗝嗝氣喘吁吁地說。

「我就說吧，」神楓說。「我再也不會背棄你了。」

小嗝嗝粲然一笑。「風行龍、豕蠅龍、奧丁牙龍，你們跟我去找沒牙和其他的王之寶物……魚腳司、神楓和剩下的龍，你們想辦法引起騷動……」

話才剛說完，風行龍就把跟布娃娃一樣軟趴趴的小嗝嗝叼在嘴裡飛走了，奧丁牙龍和豕蠅龍也急匆匆地追上去。

「真是好消息！」神楓愉快地說。「除了盜竊、逃出不可能逃獄的監獄，還有騎龍衝浪之外，我們沼澤盜賊最喜歡**引起騷動**了！」

她穩穩坐在三頭死影背上，從背包拿出一片金色八字鬍貼在臉上。

「神楓，」魚腳司說。「不會有**任何人**把妳當成矮小的阿爾文軍團戰士的。」

神楓不理他。

「現在，」她豎起一根手指說。「我們要小心**一點點**，因為上面應該有好幾千個牛守奴龍衛兵和阿爾文軍團戰士……」

「可是我們這邊的龍和人加起來也只有四個……」魚腳司鬱悶地說。

「是六個！」神楓相當樂觀。「你的三頭死影算三個。就是因為我們人少，才要用到我的『超危險祕密武器』。唔，我把它放到哪裡了？」神楓在她的逃脫藝術家背包裡頭東翻西找，挖出繩索、鑰匙與各種稀奇的工具。

「妳有超危險祕密武器？」魚腳司不知道「超危險祕密武器」是什麼，但他緊抓著這絲希望不放。

想到破城槌、長矛發射器和羅馬人用的巨大投石器，他覺得自己變得比較勇敢了。

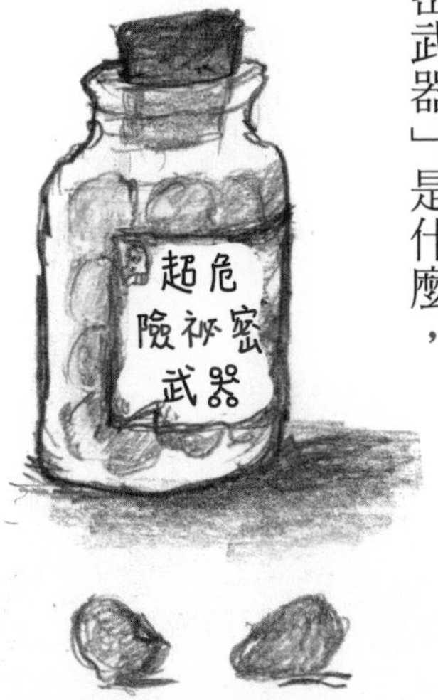

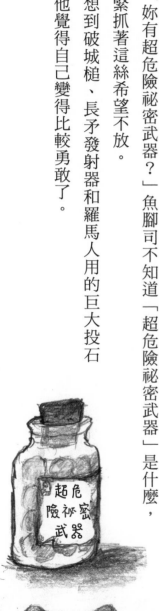

不對啊，神楓的背包那麼小，怎麼可能塞得下破城槌？

神楓歡呼一聲，看來終於找到超危險祕密武器了。她拿起那個東西，讓魚腳司看個清楚。一陣短暫的沉默。

「神楓，」魚腳司說。「我們四個──抱歉，我是說『六個』──將要和阿爾文全副武裝的軍團戰鬥，結果妳的祕密武器就是一個裝滿小石頭的玻璃罐？」

那的確是個裝滿小石頭的玻璃罐，看起來再尋常不過的灰色小石子。

「是啊，」神楓狡猾地說。「不過這些可不是**普通**的石頭，而是我母親前陣子去東方的時候，從一艘中國船上偷來的東西，這是我跟她『借』來用的。魚腳司，相信我，這些真的很厲害。」

「是啊，」魚腳司諷刺地說。「妳母親度假帶回來的小石頭紀念品，真的能幫助我們獲勝……」

「我必須承認，我們這邊的人數是少了點，」神楓皺著眉頭拿出繩索和套索，還借用魚腳司的弓箭。「所以我們要虛張聲勢，讓他們以為我們人很多。

我們要嚇唬那些跟黑線鱈一樣臭、又爛又噁心、超級邪惡的阿爾文軍團戰士，讓他們以為瓦爾哈拉瑪帶著整個龍之印記軍團來偷襲他們了。魚腳司，頭盔可以借我一下嗎？」

神楓也不等他回答，直接從他頭上取走頭盔。

「魚腳司，你看，這個你應該會很喜歡……」

「你猜這是誰？」

神楓對著魚腳司的頭盔高唱毛流氓國歌，聲音像極了瓦爾哈拉瑪洪亮、壯闊的歌聲，頭盔也讓聲音顯得更低沉、更有回音：

「拿起你的**劍**，劈砍**狂風**……
在**巨浪**中**航行**，**大海**就是你的**家**……」

魚腳司瞠目結舌地看著她。「妳聽起來跟瓦爾哈拉瑪一模一樣……」

「是不是學得很像？」神楓笑嘻嘻地說。「我練了很久喔……」

「**寒冬**雖**冷**，但我們的**心**不會**放棄**——」

「是，是，神楓妳學得很像，像到有點可怕，可是現在沒時間玩遊戲了。」魚腳司害怕地說。

神楓還是不理他。「好了，魚腳司，拿出你的武器，戴上你的兜帽，你要想像自己是一支軍隊……」

「想像我是一支軍隊。」魚腳司拿出弓箭，戴上防火衣的兜帽。「想像我是一支軍隊……妳瘋了……」

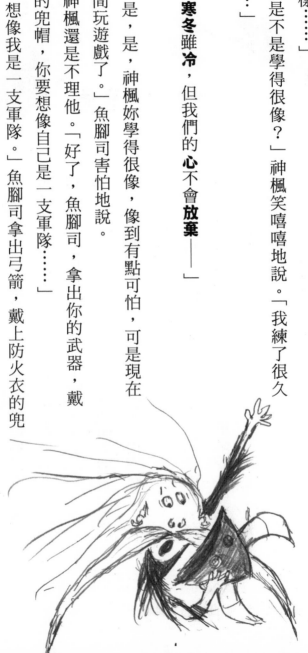

神楓雙腳一夾，三頭死影在木臺下的空間起飛，飛進洞窟寬敞的空中。

魚腳司緊閉著眼睛，不停喃喃自語：「我是一支軍隊……我是一支軍隊……我是一支超恐怖的龍之印記軍隊……」

神楓駕駛三頭死影越飛越高，直到他們飛在掛滿冰柱的洞頂下。

下方是阿爾文城鎮蜿蜒混亂的街道，火把照亮迷宮般的木臺與漂在水上的城鎮，有種奇特的美感。

下方小小的人們舉著火把對彼此呼喊，站在集會堂旁邊的木造街道上，望向下面的海水。

「**去找小嗝嗝男孩！**」巫婆尖叫道。牛守奴龍射出一道道劈啪作響、活生生的閃電，把上空變得和下方的街道一樣像迷宮。

「小心點，」神楓小聲說。她讓三頭死影繼續在洞穴頂部繞圈飛行。「我們得等到**剛剛好**的時機……」

「就是現在，**衝下去！**」神楓下令。「三頭死影，衝啊，衝啊！」

「等一下！」魚腳司焦急地說。「不可以現在衝下去啊！下面有那麼多道閃電，我們不可能過得去！不行！」

「**進攻！**」神楓下令，豪邁的語氣像極了瓦爾哈拉瑪。她用最低沉、最有威嚴的「瓦爾哈拉瑪聲音」對魚腳司的頭盔大喊，就連臉上的假鬍子也有點像瓦爾哈拉瑪。「**龍之印記軍團，進攻！**」

「天啊。」魚腳司摀著眼睛小聲說。

三頭死影俯衝下去。

第十四章　神楓教你怎麼引起騷亂

數分鐘前，阿爾文軍團戰士跑到海上木臺邊緣，開始掃視海面，尋找小嗝嗝的蹤影。

「他不可能一直憋氣！」阿爾文尖呼。「叫牛守奴龍用探照光對準海水！」

數百隻飛在上空的牛守奴龍照亮了集會堂附近的海域，海中有不停游動的一大群冬食龍，正在瘋狂進食。

「親愛的阿爾文，你看，牠們在吃東西！」巫婆愉快地唱道。「一定是那個男孩！」

「我要**證據**！」阿爾文尖叫。「我要**屍體**！而且那不是小嗝嗝，是我的新斗篷，它剛才掉進海裡了……」

不久前剛被鼻涕粗放出來的戈伯與龍之印記戰士從集會堂門口探出頭，不確定該進攻還是逃跑才好。他們只有二十二個人，人數根本不足以撼動數以千計的阿爾文軍團。

「等一下……」巫婆嘶聲說。她像是被什麼東西螫了一下，突然全身僵硬。「那是什麼？」

有人在唱毛流氓國歌，聲音不知道是從哪裡傳來的。

「拿起你的**劍**，劈砍**狂風**……

在**巨浪**中**航行**，**大海**就是你的**家**……」

「那個聲音我聽過！」巫婆罵道。「不可能吧……怎麼會是瓦爾哈拉瑪？」

那個人繼續無憂無慮地唱歌，彷彿在博克島溫暖的營火旁唱歌。

「**寒冬**雖**冷**，但我們的**心**不會**放棄**，

……毛流氓……的心……永不放棄！」

阿爾文也僵住了。「可是……那不就表示龍之印記軍團已經找到這個地下堡壘了嗎！」

「不可能！」巫婆尖叫。「不可思議！難以置信！」

但接下來的叫嚷聲清晰又洪亮，在所有人聽來，那顯然是威武的「瓦爾哈拉瑪」，恐怖的瓦爾哈拉瑪，偉大的大英雄瓦爾哈拉瑪。

「**進攻啊啊啊啊啊啊！**」瓦爾哈拉瑪的聲音大吼。「**龍之印記軍團，進攻啊啊啊啊啊啊！**」

隱形的三頭死影俯衝下去。

神楓一定是傻人有傻福，不然就是和醉鬼一樣幸運，絕對是因為某種奇蹟，三頭死影才能毫髮無傷地衝過亂七八糟的牛守奴龍雷電網。

巫婆變得比平常更蒼白了。

「瓦爾哈拉瑪的軍隊……」她小聲說。「快點……快反擊！堅守崗位！」

接下來是一片混亂，阿爾文軍團趕緊拿出武器，隨機朝空中射箭。與此同時，某個隱形的龐然大物俯衝下去，往集會堂射了兩道雷電之後又往上飛。

魚腳司顫抖著睜開眼睛。

「好吧，神楓，我不得不說，這招真的有點厲害。」

「你看，」神楓笑嘻嘻地說。「我們是一支軍隊！我們是一整支龍之印記軍團……」

她俏皮地對魚腳司眨眨眼。

「你看喔……」

神楓拿出一小把灰色石子，往六個不同的方向丟。它們和尋常的石頭沒兩樣，劃過空中……可是落地時……**砰！砰！砰！**小石子全都爆炸了，不知情的人還以為城鎮有六個地方同時被六隻龍攻擊。

轟隆轟隆轟隆！

第六顆石子直接命中阿爾文的武器庫，掉進武器庫中間的打鐵用火堆，造成巨大的爆炸。

「**毛流氓萬歲！**」神楓大吼。她想學偉大的史圖依克說話，不過即使有頭盔的幫助，她的聲音還是顯得有點細。

「妳學史圖依克說話的聲音，沒有妳學瓦爾哈拉瑪那麼像。」魚腳司告訴她。「差不多跟妳的金色八字鬍一樣假。」

阿爾文軍團亂成一團。

「他們用隱龍攻擊我們！」奸險的阿爾文大吼。「不知道他們會從什麼方向進攻的話，那就往空中亂射箭！你們這群笨蛋，他們是從空中來、從空中來啊！」

但顯然龍之印記軍團也有人從地面進攻。

「**進攻啊啊啊啊啊啊啊啊啊！**」打嗝戈伯大喊。

鼻涕粗放出來的龍之印記戰士跳出集會堂，對阿爾文軍團射起箭來。

他們的人數當然比阿爾文軍團少很多，但幸好阿爾文軍團大部分的人都騎龍飛到天上，準備對不存在的隱龍展開反擊。

他們隨機朝空中射箭，大部分的箭都射中牛守奴龍衛兵，衛兵以為自己被龍之印記軍團攻擊了，也用弓箭反擊。

於是，瀑布下之戰就這麼開始了。多虧了神楓引起騷動與混亂的高超技巧，大部分阿爾文軍團戰士與牛守奴龍衛兵都在打自己人。

第十五章　「這位女士，有何貴幹？」

風行龍高速在洞穴底部的海中游曳，每隔一段時間就抓準時機破出水面，讓小嗝嗝大口咳嗽、大口喘息。

出水的瞬間，小嗝嗝聽見神楓維妙維肖的「瓦爾哈拉瑪聲音」。

這是怎麼回事？小嗝嗝聽得一頭霧水。**那該不會真的是母親吧？**

再次被風行龍帶到水面下時，小嗝嗝差點因為低溫與缺氧而昏倒。

粉紅色的小豕蠅龍游在他們旁邊，像隻在水裡游泳的大黃蜂。奧丁牙龍也游在一旁。

風行龍最後一次破出水面時，他們已經離漂浮的城鎮好一段距離，旁邊就是靜靜在冰冷海水中浮浮沉沉的野蠻艦隊。風行龍輕輕把小嗝嗝吐在最近的一艘船上，小嗝嗝像嬰兒般趴在甲板上喘氣，冷得不停發抖，動彈不得。

「風行龍，謝謝你……」小嗝嗝閉上眼睛，小聲說。他好睏……他累到無法思考，而且身體抖得太用力了。

「主人，醒醒，」風行龍急切地說。「醒醒啊！你不能現在睡著……」

一股熱風吹在小嗝嗝抖個不停的身體上，他又睜開眼，在溫暖的微風中眨了眨眼，發現是風行龍對他吹熱氣，幫助他恢復體溫。風行龍暖洋洋的氣息讓他不停顫抖的四肢緩緩加溫，終於不再抖動。小嗝嗝站了起來，感覺身體歪歪斜斜的，和第一次站起來的小鹿一樣虛弱，身體左側幾乎完全沒有知覺，就連思緒也十分混濁。

他回頭望向集會堂，那裡有一大群大呼小叫的阿爾文軍團戰士，正和龍之印記戰士打鬥、往空中亂射箭。

太好了，看來魚腳司和神楓引起了騷動，而且小嗝嗝母親與龍之印記軍團似乎也來幫忙了。

B計畫的第二部分稍微困難一些。

因為B計畫的第二部分，得依賴豕蠅龍完成。

小嗝嗝懷疑地打量飛在他面前的豕蠅龍，小龍甩掉身上的海水，噴了小嗝嗝一身水。

「豕蠅龍？」小嗝嗝說。

「這位女士，有何貴幹？」豕蠅龍說。

「豕蠅龍，我們現在需要你幫忙，一切都靠你了。」

「汪汪！」友善的小龍尖聲說。牠一臉擔憂，似乎就連豕蠅龍也發現，如果計畫的一切都靠「牠」，那計畫很可能失敗。

「豕蠅龍，我需要你幫忙『找東西』。」小嗝嗝嚴肅地說。

他從背包拿出沒牙破破爛爛又燒焦的外套，之前把外套藏進背包就是為了讓豕蠅龍追蹤沒牙的氣味，看看阿爾文軍團把牠關到什麼地方。

「小嗝嗝，」老奧丁牙龍欽佩地說。「這個計畫真高明。」外套當然也泡了海水，溼答答的，希望這不會影響沒牙留在上頭的氣味。「豕蠅龍，你仔細聞一聞。我想請你『找』沒牙，豕蠅龍乖，我們去『找沒牙』。」

豕蠅龍鬆了一口氣，小豬尾巴快速搖擺，幾乎看不清楚了。牠終於有機會幫忙了！牠知道怎麼找東西！這項任務難不倒牠！

豕蠅龍狂嗅那件外套。

「唔唔唔……」豕蠅龍打了個噴嚏，用低沉微弱的聲音說。「有水果味耶……」

牠的豬鼻子左嗅嗅、右嗅嗅，大聲吸了好幾口氣，彷彿鼻子也是一隻生物。

小嗝嗝兩年前訓練過這隻豕蠅龍，教牠「找東西」，當時他花了不少時間，因為豕蠅龍不太聰明，思緒

常在不同的想法之間跳躍，像隻花蝴蝶。

但是，一旦學會「找東西」，牠們就是全世界最厲害的嗅龍與追蹤龍。

豕蠅龍的豬鼻子到處嗅嗅聞聞，牠可以聞到你我根本無法想像的氣味，像是從這艘船下面游過去的冬食龍群，還有在遠方岸邊的松樹上睡覺的小鳥。

牠不可思議的小豬鼻子可以區分五花八門的氣味，就像經驗豐富的賭客能迅速整理一堆牌。在那些不同的氣味中，牠聞到一百碼外一根船桅上爬來爬去的蜘蛛，與那艘船上的餅乾桶裡二十四隻冬眠中的奈米龍（牠們有二十四種不太一樣的味道），然後，牠嗅到一股很像沒牙的氣味。

「找沒牙！」豕蠅龍興奮地說。牠「咻」一聲朝那個味道飛過去，彷彿被銀幽靈拖著劃過空中。

風行龍與奧丁牙龍幾乎要跟不上了。

快速飛行的小豕蠅龍簡直像裝了噴射推進器的小豬，牠

飛過停泊在海上城鎮周圍的船隻。

「**找沒牙找沒牙找沒牙找沒牙……阿嬤對不起！**」最後這句，是對牠及時閃過的一根船桅說的。豕蠅龍專心致志地執行任務。「**找沒牙找沒牙找沒牙找沒牙……**」

水上應該有至少一百艘維京戰船，宛如黑暗幽靈在漆黑的海上搖搖晃晃，和死亡之船一樣寂靜、一樣了無生意。

不過在最靠近洞穴外圍、最靠近瀑布的地方……那裡是不是有生物在活動？是不是有小黑影在移動？那些是不是人影？是不是有閃爍著的微光？那是不是火把的光芒？

豕蠅龍直直飛向那艘船。

好，小嗝嗝心想。**阿爾文軍團應該把沒**

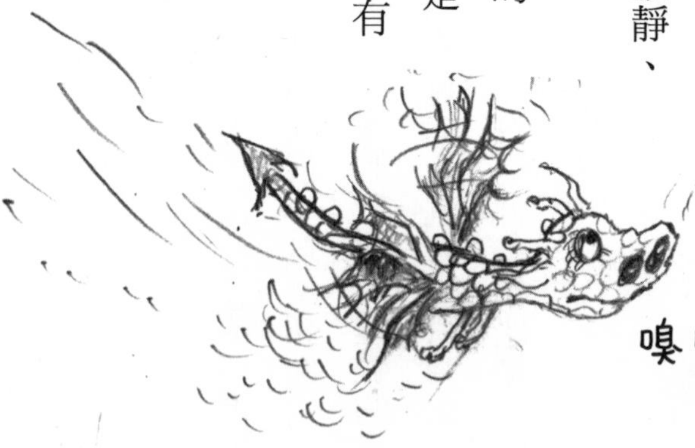

牙帶去那裡了……如果沒牙在那裡……另外九件失落的王之寶物應該也藏在那裡……

小嗝嗝必須現在阻止豕蠅龍。豕蠅龍不懂得保持安靜，牠不可能偷偷溜到那艘船附近，到時候只會害他們被敵人發現。

小嗝嗝用腳跟輕輕夾了一下風行龍，風行龍跳上前，飛到疾速前進的小豕蠅龍身旁。

豕蠅龍專心得要命，嘴裡喃喃唸著：

「找沒牙找沒牙找沒牙找沒牙……」

小嗝嗝彎腰用手臂勾住豕蠅龍，摀住豕蠅龍

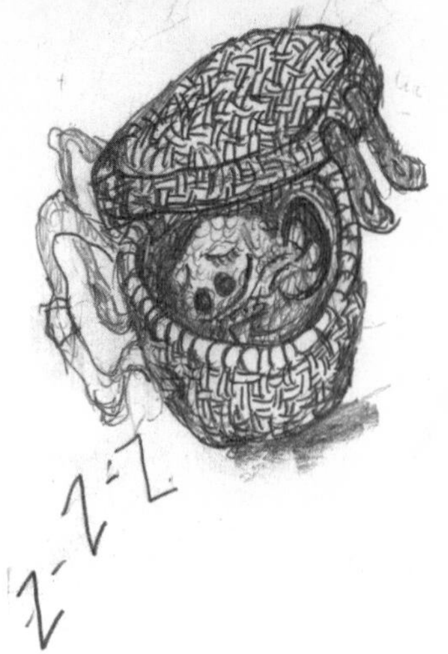

的鼻子，手掌擋住豕蠅龍正在追蹤的氣味。一旦你干擾豕蠅龍的專注力，牠很容易就會分心。

豕蠅龍尖聲抗議，還說：「**喂，好癢喔！**」叫幾聲之後牠忘了要找沒牙，舔起了小嗝嗝的手，還親切地蹭了蹭。

「**豕蠅龍，該睡覺囉。**」小嗝嗝說。

「**喔喔喔睡覺時間！我要睡覺了嗎？**」

「**對啊，豕蠅龍，我們要睡覺囉……**」

小嗝嗝取下背包，豕蠅龍跳了進去，肥嘟嘟的小屁股硬是擠進去，牠還興奮地汪汪叫。

「**豕蠅龍，晚安……**」小嗝嗝悄聲說。「**你做得很好喔！你好有幫助，好乖喔……**」

豕蠅龍**最喜歡**幫忙了，聽到小嗝嗝稱讚牠，開心得又像氣球一樣漲起來，**啵！**一聲洩氣。牠已經

忘記小嗝嗝為什麼感謝牠了，卻仍驕傲得不得了。

「晚安！」豕蠅龍打哈欠說。「走吧！新年快樂！可愛的女士們，晚安，晚安……」

小嗝嗝蓋上背包的蓋子那瞬間，低沉、呼嚕呼嚕、咕嚕咕嚕的打呼聲傳了出來。

小嗝嗝、風行龍與奧丁牙龍和影子一樣，安安靜靜地朝搖搖晃晃的火光飛過去，在附近一艘船上降落。接著像貓似地從一艘船跳到下一艘船，一路上都躲在陰影中。

這時，小嗝嗝突然聽見急促的腳步聲，他和兩條龍躲到一間船庫後躲起來。穿著金屬靴子的超惡邪從旁邊跑過去，匆匆忙忙地往集會堂上空的戰場跑去，現在集會堂已經燒得像大篝火……

小嗝嗝的心臟撲通撲通跳個不停，他等到超惡邪消失了才敢動彈。

最後一艘船的一側有梯子，小嗝嗝像幽魂般安安靜靜地爬上去，從船緣探頭上去看。

甲板上有兩個阿爾文軍團戰士，他們忙著竊竊私語，都沒看到小嗝嗝和兩條龍偷偷溜上船，躲到甲板中間的帳篷屋後面。

第一個衛兵正在吸手指。

「那隻可惡的小龍居然**咬**我！」他一臉不悅，氣呼呼地嘀咕。「那隻龍沒有牙齒，可是咬人真的**很痛**！早知道這份工作包括看守一條龍，我就不會自告奮勇了……那隻討厭的小生物，牠還對**我的臉**亂噴口水耶！」

他們說的小龍無疑是沒牙。

「沒牙，**做得好**。」奧丁牙龍悄聲說。牠平時都教小沒牙注意禮貌，沒想到現在居然會誇獎沒牙。

小嗝嗝認出沒牙對自己唱歌的聲音從船身內部傳出來，心中萌生了希望。

沒牙，小嗝嗝心想。**你沒事，謝天謝地**。

「十三萬三千四百八十九瓶、瓶、瓶酒……」小龍的歌聲很難過，因為沒牙覺得自己很可憐。「十三萬三千四百八十九瓶酒……如果『一瓶』綠色的酒摔、摔、摔破……還有十三萬三千四百八十『八』瓶酒……」

沒牙最近剛學會算數，為了在小嗝嗝趕來救牠之前保持好心情，牠一直唱這首歌。沒牙當然打從心底相信小嗝嗝會來救牠。

第二個阿爾文軍團戰士摀住耳朵。

「五音不全的噁心小**青蛙，閉嘴！安靜！**」

沒牙安靜了片刻，又繼續用那個過分哀

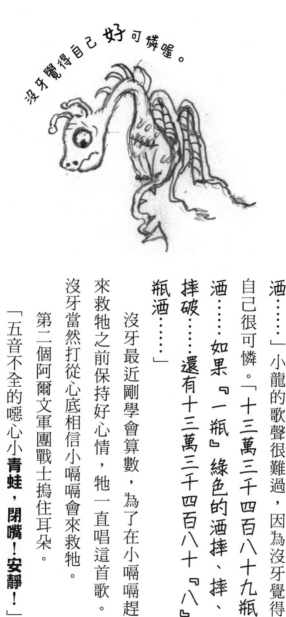

傷、令人心煩意亂的歌聲唱道：

「十三萬三千四百八十八瓶酒、酒、酒……十三萬三千四百八十八瓶酒、酒、酒……」

「你下去叫牠閉嘴！」第二個阿爾文軍團戰士說。

「為什麼是『我』？」第一個戰士抱怨道。「我剛剛被牠咬，被噴口水，午餐被牠吃了一半，我最喜歡的劍鞘被牠啃壞了——而且牠是五分鐘前才交給我們看守的耶！你怎麼不自己下去叫牠閉嘴？」

「好啦、好啦……對付這種小害蟲就應該凶一點，你對牠太溫和了。」第二個阿爾文軍團戰士嘀咕著，邊從甲板中間的活板門往船艙爬。「關鍵是語氣，你聽我示範。討厭的小爬蟲動物，你給我聽著，你要是不安靜，我就——**好痛！我也被咬了！**」

「我的老索爾啊，千萬別打牠！」第一個阿爾文軍團戰士哀求道。「巫婆說牠是最後一件王之寶物，身體狀況一定要完美……」

「無知的阿爾文軍團戰士，你說得沒、沒、沒錯！『沒牙』是最後一件失落的王之寶物，而且還是『最、最、最棒的一件』！」甲板下的沒牙大聲說。「十三萬三千四百八十『七』瓶酒、酒、酒……」

「我好想現在讓牠再『失落』一次。」第二個阿爾文軍團戰士爬上甲板說。「牠把你的午餐吐在我的背心上，還咬了我的鼻子一口……」第二個戰士本來就不帥，現在鼻子腫成平常的兩倍大小，比之前更難看了。

誰叫你們綁架別人的龍。小嗝嗝滿意地想。

砰！神楓的小石子打中遠方的什麼東西，爆了開來，毛流氓國歌響徹整個洞窟。

「會不會是龍之印記軍團來攻擊我們了？」第一個阿爾文軍團戰士問。

「一定是，」第二個戰士回答。「我認得瓦爾哈拉瑪唱歌的聲音。超惡邪最好趕快帶援軍回來幫忙，要是有龍之印記戰士攻過來，我們不可能憑兩個人的力量守住所有的王之寶物……」

所有的王之寶物。

小嗝嗝猜對了，沒牙**真的**和其他失落的王之寶物藏在一起！

把寶物藏在船上這招很聰明，這樣就算有敵人攻過來，戰士們也能迅速開船離開，帶著寶物躲到別的地方。

寶物一定都在這艘船上……

後方的木臺傳來吵雜的腳步聲，第三個阿爾文軍團戰士沿著梯子爬上船，他是個臉上有濃密的黃色八字鬍的彪形大漢。

「巫婆給你們的命令：」第三個戰士氣喘吁吁地說。「你們要準備搬運王之寶物，她想把寶物移到比較安全的地方。」

「你確定要把寶物從藏寶處拿出來嗎？」第一個戰士問。「巫婆真的是這樣說的嗎？要是我們擅自移動寶物，她一定會氣炸……」

他們很怕巫婆優諾，她就是如此令人畏懼。

拜託……小嗝嗝躲在一旁，默默祈禱。**拜託你們把寶物從藏寶處拿出來……**

「其實巫婆說的是：『他們要是不快點把寶物從藏寶處搬出來，我會親手用指甲把他們的脊椎骨抽出來。』」第三個阿爾文軍團戰士說。

這聽起來很像真話，第一和第二個阿爾文軍團戰士轉起滑輪，把船錨拉上船。他們費盡全力轉滑輪，每轉一下就低哼一聲。

把船錨和繩子拉上來的同時，他們也將失落的王之寶物一個個拉了上來。

「啊……」老奧丁牙龍在小嗝嗝耳邊嘆道。「**難怪我一直夢到它們漂在水下……**」

原來，巫婆將王之寶物都用長繩子綁在船錨的繩子上了，這也是鼻涕粗每次趁夜來船上搜索，卻一直沒找到寶物的原因。他從沒想過要到水下尋寶。

那個巫婆真的很討厭，但我們不得不承認，她真的很會藏東西。

最先拉上船的是王冠，接著是羅馬盾牌、來自不存在之境的箭矢、嵌著心之石的手環、萬能鑰匙、滴答物（雖然被砸壞了，它還是一直滴答作響）、龍族寶石、第二好的劍，還有最後一件——阿爾文軍團戰士奮力轉了好幾圈，好不容易把它拉上來——失落的西荒野王座……最後的最後才是船錨。

王座長滿了海藻，戰士們把它拖上船時，小螃

「王之寶物！」

蟹像一顆顆珠寶似地從海藻間爬出來，四散在甲板上。

王之寶物！一隻螃蟹爬過他的腳時，小嗝嗝興奮地想。**我們找到王之寶物了！現在，只要想辦法把它們偷走就好……**

「好喔，」第一個阿爾文軍團戰士緊張地說。「我們先把寶物藏在船艙裡，等巫婆叫我們把它們搬去別地方，就可以直接開船了。」

三個阿爾文軍團戰士七手八腳地解開綁著寶物的繩索，把它們搬進大開的活板門。

「好痛！」第一個戰士的聲音模糊地傳出來。「可惡的小龍，牠**又**咬了我一口！」

三個戰士爬上甲板，第一個戰士用力關上活板門，除了拉上門閂之外還加了道掛鎖。

小嗝嗝從口袋掏出一小包榛果（他平常都會在口袋裡放一些給沒牙的小點心）。

他全力把一顆榛果往隔壁那艘船丟，丟完就趕緊躲到帳篷屋的陰影中。

哐！

「那是什麼聲音？」第一個阿爾文軍團戰士驚呼。

「你們兩個去看看，我待在這裡看守寶物……」第三個戰士喘著氣說。「一定是有人要攻擊我們。」

第一和第二個戰士爬下梯子，爬上隔壁船，舉著劍到處看看是誰發出聲音。

第三個戰士高高舉著火把，靠在船緣看著他們，上半身幾乎都探出去了。

小嗝嗝躡手躡腳走過去，用力推他一把。

第三個阿爾文軍團戰士發出模糊的細小尖叫，然後——

嘩啦！

一聲摔進下方的海裡，接著……

吱呀！

小嗝嗝將梯子往下推，不讓第三個戰士再爬上船，之後握住鉤竿，就這麼把船推離岸邊。

寶物到手了！王之寶物到手了！

小嗝嗝的心臟開心地在胸腔跳舞。

他本來不對B計畫抱太大的期望，沒想到計畫目前為止進行得非常順利。

但是小嗝嗝並沒有發現，第三個阿爾文軍團戰士其實根本不是阿爾文軍團的戰士。

那個人是他的親生母親，瓦爾哈拉瑪。

喜歡用金色八字鬍偽裝身分的，可不只有神楓一個人。

瓦爾哈拉瑪先前假扮成阿爾文軍團戰士，偷偷摸進阿爾文的地下堡壘，準備偷走剩下九件王之寶物，趕在末日前夕到海灘和小嗝嗝會合。

她差一點點就要成功了，可惜她兒子誤以為她真的是阿爾文軍團戰士（她長得足夠高大，臉上貼著金色八字鬍顯得相當正常，她的偽裝比神楓的好多了），將她一把推到海裡。

「唉，小嗝嗝啊……」瓦爾哈拉瑪嘆息著自言自語，踩水的同時「不小心」朝對小嗝嗝射箭的第二個阿爾文軍團戰士射出一箭。「我不是叫你不要離開祕密基地嗎？我不是叫你相信我，讓我處理這一切嗎……」

瓦爾哈拉瑪搖了搖頭，選擇原諒兒子。

「但是，」她自言自語。「也許我該學著讓那孩子用**自己**的方式做事，讓他透過錯誤摸清正確的道路。」她又嘆了口氣。「這比我想像中困難多了。」

不過直到後來，小嗝嗝才會得知這件事。

他正忙著處理眼前一個急迫的問題。

他必須在阿爾文軍團戰士警告其他人之前，趕緊把船划出洞窟。好消息是，這艘船停泊在瀑布附近，他可以聽到隆隆水聲，那聲音很像巨無霸海龍的吼叫聲……

一旦出了洞窟，他就能讓海風把船吹走了。

……問題是，雖然這艘船不大，距離洞口也不遠，他該怎麼憑自己一個人的力量划船？

小嗝嗝從甲板這一頭跑到船槳所在的另一頭，途中瞥了一眼船艙，確認沒牙在裡頭。

「沒牙？」他小聲說。

「主人！」沒牙高興地尖聲說。

感謝索爾！

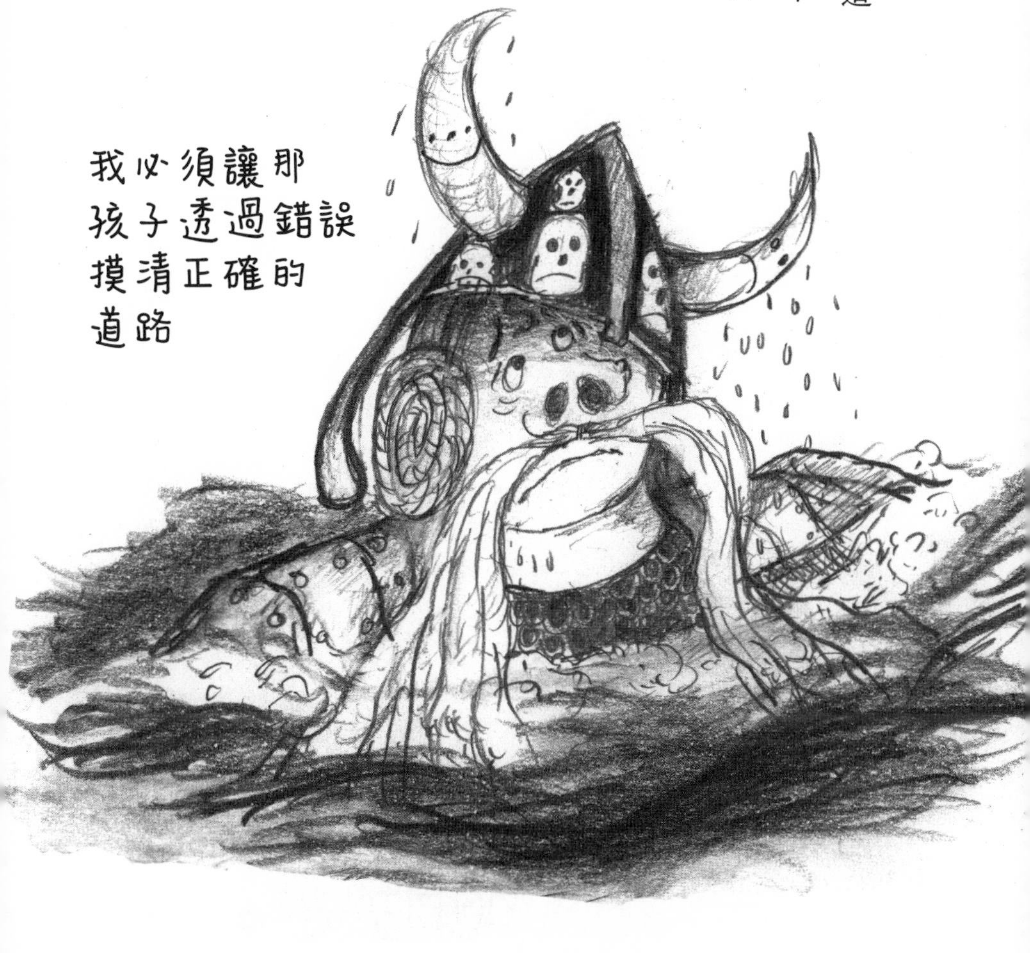

「沒牙，你別怕！」小嗝嗝隔著艙門喊道。「我現在沒時間開鎖，不過我一定會救你出來！」

第十六章 「我的牙齒……我的牙齒去哪了？」

然後，小嗝嗝全身一僵。

他後頸每一根毛髮都豎了起來，宛如豪豬身上的硬刺。前方距離他不到兩碼的位置，有東西飄浮在半空中，彷彿被心懷不軌的天神吊在那裡……

……那是一雙邪惡的紅眼睛。

看似沒有東西的空氣中，多了一絲滿懷惡意的細語：「我的牙齒……我的牙齒在哪——裡——？」

看到那雙眼睛的瞬間，小嗝嗝意識到過去這一個小時他的手臂一直陣陣劇痛，只不過剛才發生太多事情，他無視了手上的疼痛。

那雙有著細長瞳孔的紅眼睛周圍，吸血暗探龍的身體很慢、很慢地出現了，牠蹲在艙門上，彷彿在看守船艙。

吸血暗探長得很噁心，你只要看一眼，就會作好幾年的噩夢。

牠的頭像顆巨大

的蝙蝠頭，不停滴口水的嘴旁露出一根尖銳的吸血獠牙。

口水順著吸血獠牙滴下來的同時，牠難看的小鼻子嗅個不停。

小嗝嗝的手臂之所以這麼痛，一定是因為吸血暗探在用牙齒追蹤他。

「我的牙齒……」吸血暗探哀叫道。「我的牙齒在哪——裡——？我只要咬了東西就一定要把那個東西吃掉……我的牙齒在哪——裡——？」

小嗝嗝沒有說話，而是驚恐地退開，邊走邊把左手藏在背後。

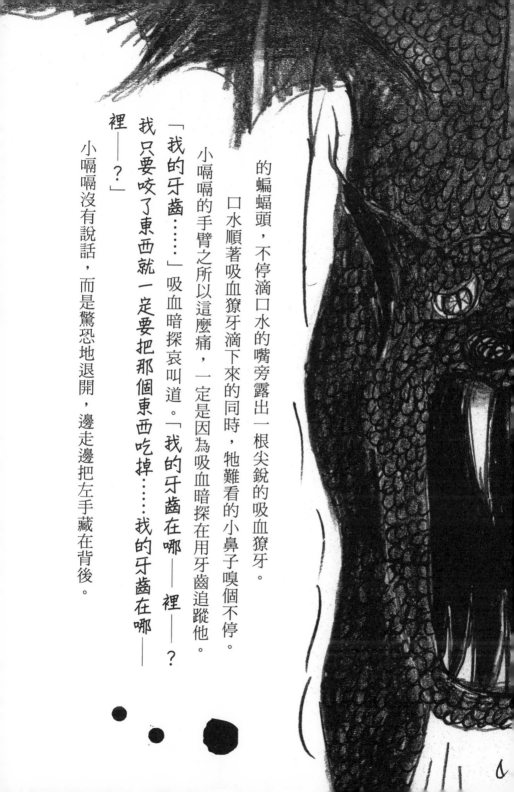

「啊哈！」吸血暗探啞聲說，邪惡的紅眼睛凶殘又得意地亮了起來。「討厭的小偷，你想把它藏起來，可是沒有用……我好像感覺到它了……我好像找到它了……可惡的小偷，你偷了我的牙齒……」

「我不是故意的……」嚇呆了的小嗝嗝結結巴巴地說，邊說邊倒退。「你要的話，我把牙齒還給你……我也不想把它留著……」

「『你』偷了我的牙齒，」吸血暗探惡狠狠地罵道。「既然我找到它了，就要把剩下的這一餐吃完……」

牠撐開蝙蝠翅膀蹲下來，撲上去用力咬住小嗝嗝的左手臂，和二十四小時前咬的位置完全一樣。

小嗝嗝痛得尖叫，拚命敲打吸血暗探可怕的頭部，風行龍也奮力撕扯吸血暗探的毛皮。

但是吸血暗探怎麼也不肯放開。

諷刺的是，小嗝嗝左半邊身體——手臂、肩膀還有腿——本來已經稍微好起來了，現在又感覺身體變得麻木，他低頭一看，發現紫黑色瘀青又擴散了。

吸血暗探不會放開。小嗝嗝心想。這種龍的嘴巴跟捕熊陷阱沒兩樣，一旦咬到人就再也不會放開……

小嗝嗝試著回想關於吸血暗探龍的知識，想找到牠們的弱點，但是他的手臂痛得要命，腦袋混亂得什麼都想不起來。

他焦急地用右手亂打吸血暗探的頭，然而暗探只是咬得更緊。

小嗝嗝知道自己在尖叫，卻聽不到自己的叫聲。

船上有什麼能拿來當武器的東西嗎？

甲板上有一堆亂七八糟的繩索，是剛才那兩個阿爾文軍團戰士連著船錨和王之寶物一起拉上來的。

小嗝嗝努力無視手臂的劇痛，拖著吸血暗探往前走，讓牠一腳踩進繩索。

小嗝嗝開始扭動，雖然被吸血暗探咬住了，他還是奮力掙扎。

暗探龍死命咬著小嗝嗝不放，跟著扭來扭去，努力咬住小嗝嗝，每次牠瘋狂撲過來，腿腳就在繩子裡纏得更緊。

這時，小嗝嗝的機會來了。

風行龍跳上來攻擊吸血暗探柔軟的腹部，牠腹部是和蛆一樣噁心的白色，沒有什麼防禦。

與此同時，身體關節嘎嘎作響的老奧丁牙龍撲過去，開始攻擊吸血暗探的頭部。

雙重攻擊奏效了。

吸血暗探痛得尖叫，稍微鬆開咬住小嗝嗝手臂的嘴，轉而攻擊風行龍。風行龍也撲了上去，兩頭龍咬在一起。

小嗝嗝踉蹌地走向平衡在船緣的錨。

他用僅剩的力氣，把錨推啊推，推了下去。

嘩啦！

船錨落在下方的海裡，險些敲到游在船邊的瓦爾哈拉瑪，噴了她滿臉海水，她的金色鬍子就這麼被沖走了。

那之後是片刻的停頓，不停下沉的船錨拉動繩索，繩索像活生生的蛇，在甲板上舞動。

吸血暗探甩開風行龍，轉身面對小嗝嗝，牠張大嘴巴大聲尖叫，準備報仇……紅眼睛緊盯著小嗝嗝，牠蹲下來要飛撲，這次牠打算用僅剩的吸血獠牙刺穿小嗝嗝的心臟，完成「死亡撲擊」。

然而，就在牠飛撲的瞬間，甲板上狂亂舞動的繩索終於被船錨的重量繃緊，吸血暗探被纏住的腿也跟著被拉了過去。牠臉上浮現好笑的驚訝表情（這麼恐怖的龍，居然也能露出如此好笑的表情！），身體猛然被拖到甲板另一邊，飛過船緣，落到水裡，這次發出響

亮的……

嘩啦啦啦！

小嗝嗝握緊不停流血的左手臂。

傷口又多了一根新的吸血暗探牙齒。

我收集到一對獠牙了！小嗝嗝有點歇斯底里地想。

他試著把牙齒拔出來，但是它和第一顆牙齒一樣埋得太深了，拔不出來。

小嗝嗝只好撕下上衣的一塊布料，簡單地包紮傷口。

啪！啪！啪！

後方傳來緩慢、輕蔑的掌聲。

小嗝嗝直起身體，腳步不穩地轉身……

……看到一個人靠著船桅站在那邊，兩條腿優雅地交叉。那個人，是**鼻涕粗**。

第十七章　鬥劍

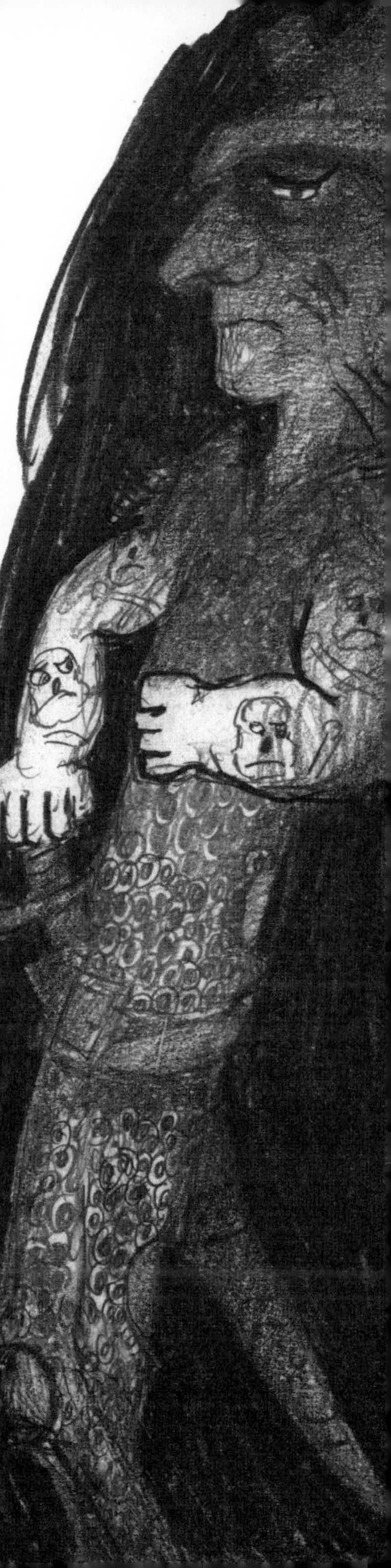

「做得好啊，沒用，做得真好。」鼻涕粗慢條斯理地說。「沒想到吸血暗探就這樣被你解決掉了，我還以為你死定了呢。」

颶風龍悄悄從船桅後面走出來，用低吼聲警告小嗝嗝他們。風行龍也用低吼回應牠，兩條馱龍警戒地在甲板上隨著對方繞圈踱步，背上的脊刺都豎了起來，兩條龍隨時準備開打。

小嗝嗝呼吸一滯。

他讀不懂鼻涕粗臉上的表情。

「鼻涕粗……」他緩緩地說。

「是，是，是。」鼻涕粗輕蔑地揮揮手說。「我知道，我是壞人，是壞蛋，是壞孩子，我背叛了你們那些好人，我好壞壞喔，嘖嘖嘖。可是這些晚點再說，我們先把船划出山洞再來吵架……」

小嗝嗝和鼻涕粗各抓起一根船槳，把船往瀑布划去。

洞窟被空中的雷電網照亮，瀑布下之戰正全力進行，而載著王之寶物的船則像一抹影子，悄悄溜出了瀑布，航行到強盜灣。

鼻涕粗放下船槳，拔出長劍。

「跟我決鬥。」鼻涕粗說。

「可是我不想跟你決鬥啊。」小嗝嗝說。

「**跟我決鬥！**」鼻涕粗大吼。

「我沒有劍。」小嗝嗝說道。

鼻涕粗平常都會帶兩把劍，他把第二好的劍丟給小嗝嗝，接著用自己手裡那把在空中奮力劈砍。

「你為什麼不想跟我決鬥？是不是因為你怕我？」

「其實不是，」小嗝嗝承認。鼻涕粗聽他這麼說，好像更生氣了。「我是有點怕，但就是不想跟你決鬥。」

「你是應該怕我。」鼻涕粗說。「你被吸血暗探咬到左手，不能用左手拿劍了。**快跟我決鬥！**我不是又出賣了你嗎……你

為什麼還是不恨我？」

鼻涕粗氣得臉紅脖子粗，情緒十分激動，字句不受控地脫口而出：「**恨我啊！**」

「鼻涕粗，我不恨你……你雖然又出賣了我，但是我原諒你……我可以理解你一直這麼做的理由……」

「啊啊啊，你好煩啊，每次都要當英雄。不要再原諒我了，**不要原諒我！你什麼都不懂！我不要你原諒我！**」

「鼻涕粗，我不想和你決鬥，是因為我覺得我們應該趕快帶著王

之寶物離開……」

「可是我**不是站在你那邊！**」鼻涕粗號叫道。「**我發誓，你不馬上跟我決鬥，我就殺了你！**」

小嗝嗝放下裝著還在睡覺的豕蠅龍的背包，小心翼翼地把它放在一綑繩子上，免得小龍受傷。過程中，小嗝嗝的眼睛一刻也沒離開鼻涕粗的臉。

「好吧。」小嗝

嗝說。「你堅持要打，就打吧。」

鼻涕粗撲了過來。

小嗝嗝自動舉劍擋下這一擊，不過他是用右手，所以動作有點笨拙。

「天啊。」老奧丁牙龍嘆息一聲，飛下來站在舵柄上。「有些人類就是這樣……動不動就決鬥……如果他們不要這樣，那該有多好……」

風行龍驚叫一聲飛過去保護主人……可是牠在半空中被颶風龍攻擊，兩隻龍一起滾進海裡。

鼻涕粗用一招「閃燒華麗刺」進攻，小嗝嗝沒能擋住這一刺，肩膀被劃了道傷口，痛得像被毒蛇咬了一口。

小嗝嗝好不容易才把比較高大的鼻涕粗甩掉，往旁邊滾開，笨拙地躲到桅頂後面。他身體左側麻到動彈不得，感覺自己拖著沉重的東西打鬥。

「好啊，」鼻涕粗氣瘋了，他放聲尖叫。「你不是很聰明嗎？你不是大英雄嗎？你不是很會設身處地、從別人的角度想事情嗎？小嗝嗝你告訴我，我為什麼一直背叛你！」

他衝上前，試著繞過桅杆，用劍刺小嗝嗝。

「我覺得，你背叛我是因為你原本有機會當國王。」小嗝嗝說。

這句話像是澆在火上的油。

「**你說得沒錯！**」鼻涕粗尖叫著用自己所知的每一種劍招攻擊小嗝嗝。「**英雄應該由『我』來當！國王應該由『我』來當！**我體格好、腦袋聰明、心夠狠、人又有魅力，該有的我都有了！我就**只想**當族長、當領袖，**這個願望有很過分嗎？**可是就因為我是你父親弟弟的兒子，不是你父親的兒子，我就沒機會當族長。

「那不是很不公平嗎？」

「是很不公平。」小嗝嗝承認。

「在我三歲之前，毛流氓部族的繼承人可是『我』！」鼻涕粗怒吼。「我還記得大家看我的時候，都一臉尊敬，不管我做什麼，大家都一直關注我。小嗝

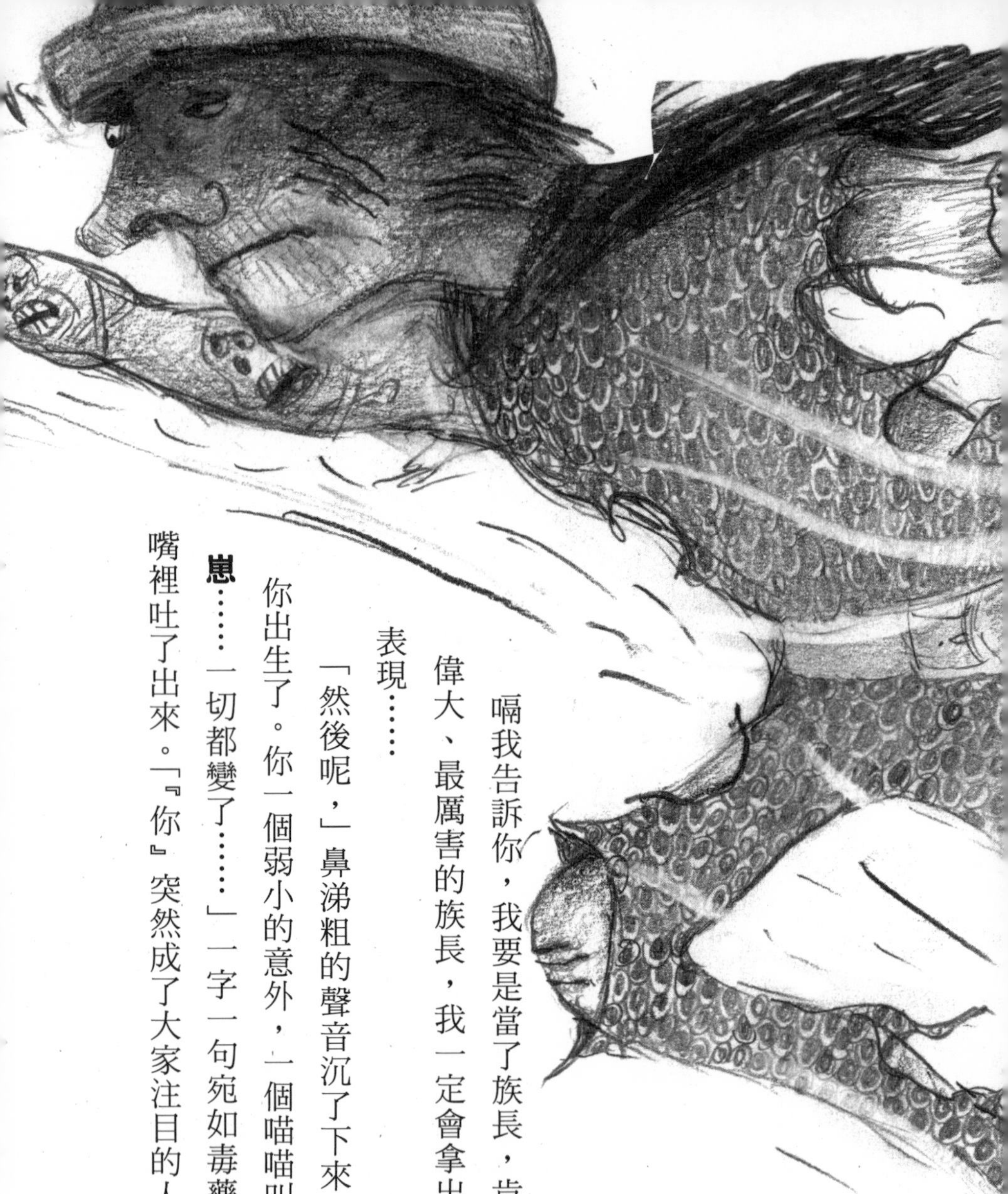

嗝我告訴你，我要是當了族長，肯定是最偉大、最厲害的族長，我一定會拿出最好的表現……

「然後呢，」鼻涕粗的聲音沉了下來。「然後你出生了。你一個弱小的意外，一個喵喵叫的小**弱崽**……一切都變了……」一字一句宛如毒藥，從他嘴裡吐了出來。「『你』突然成了大家注目的人，你突

然成了族長的接班人……然後你又當上大英雄……然後你又要當國王……」

鼻涕粗撲上前，破開小嗝嗝虛弱的防禦，小嗝嗝只勉強躲過他的攻擊。

「你知道我為什麼叫你『沒用』嗎？」鼻涕粗憤恨地喊道。「因為『你』光是誕生在這個世界上，就害『我』變得沒用了。我再怎麼努力也不可能變成繼承人，只會是候補。

「『你』害我變得沒用，『你』害大家都不需要我了。
「在『你』出生之前，我從來沒嫉妒過什麼人，是『你害我變成這樣。是『你』害我偷捏你，害我在其他人沒看到的時候偷打你……事後，在別人看不到的地方，我一直鄙視表現得這麼沒英雄氣概的自己。你看你害我變成什麼樣子！」

「對不起……」小嗝嗝說。他差點摔倒在甲板上。「我不是故意的……」

「然後你去狂戰島，把龍王狂怒給放了出來……」

「我不是故意的……」小嗝嗝說。「那是意外……」

「你**每次**都不是故意的！每次都是意外！你奪走了我的世界，然後跟我說那只是意外！」鼻涕粗惡狠狠地說。

「世界明明就完全沒問題，結果『你』毀了我愛的世界，毀了我愛的一切。我愛冒著生命危險騎龍，還有狩獵，還有暴風雨和船難，還有去龍族孵蛋地偷龍蛋，還有鬥劍，還有亂撞球，還有我在博克島的人生。我愛那一切……

「可是現在，那一切都沒了……」

鼻涕粗的語氣十分痛苦，他狂亂地揮劍，狂亂地攻擊。小嗝嗝只能左閃右躲，右手臂虛弱又彆扭地握著劍，麻木的左腿害他像壞掉的海鷗，在甲板上跳來跳去。

「**全部……都是……你的錯……**」

占上風的鼻涕粗沒有要讓小嗝嗝的意思，小嗝嗝漸漸累了，左邊肩膀痛得他無法思考。

「然後你又一直救我，一直原諒我，搞得好像你是偉大的英雄，搞得好像我非要**感激**你不可……

「我一點都**不**感激！

「因為你搶了我這一生的意義！」

鼻涕粗砍一下就罵一句，不是對諸神叫囂，就是對自己喊叫。

「諸神，祢們看啊！祢們看看我有多強！」他大叫。

他凶狠地跳上前，揮了好幾劍。

他使出「閃燒華麗飛刺」（空中飛撲加上華麗刺擊）、「大屁股芭蕾舞」（他父親發明的招式：跳一下之後跺腳，接著凶猛地撲向對手，如果沒撲到，就迅速從對手身旁跑過去），還連續使出五下「狡猾讓步」，彷彿要讓奧丁和索爾那兩個耳背的天神看清楚，不讓「他」成為失落的王之寶物尋寶者，可是天大的錯誤。

鼻涕粗最後那一劍把小嗝嗝的劍打飛，小嗝嗝左半邊身體終於撐不住了，在堂哥面前跪了下來。鼻涕粗得意地居高臨下瞅著他。

「看啊！」鼻涕粗氣喘吁吁地說。「**我才沒有沒有用，我最強！我各方面都比小嗝嗝強！**」

他激動得表情猙獰。鼻涕粗站在那裡，手裡的劍指著小嗝嗝胸口，手臂微微發抖。

「我完全可以殺死你。」鼻涕粗說。

「但就算我現在殺了你，」他憤怒地說。「就算我現在殺了你，自己搶走王之寶物……就算我這麼做……」

他停頓良久，最後才說出真話。

「還是不會有人追隨我。」

「鼻涕粗，真的很抱歉……」小嗝嗝說，但在這裡，他怎麼說也沒有用。

「我的雷神索爾啊，可惡的小堂弟，你**恨我**啊！」鼻涕粗大嚷。「你為什麼就是不恨我？」

「鼻涕粗，我真的很抱歉，」小嗝嗝誠實地說。「我就是沒辦法

真心恨你……」

「你是不是覺得我很可憐？」鼻涕粗惡狠狠地說。「你是不是**可憐**我？」

小嗝嗝沒有說話，他不用說，鼻涕粗也知道他心裡就是這麼想。

「你敢可憐我！」鼻涕粗大吼。「你好大的膽子！**不要再原諒我了！不准你再原諒我了！**我說的話，你為什麼聽不懂？我必須憤怒！我必須一直憤怒下去！要是我慢下來，要是我不再憤怒，我就得看清現在的自己……」

鼻涕粗的劍在抖，他的語氣變了，從憤怒變得絕望。

「要是我不再憤怒，我就得看清自己過去這幾年到底是為了什麼奮鬥，發現自己做這些根本就沒有意義。

「要是我不再憤怒，我就得看清可怕的事實：也許我對你的仇恨，讓我選了錯誤的一邊。

「我因為太恨你了，仇恨像毒藥一樣扭曲了我的判斷能力，讓我看不清真相，讓我選擇加入邪惡的阿爾文，讓我迷失了方向。

「現在，我看清阿爾文和他那魔鬼母親的真面目了，我知道他比我想像中的『邪惡』還要可怕。

「我因為嫉妒你，毀了我珍視的一切……

「我的榮譽。戈伯對我的尊重。我父親對我的尊重。我的世界，有龍的世界，我愛的世界。

「要是我不再憤怒，我就得看清自己的面貌。那個巫婆說得沒錯，我是背信忘義的蟲子，我沒有價值、沒有用，也一點都不重要。那些人全部背棄我，我一點也不意外。

「連**我**都背棄了自己。

「連我都背棄了我自己。」

鼻涕粗讓劍落在甲板上，金屬和木頭發出難聽的碰撞聲。他把臉埋進臂彎，哭了起來，肩膀不停顫抖。

甲板上，是一片漫長、可怕的沉默。

小嗝嗝想不到適當的話語，因為一個人選擇背棄自己，那真的非常可悲。

小嗝嗝不知怎地，找到王者該說的話語。

「鼻涕粗，你對自己太苛刻了。」小嗝嗝終於開口。「你如果軟弱一些，你早就把我殺了。你在決鬥中獲勝，打飛了我的武器，你完全可以殺死我，但你知道世界面對的危機比你自己的情緒來得重要。你像個堂堂正正的英雄，選擇了榮譽，而不是自尊。

「別責怪自己，這不完全是你的錯，是命運讓我們出生在艱困的情境下。

「我知道我不是你心目中的國王，」小嗝嗝說。「我知道你不願意追隨一個比你弱小、還是你堂弟的人，這當然很不容易。你怎麼可能追隨一個你打從心底不尊重的人呢？

「我也希望我能幫你找一個比我更好的國王。我沒辦法變成別人，因為我就是我，但我也發現我比自己想的還要堅強。我覺得我做得到，我覺得我能成為龍之印記軍團要我成為的國王。」

「你說這些是什麼意思？」鼻涕粗問他。

「我要再問你一次：你願不願意加入龍之印記軍團？」小嗝嗝說。

又是漫長的沉默。

鼻涕粗完全沒想到小嗝嗝會說這種話。

他驚呆了。

「如果你選擇相信我，我會努力不讓你失望的。」小嗝嗝補充道。

「你是說，」鼻涕粗震驚地移開手臂，露出臉。「我背叛了你那麼多次，

你還是願意冒險相信我？」

「我打從心底知道，你有成為英雄的潛力。」小嗝嗝說。「我們所有人都會犯錯，每個人都需要第二次機會，甚至是第三、第四、第五次。說不定你和我打這最後一架之後，就能心甘情願地加入我們這一邊了。」

又是一陣很長、很長的沉默。

鼻涕粗的人生就像個黑暗的小房間，他一直困在房間裡，身體扭曲成痛苦的形狀，眼睛很久、很久沒看到光明，幾乎忘了光明長什麼樣子。這時，這個房間的門，開了。

鼻涕粗終於完全移開擋在面前的手臂，用背心擦了擦手。他的臉不再是剛才的慘綠色，小嗝嗝很久沒看到他氣色這麼好的模樣了。

「小嗝嗝，」鼻涕粗說。「你這個人真的很不尋常。」

總比鼻涕粗平時那句「小嗝嗝，你是小怪胎」好多了。

「我之前一直沒讓自己去想這件事，不過……」鼻涕粗尷尬地開口，對他來說，把這句話說出來真的很困難。「你如果當上國王，應該不會和我之前想的一樣慘。你剛才在巫婆的營地，其實還挺英勇的。」

「謝謝你。」小嗝嗝說。

「說不定，」鼻涕粗又說。「說不定命運安排的有道理。你不是我們要的國王，但你說不定就是我們『需要』的國王。」

他彎腰撿起自己的劍，動作很慢，彷彿剛生了一場重病。

「我對你還是有幫助嘛。」鼻涕粗若有所思地說。「要不是我幫你，你現在也只有一件王之寶物，不太可能當上西荒野國王。多虧了我，你把全部的寶物都弄到手了。」

「對啊，鼻涕粗，我不得不說，你做得非常好。」小嗝嗝承認。「要是沒有你，我們根本不可能把所有的王之寶物弄到手……我父母一定會非常高興……我們現在真的有勝算了。」

鼻涕粗驕傲地抬頭挺胸。

他轉向小嗝嗝，像舊時的戰士般遵循西荒野王國的傳統對小嗝嗝鞠躬，彷彿應國王邀請到主桌共進晚餐的大英雄。

「國王，我願意用劍效忠你。」鼻涕粗對小嗝嗝說。

小嗝嗝也正經八百地對他鞠躬。

「很榮幸接受你的忠誠。」小嗝嗝像個古代君王，說出正式的回覆。

「要握手嗎？」鼻涕粗似乎有點害羞。

小嗝嗝露齒一笑。

鼻涕粗和小嗝嗝握住了手。

「小嗝嗝，做得太好了。」老奧丁牙龍佩服地小聲說。「那個巫婆應該跟你學學怎麼說服人改變心意。」

「主人，你還、還、還好嗎？」可憐的沒牙害怕的聲音從甲板下傳出來。「那個鼻子大到可以築巢的人在說什麼？他難道不知道沒牙是『最棒』的寶物嗎？」

小嗝嗝跪下來，從甲板縫隙看見被關在正下方的沒牙。可憐的沒牙困在籠子裡，脊刺都垂了下來，雙眼驚恐地瞪大。

「我沒事。」小嗝嗝安慰牠。「我們還沒時間撬開船艙的鎖。沒牙，我跟你保證，等我們把船開到安全的地方，就立刻把你救出來。」

「沒牙不喜歡被關、關、關起來！」可憐的沒牙尖聲說。

「真是的，我的雷神索爾啊，」鼻涕粗諷刺地說。「你還是老樣子。別再跟你那隻可愛小龍卿卿我我了，快來幫我開船。」

他們剛才忙著鬥劍，都忘了要逃離阿爾文軍團的營地。

「我們要逃去哪裡？」小嗝嗝連忙爬起來說。

「我們把船開到強盜灣另一頭的龍之印記軍團營地。」鼻涕粗說。「巫婆花了那麼多時間審問你，你應該真的知道營地在哪裡吧？」

「他們的祕密基地在珊瑚海灘，」小嗝嗝笑吟吟地說。「我和母親在琥珀奴隸國分開時，她是這麼告訴我的。」

「好，」鼻涕粗說。「我們到祕密基地以後，你剛好有時間在末日前夕之前航行到英雄海峽。小嗝嗝，你還真喜歡壓在最後一刻。」

鼻涕粗興奮地摩拳擦掌，在小嗝嗝的注視下打起精神。

「**小嗝嗝國王計畫**正式啟動！」

「我們要運氣非常好，才有辦法成功……」小嗝嗝說。

「你不是很聰明嗎，小嗝嗝？你有想到更好的計畫嗎？」鼻涕粗嗤笑一聲。「你專心開船就是了，小心別讓它跟你以前那艘海鸚希望號一樣沉到海裡……」

在目前的情況下，鼻涕粗的計畫應該是最好的計畫了。

第十八章　很短的章節，在這短短的五分鐘，情勢好像往好的方向發展了

兩個男孩展開行動，讓船全速航向珊瑚海灘。他們都在維京人航海課程中練習過無數次，船上的繩具用得得心應手，不過他們不曾兩人合作。這兩個男孩雖然從小就關係不睦，合作起來卻意外地有默契。

小嗝嗝心中有種奇妙的喜悅，這是他此生首次和鼻涕粗齊心協力做事。

他們還沒逃離危險，但不可思議的是，十件失落的王之寶物都到了他們手裡，安安全全地鎖在船艙，他們只要把寶物帶去明日島就好了……他們距離明日島很近，島嶼是霧中一片黑影，近得令人興奮不已。

小嗝嗝和鼻涕粗終於放下了長年的怨恨，他們偷到王之寶物，一股風正帶著他們橫渡強盜灣。在這短短五分鐘，一切似乎朝好的方向發展了。

要不是沒牙在船艙號叫，這還真是令人心潮澎湃的時刻。沒牙還困在籠子裡，牠認為自己快死了，於是牠不再唱酒瓶歌，唱起了更悲哀的歌：

「沒牙要死——死——死——死——了……可憐的沒牙要死——死——死——了……」

「你就不能叫那隻沒牙齒的龍不要再叫了嗎？」鼻涕粗咬牙切齒說。「牠害我很想從船上跳下去，或是回去對巫婆投降。」

船隻悄悄溜出巫婆的海港時，龍群與海鷗群尖叫著飛在上方，彷彿在警告他們。龍與海鷗多得像一大群蝗蟲，從開放海域湧來。

一種奇妙的聲音跟著牠們傳來，小嗝嗝從沒聽過那種聲音，那是十分深沉、十分原始的號叫聲。小嗝嗝一瞬間以為那是龍王狂怒的叫聲，但是轉念一想，即使是體型像座山的巨無霸海龍，也不可能發出那種聲音——那不是生物能發出來的聲音。

只有火山、地震和颶風這種真正能摧毀世界的力量，有可能發出那種聲響，那聲音告訴人類：你們人類就是這麼微不足道，再怎麼聰明、再怎麼機智，面對大自然的力量還是束手無策。

「那是什麼聲音？」鼻涕粗臉色發青地喊道。

「那個，」小嗝嗝吞了口口水說。「是『奧丁冬風』的聲音。」

命運似乎嫌他們逃離阿爾文軍團的旅程不夠有趣，現在連奧丁冬風也吹了起來。哪有這麼巧的事？

小嗝嗝計算了一下。如果船開快一點——如果他們運氣夠好——說不定能避開奧丁冬風。

兩個男孩頑強地默默朝龍之印記軍團的祕密基

地航行，離開了海港。龍群與鳥群如流星般劃過天空，後方是戰鬥的吵鬧聲、爆炸聲與煙火。

這就是誘人的五分鐘，短暫的快樂。
然後……

第十九章　事情很快又往壞的方向發展

小嗝嗝和鼻涕粗打鬥時，兩個人都專心對付對方、專心想著他們之間的嫌隙，忘了注意周遭的危險，也一時間忘了要逃離巫婆與阿爾文。

但現在，外在世界又強迫他們注意到這些事物。

就在他們把船頭轉到正確的方向、朝龍之印記軍團的據點行進時，鼻涕粗一臉緊繃地盯著瀑布與他們剛離開的海岸，輕輕地撞了撞小嗝嗝。

他們已經航行到強盜灣中央。

再過不久，就要到安全的珊瑚海灘了。

然而，遠方平靜的瀑布下，鑽出一小群黑點，像從牆壁縫隙鑽出來的青

蠅。

鼻涕粗和小嗝嗝緊張得全身緊繃，兩個人盯著遠方的陸地，不停祈禱自己看錯了，祈禱那些小黑點不過是光線和海風造成的錯覺。

但是黑點越飛越近，小嗝嗝的心有些空落落地。他知道那些是什麼。

獵鴉龍。

巫婆的獵鴉龍群宛如無可避免的命運，追了上來。

獵鴉龍體型太小，沒辦法載人，

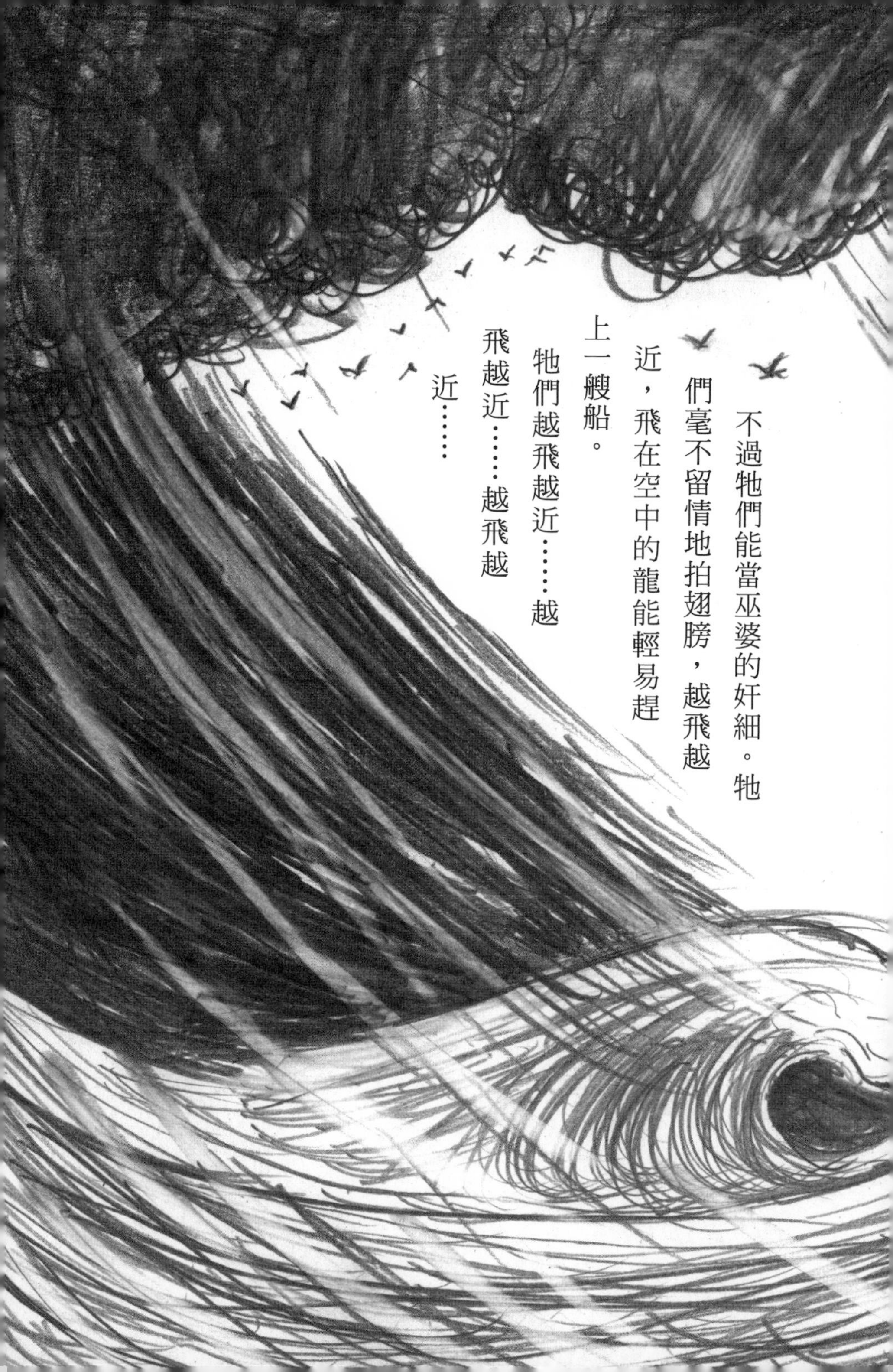

不過牠們能當巫婆的奸細。牠
們毫不留情地拍翅膀，越飛越
近，飛在空中的龍能輕易趕
上一艘船。

牠們越飛越近……越
飛越近……越飛越
近……

「**放箭啊！**」鼻涕粗抓起弓箭大喊。

風行龍和颶風龍勇敢地跳下甲板，飛到空中迎敵。

鼻涕粗射中五隻獵鴉龍，就連左手麻痺的小嗝嗝也射到一隻。風行龍與颶風龍攻擊了更多隻龍，其餘獵鴉龍呀呀叫著往回飛，要去對巫婆報告時，牠們兩個還追了上去，可是獵鴉龍實在太多了，颶風龍和風行龍抓不到牠們。

「他們會去找援軍，」鼻涕粗大喊。「下次就會帶牛守奴龍和龍騎士回來了。他們的牛守奴龍動作很快，如果龍之印記軍團的祕密基地在你說的位置，那我們還來不及逃過去，他們就會追上來了。」

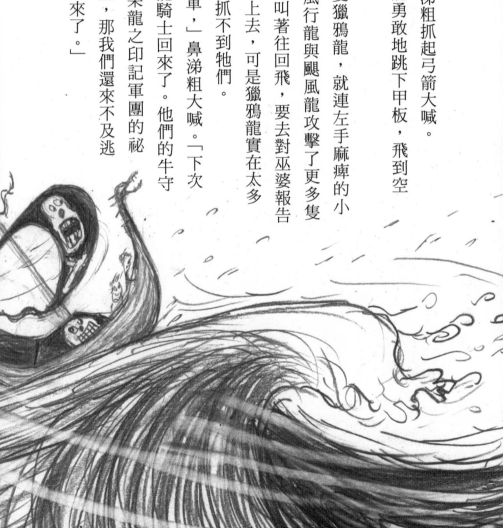

命運太殘酷了。

要是再早半個小時出發，他們就可能逃到安全的地方了。

他們差一點——差那麼一點點——就要成功了，差一點就要把阿爾文和巫婆拚命保護的寶物全部偷走了……

小嗝嗝掃視天邊。

奧丁冬風如天神憤怒的氣息吹來，比龍之印記軍團的祕密基地近得多。

「我們可以轉向，往奧丁冬風的方向前進嗎？」小嗝嗝問道。「他們絕對不可能跟我們進冬風。」

「他們不跟我們進去，是有

原因的。」鼻涕粗發出空洞的笑聲。「進去就死定了。而且我們應該沒時間，你看！牛守奴龍已經飛出來了，我們還沒把船開進冬風，就會被他們追上。」

兩個男孩看向風行龍與颶風龍。

寶物都被鎖在船艙裡，一時間拿不出來。

不過男孩們有得選。

他們可以爬上馱龍的背，騎著比牛守奴龍快的風行龍與颶風龍，飛往安全的地方。

但這麼一來，就等於將所有寶物拱手送給阿爾文與巫婆……包括沒牙。

他們還有什麼選擇？難道要待在這裡等死嗎？

「發、發、發生什麼事了？」沒牙的聲音從船艙飄出來。

「沒牙，沒事的。」小嗝嗝對牠喊道。「我們只是遇到一個小麻煩……沒什麼好擔心的。」

颶風龍不悅地嗚咽一聲，背上的脊刺都垂了下來，尾巴也藏在後腿之間。

鼻涕粗的手自動伸過去，摸摸牠低垂的龍頭。

「沒事的，」他說。「不會有事的。」

鼻涕粗盯著遠方，腦筋轉個不停。

「我的雷神索爾啊。」他咒罵一聲，彎腰撿起長劍插回劍鞘。「我竟然要做這種傻事……」

「跟我換衣服，然後把頭盔給我！」鼻涕粗命令小嗝嗝。他邊說邊脫下頭盔和背心。

「為什麼？」小嗝嗝脫著背心大喊。

「我在搞什麼啊……我在搞什麼啊……」鼻涕粗喃喃自語。他轉頭對小嗝嗝說：「他們要抓的人是『你』，對吧？」

「對。」小嗝嗝緩緩地說。

「所以啊，聰明人，我會打扮成你的樣子，」鼻涕粗說。「戴上你的頭盔，騎上你的風行龍，飛過去跟那些牛守奴龍和龍騎士打一架，讓他們稍微分心……」

「你瘋了！」小嗝嗝幾乎語無倫次。「你要是自己去和他們打，絕對會死啊！」

鼻涕粗笑嘻嘻地說。「喔？你以為我的任務很瘋狂？我去分散他們注意力的同時，『你』要把船開進奧丁冬風，這才叫真正的瘋狂……」

鼻涕粗穿上小嗝嗝的背心，伸手要小嗝嗝把防火衣也脫下來給他。

「你確定要這麼做？」小嗝嗝戴上鼻涕粗的頭盔，小聲問道。

「你聽著，」鼻涕粗說道，他努力穿上小嗝嗝的防火衣，一隻大腳從褲子的破洞鑽出來，調整了一番後好不容易穿戴整齊。「小嗝嗝，你平常都霸著主角的位子，可是今天輪到我當英雄了。」

鼻涕粗哈哈大笑。

「我現在不是站在『你』這邊了嗎？我已經是龍之印記戰士了。我們會帶著所有的王之寶物逃離這裡，你要去明日島加冕，當上新王。

「所以，我下次和戈伯見面的時候，」鼻涕粗站得直挺挺的，慷慨激昂地說。「他就會知道我是英雄。我父親會為我驕傲，他們**所有人**都會為我驕傲，之前背棄我的人又會全部轉回來看我，看我的眼神不會是討厭，而會是敬佩。我的名字會被編到史詩裡，後人永遠不會忘記我這號人物。」

小嗝嗝穿上鼻涕粗的頭盔和盔甲。

最後，鼻涕粗把他的黑星勛章掛在小嗝嗝脖子上。

「好了，」鼻涕粗滿意地說。「這就是靶心，到時候那些明日島守衛就可以瞄準這裡。小嗝嗝，它戴在你身上其實不難看嘛——不過這只是借你的。」他警告道。「不管那些守衛有多可怕，你都不准把它弄丟，這個勛章對我來說非常重要，在我們會合之前，你要好好保管它。」

「鼻涕粗，等一下……」小嗝嗝慌亂地說。「你不必這樣，我會想辦法的……」

「這是**我**想到的辦法。」鼻涕粗說。「小嗝嗝，會想辦法的人不只你一個，你就讓我去做吧！」

小嗝嗝有種非常糟糕的預感。

「風行龍！不要載他！」小嗝嗝高呼。

風行龍很聽話，在正常情況下牠絕對會聽小嗝嗝的命令，不過牠剛才聽兩個男孩對話，知道這是他們唯一的機會。牠用流口水的臉抱歉地蹭蹭主人，然後跪下來讓鼻涕粗爬到牠背上。

「小嗝嗝，我實在不知道你養這隻難看的馱龍做什麼，」鼻涕粗不悅地說。

「我的雷神索爾啊，你可是族長的兒子耶……」

鼻涕粗又拍了拍颶風龍閃亮、漂亮的身體，額頭輕輕靠在颶風龍身邊，悄聲說：「颶風龍，你最棒了。」

爬到風行龍背上之前，鼻涕粗突然想到一件事。

「在我出發之前，幫我蓋上龍之印記。」他說。

「什麼幫你蓋上龍之印記？」小嗝嗝問他。

「我不想跟奧丁牙龍故事中那個年輕的恐怖陰森翳一樣，」鼻涕粗說。「他驕傲到不想接受印記，可是我不一樣。我是龍之印記戰士，當然要接受龍之印記。」

「我哪有辦法給你龍之印記？」小嗝嗝結結巴巴地說。「要有印章才行……要用那個末端刻著『S』形、細細長長的工具，才有辦法蓋印記。」

「那就想辦法啊！」鼻涕粗不耐煩地說。「你不是國王嗎？那就有點國王的樣子……」

鼻涕粗在堂弟面前跪下。

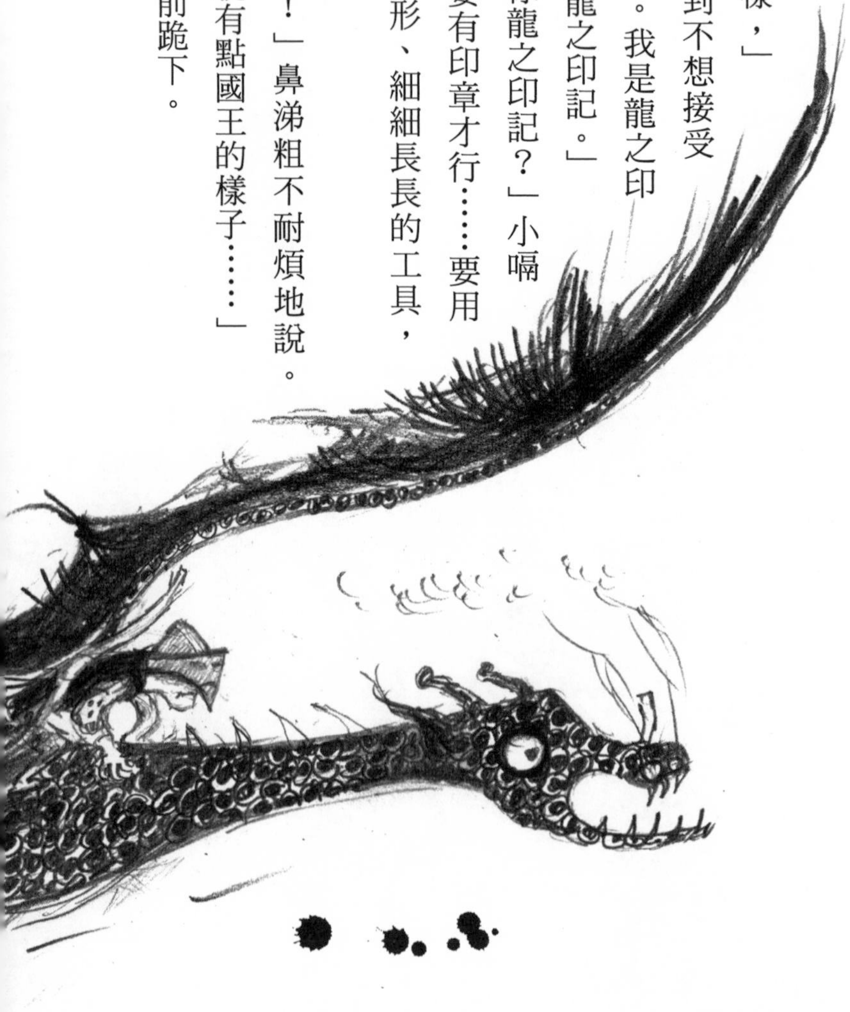

小嗝嗝用手指沾了桅杆燒焦處的木炭，嚴肅地在鼻涕粗額頭畫上「S」形，努力想出一國之王該在這種時刻說的話。

最後，他說：「從今以後，你將永遠是龍之印記戰士。」

鼻涕粗點頭說：「這當然是暫時的，等有機會我再蓋上真正的印記。不過現在，我要讓其他人知道我是站在龍之印記軍團這一邊。」

鼻涕粗爬到風行龍背上，小嗝嗝那頂插著大羽

毛的大頭盔戴在他頭上，似乎比較合身。

鼻涕粗拉下頭盔的面甲。霎時間，他似乎成了陌生人。高貴英勇。儼然是古代英雄人物。

鼻涕粗膝蓋一夾，讓風行龍往上飛，還放聲大叫：「**英雄永不死啊啊啊啊啊啊啊！**」

第二十章　恐怖陰森鬍的最後一首歌

風行龍怕得嘶鳴好幾聲，卻仍英勇地飛躍上天，載著頭戴頭盔的騎士衝向飛來的阿爾文軍團戰士。

有些牛守奴龍背上有騎士，騎士每個人的手腕都纏著五條鐵鍊，每條鐵鍊都繫著沒有騎士的牛守奴龍，樣子有點像空中馬車。牛守奴龍陸續在空中停了下來，翅膀嗡嗡拍動，不確定該怎麼對付這個孤身攻過來的男孩。他會不會帶了更多隱形的三頭死影來偷襲阿爾文軍團？他**不可能**一個人衝鋒吧？這個人類難道狂妄到不知道牛守奴龍有多可怕嗎？

小嗝嗝撿起背包與還在裡頭睡覺的豕蠅龍，背起背包。

「沒ㄎ，你不要擔心！」他隔著上鎖的活板門對小龍喊道。「我們都沒事……」

小嗝嗝將船頭轉向正南方，離開庇護船隻的強盜灣，直接讓被吹得捲起來的船帆面朝尖聲呼嘯的冬風。

在沒人看得見的後方，神楓和魚腳司剛離開阿爾文的地下堡壘，正催促三頭死影加速往前飛，還沒飛到可以朝牛守奴龍射箭的距離。

「我的雷神索爾啊！」魚腳司呻吟著說。「那個人是小嗝嗝！他為什麼要攻擊阿爾文的軍隊？」

巫婆親自騎著牛守奴龍后——體型比同伴大一些的牛守奴龍——飛了出來，白色斗篷在身後獵獵飄揚，阿爾文則騎著牛守奴龍王飛在她身旁。

她也認出了小嗝嗝。

「是『他』……」她悄聲說。「是小嗝嗝男孩……一定是他的龍救了他……問題是，他在搞什麼鬼？他難道瘋了嗎？」

鼻涕粗不愧是鼻涕粗，即使在如此危急的時刻，他還是和平常一樣愛現。朝滯留空中的牛守奴龍群飛去時，他甚至翻了個不必要的筋斗。

這招叫「繞圈圈特別式」，是閃燒最愛用的招式之一，就算在理想情況下也很難完成，龍騎士必須用膝蓋緊緊夾著龍背，免得在馱龍倒著飛行時整個人摔下去。

「你看！」鼻涕粗回過頭，對聽不太到他聲音的小嗝嗝高喊。「**我是『全世界』最厲害的龍騎士！**」

他又試圖在龍背上站起來，使出閃燒的另一個招式，不過風行龍飛得太快了，他只好趕緊坐穩。

鼻涕粗筆直飛向牛守奴龍群，小嗝嗝聽到他高唱陰森鬍的歌，那是很久以前陰森鬍殺死親兒子、分裂了西荒野王國之後，乘著無盡冒險號航向西方時唱的歌。

鼻涕粗唱的是這首歌：

我航行這麼遠只為當上國王，可惜時機不對……
我在風雨交加的過去迷失方向，在無星之夜被毀……
但儘管颶風摧毀我的心、風雨摧毀我的船，
我還是知道，我是英雄……我是英雄……直到「永遠」！

小嗝嗝的船越是接近颶風般瘋狂呼嘯的奧丁冬風，他就越能感覺到船下的浪濤變得洶湧。

在不同的時代、不同的所在，我也許能為王，
但在我城堡崩毀的塔樓，只剩海鷗孤獨的鳴唱。
我焚盡了明日，再也無法折返，
不過我仍然是英雄……我是英雄……直到「永遠」！

牛守奴龍群狐疑地飛在空中，牠們都用觸鬚感覺空氣中的震動。

「他在做什麼？」巫婆懷疑地嘶聲說。「這可能是陷阱……」

然而阿爾文感覺到勝利近在眼前，他裝上他最喜歡的鉤爪。

「不對，他一定是知道自己沒有退路了。」阿爾文幸災樂禍地說。「他唱的是恐怖陰森鬍的最後一首歌……他知道自己沒有退路，所以要背水一戰……那隻臭老鼠，他想像英雄一樣戰死，讓我們丟臉。」

阿爾文清楚聽到飛在後面的阿爾文軍團戰士竊竊私語：「哇，他竟然還活著……他竟然在唱那首歌……」

「**上啊啊啊啊啊！**」奸險的阿爾文大吼。

牛守奴龍群齊聲尖叫，聲音刺耳至極，接著牛守奴龍群與阿爾文軍團像一大群虎頭蜂，直直飛向鼻涕粗與風行龍。巫婆還在尖叫：「不行……**等一下！**這可能是陷阱！可能是陷阱啊！」

鼻涕粗像個瘋子大聲尖叫，騎著嚇得發不出聲音的風行龍劃過空中，阿爾文軍團緊追在後。

「我的雷神索爾啊，」小嗝嗝驚恐地輕聲說。他不敢回頭看，卻還是回頭看了。「我的雷神索爾啊……」

鼻涕粗騎著風行龍衝了過去，回頭對緊追不捨的牛守奴龍與龍騎士射箭，還不忘笑嘻嘻地辱罵他們。「你們這群跟豬一樣醜的暴牙老阿嬤，來抓我啊！你們這群奉承阿爾文、像蚯蚓一樣扭來扭去的廢物，有本事就來抓我啊！」

小嗝嗝離他太遠，沒聽到他罵了什麼，不過光是想像在海盜訓練課程中無禮術第一名的鼻涕粗罵人，他就差點笑出來。

「你們這些滿身跳蚤、慢得跟河馬一樣的蛇皮包包，看招！你們這群噁心的兔子心廢物蛇，是不是抓不到我啊！」

小嗝嗝將船開到離冬風非常近的位置，鼻涕粗也飛得離冬風很近，因為風行龍的飛行速度雖然比牛守奴龍快很多，鼻涕粗卻故意飛得慢一點，吸引阿爾文軍團去追他。

氣瘋了的龍群一起飛去追鼻涕粗，近到在令人心跳暫停的一瞬間，小嗝嗝還以為鼻涕粗完蛋了。

鼻涕粗在最後一秒用一招肆無忌憚的「死亡俯衝」逃過一劫，操控風行龍像遊隼般往下飛，以時速超過一百八十英里的高速朝海面衝去。

牛守奴龍群也跟了下去，宛如從天而降的箭雨。

在最後的最後一刻，鼻涕粗讓風行龍及時轉向，這時候他們離海面近到風行龍的翅膀都擦過了水面。

牛守奴龍群中有不少龍來不及轉向，就這麼一頭栽進海裡，還有很多龍緊急煞車後無法控制方向，旋轉著撞上旁邊的龍。龍群好不容易嘎嘎叫著恢復陣形，再次追逐鼻涕粗而去，不過龍群少了三分之一的龍，那些牛守奴龍還沒從海裡飛出來。

「哈哈！你們這群身上沾了巧克力的豬龍！連飛行也不會！」鼻涕粗遠遠譏笑道。

「好了，鼻涕粗，」小嗝嗝看著騎在風行龍背上、對牛守奴龍群比無禮的手勢的鼻涕粗，喃喃自語道。

「我快到了，你趕快飛去安全的地方……飛去珊瑚海灘，讓龍之印記軍團保護你……」

鼻涕粗彷彿能聽到小嗝嗝的心聲，他趴在風行龍背上，低聲說了一、兩個字，小嗝嗝看見風行龍往前飛躍。

能在單純

的速度賽中勝過風行龍的，就只有銀幽靈了。

牠筆直飛往珊瑚海灘。

小嗝嗝鬆了一口氣。

這時，出乎意料的事情發生了。

一個阿爾文軍團戰士用近乎悠哉的動作，射出一枝箭。

箭矢尖嘯著劃過天空……

……小嗝嗝看得無比清楚。鼻涕粗在龍背上轉身，也許

是要繼續辱罵阿爾文軍團，也許是要檢查他們離他有多遠，結果箭就這麼命中他的胸膛。

接著，一頭牛守奴龍的龍火噴到他身上，燒穿了龍鞍的安全帶，小嗝嗝破破爛爛的防火衣也禁不起火燒，內層的毛皮著火了……男孩如同一根蠟燭燒了起來……摔下風行龍的背。

他宛如墜落的星星，燃著火焰摔了下去……

摔進下方冰冷的海裡……

……鼻涕粗的生命之光，熄滅了。

「**不——————！**」小嗝嗝大叫。「**不！不！不！不！不！不！**」

風行龍驚叫一聲，牠飛得太快了，等到牠猛然迴轉、俯衝到海上尋找鼻涕粗時，牛守奴龍群已經飛到牠面前。

阿爾文軍團不再追趕風行龍，因為他們正統的獵物是那個被誤以為是小嗝嗝的男孩，知道男孩已經被殺死了，他們就只想找到屍體，對巫婆證明任務成功了。戰士們放開沒有騎士的牛守奴龍，讓牠們潛到水下找屍體。

「**太棒了——**」阿爾文興奮地尖呼。「母親，妳看到沒有？我們終於殺了小嗝嗝！**我們殺了小嗝嗝！**」

「做得好，」巫婆嘶聲說。「兒子，你好聰明……」

牛守奴龍群也高聲尖叫，發出得意洋洋、不堪入耳的譏笑聲，在空中盤旋和潛入海中，尋找那個無禮的男孩——尋找敵人的屍體。

過去好幾次、好幾次，小嗝嗝都在絕望邊緣死裡逃生，他幾乎相信自己和朋友們不可能受傷。

可是……

有時候，我們無法讓時間逆流。

有時候，我們無法把放出森林的龍關回去，無法把放出樹牢的巫婆抓回去，無法在朋友失去了生氣之後，讓他再一次呼吸。

這，就是戰爭的後果。

鼻涕粗身上帶著長劍和其他沉重的武器，所以他很快就沉到了海底。

他的四肢像星星一樣攤開，彷彿在海中飛翔，宛如輕輕落下的一片雪花，落在另一個世界。

「戰死的英雄都會直接去英靈神殿……」小嗝嗝悄聲說。

鼻涕粗是生在錯誤時間的男孩，困在不停變動的世界中，這當然很不容易，所以他犯了不少錯、做下不少壞事。

但是，我們總是會透過行為，展現出真正的自己。

最後的最後，鼻涕粗在困境中努力做正確的事，死得像個英雄。某方面而言，他永遠不會死，因為他的名字將永傳後世。

小嗝嗝低頭看著鼻涕粗的黑星勳章。

沒時間想這些了。

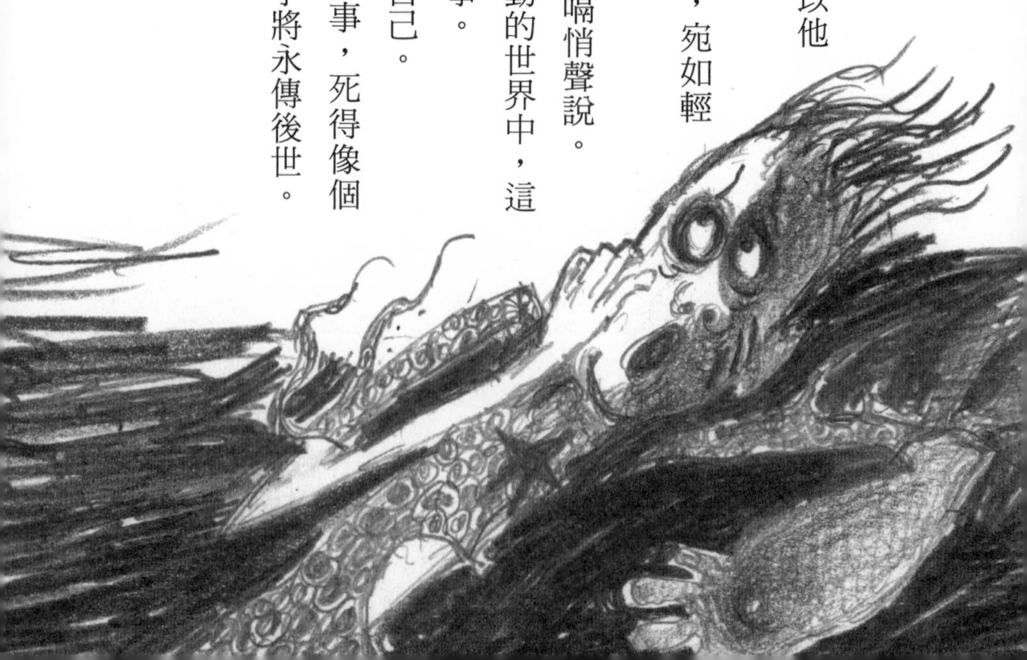

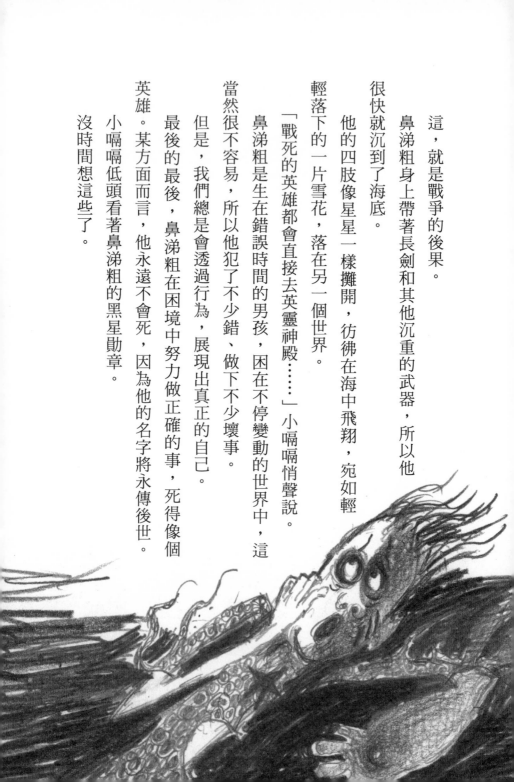

淚水被撲面襲來的強風吹走，他費盡全力確保船還在朝正確的方向行進。

「我無論如何都得去明日島……我非要去明日島不可……這些事情我明天再來想。」

小嗝嗝開船往暴風雨中心前進，心中滿是冰冷的絕望。

拜託不要讓阿爾文軍團想到要來追這艘船。

歡欣鼓舞的牛守奴龍與阿爾文軍團飛在高處，同樣飛在空中的巫婆轉過披著白髮的頭，動作有點像轉動的時鐘指針。

「王之寶物……失落的王之寶物……」她嘶聲說。

下方的海灣，不受任何人控制的船

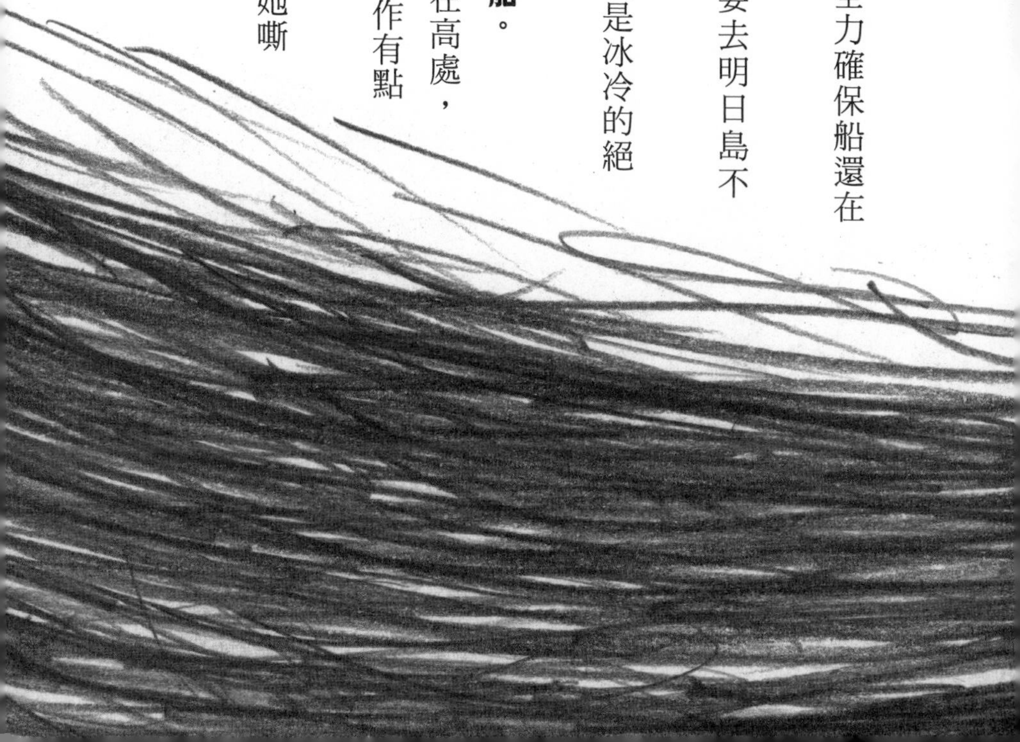

（至少，巫婆是這麼認為）正直直開往奧丁冬風。

「王之寶物！」巫婆尖叫。「王之寶物！男孩的屍體晚點再說！我們需要那些寶物！」

牛守奴龍軍團整齊劃一地在空中轉向，飛刀般衝向離冬風不遠的小船。

「快讓那艘船停下來！」巫婆尖聲命令。「快讓它停下來啊！要是寶物被冬風吹走，我們就不可能在時限內把它們全找回來了！」

「**快點快點！**」小嗝嗝全身溼透、氣喘吁吁地說，他穿著鼻涕粗寬鬆的衣服，看起來就像隻泡了水的小老鼠。「**拜託**讓我及時趕到……不然鼻涕粗就白死了……**拜託**你了，偉大的狂獵之神奧丁啊……拜託讓我及時進

到冬風裡……拜託祢……」

如果所謂「成功」就是把船開進瘋狂呼嘯的奧丁冬風，那表示小嗝嗝面對的情況真的十萬火急。

可是末日前夕近在眼前，要想及時趕到明日島的海岸，小嗝嗝只剩這一線希望了。

牛守奴龍群轉向小船，阿爾文軍團戰士朝船上射火箭，船帆立刻被箭矢點燃。

小嗝嗝用力把舵柄往左轉，讓船跟著轉彎，盡量不讓阿爾文軍團射中小船……船在他身下劇烈搖晃，左側被一股巨浪直擊。

阿爾文軍團一名將軍騎著血嚇龍，這種龍會吞下大石頭，戰鬥時就像投石機一樣。

血嚇龍在距離奧丁冬風只剩一點點距離的小船上空飛行，沉重的身體飛得不太靈巧。牠直接讓三顆和櫥櫃一樣大的石塊往下墜，直接撞上甲板。

喀喀喀喀喀喀嚓！

一陣驚心動魄的木板斷裂聲響起，小船直接從中裂成兩半。

裝著王之寶物的那一半立刻開始下沉。

包括船舵與小嗝嗝的那一半，繼續朝冬風漂去。

失落的王之寶物往海裡沉，一路沉到海底。

「有了！」巫婆尖叫。「牛守奴龍，潛下去找寶物！」

（親愛的讀者，請別為沒牙操心，雖然困在籠子裡，牠終究還是隻龍，牠頸上有鰓，在水裡也能輕鬆地呼吸。就算被巫婆逮到——巫婆的確可能抓到牠——巫婆也不會傷害牠，因為牠是最後一件失落的王之寶物……而且還是「最棒的一件」。）

小嗝嗝剛才不知道被什麼東西撞到頭，傷口的血流進眼睛，現在什麼都看不到。他幾乎要昏過去了，也沒察覺到失落的王之寶物已經不在身邊——對此時的小嗝嗝而言，也許不要知道比較好。

他所在的半艘船幾乎完全沉到水裡了，他卻沒有發現。小嗝嗝下半身泡在海中，手還緊緊握著舵柄。

他喃喃自語：「進到冬風裡……進到冬風裡……我**一定**要進到冬風裡……

「沒牙，不要怕……」他昏昏沉沉地說。「不要怕……沒事的……我會把船開進冬風……我會把船開到明日島……」

遠處，神楓和魚腳司騎著三頭死影，剛才發生的一切都看在眼裡，他們以為小嗝嗝胸口中箭後掉進海裡，看見載著王之寶物的船在開進冬風前裂成兩半，還看到巫婆的牛守奴龍得意地潛水尋寶。

「**不——！**」魚腳司放聲尖叫。

一隻牛守奴龍已經帶著萬能鑰匙飛回阿爾文身邊，再過不久，其他的王之寶物應該都會被牠們撈上來。

「不……」魚腳司驚恐地哭著說。「不可能……」

神楓臉色慘白。

「魚腳司，你說得對，這不可能是真的。」神楓低聲說。「小嗝嗝沒死，如果他真的死了，我一定會知道。我**知道**我一定會知道的……我的靈魂一定會有感覺……」

小嗝嗝的確沒死，不過敵人和朋友都看不到他，他正盲目地在水中掙扎，死命抓著船的殘骸。

然後，小嗝嗝被奧丁冬風吞噬，他和可笑的破船被可怕的狂風暴雨捲走，像是被海浪沖走的一小塊樹皮。

小嗝嗝進入了冬風之中。

第二十一章　明日島的末日前夕

這天夜裡，奧丁冬風像報喪女妖般呼嘯過強盜灣，一路奔向受詛咒的明日島。

第二天一大早，也就是末日前夕，巫婆、阿爾文與所有的阿爾文軍團戰士，聚集在凶殘群島最南端的擺渡人贈禮之吟唱沙灘。

天上降下鵝絨般的小雪。

巫婆還帶了戈伯和昨晚在瀑布下之戰中被重新俘獲的龍之印記戰士。（註3）

註3　二十六名龍之印記戰士對數千名阿爾文軍團戰士，最後輸了也不奇怪，所以最後只有神楓和魚腳司騎著隱形的三頭死影成功脫身。

巫婆要他們在被處死前先見證阿爾文的勝利，因此龍之印記戰士全都被鎖鍊捆住，以戰俘的姿態站在人群後面。

阿爾文軍團戰士很興奮，卻也十分緊張。

過去一百年來，有很多男男女女帶著假的寶物來到擺渡人贈禮之吟唱沙灘，他們就像愚蠢的醜暴徒阿醜，希望能騙過明日島守衛，登基為西荒野新王。

那麼多野心勃勃的人，還有他們愚昧的追隨者，全都死在了這片沙灘上。

這個地方發生過太多不快樂，過去的種種痛

苦它似乎都記得。吟唱沙灘也許在很久以前吟唱過，但那也是恐怖陰森翳掌權前久遠的過去了。

現在，沙灘不再吟唱。

海岸似乎蒙上詛咒的陰影，詛咒彷彿駝背走在海灘、到處尋找獵物的活物。一股濃重的邪惡氣息宛如濃霧籠罩整片海灘，就連邪惡的巫婆半禿的頭皮也害怕地微微發抖，稀疏的頭髮豎了起來。他們和過去那些一心想成為國王的人一樣站在海灘上等，和過去那些人一樣賭上性命，只希望自己不會賭輸。

「我看到擺渡人了！**快檢查王之寶物……**」阿爾文嘶聲說，眼神緊張地閃爍著。「十樣寶物都在這裡了，對吧？」

巫婆舉起雞骨頭般的手指，顫抖著一一清點寶物。沒錯，寶物的狀態和她兩分鐘前檢查時一樣，十件都還在。

「阿爾文，不要亂動。」巫婆罵道。「王冠戴好。」

她幫阿爾文調整王冠，將它調整到更帥氣的角度。

王座被擺在空曠的沙灘中央，阿爾文坐在王座上，其他的王之寶物都戴在身上或放在身邊。這樣的阿爾文看起來真的很有國王氣勢——換個不同的角度來看，你可能會覺得他有點可笑。

巫婆用力咬住嘴唇，咬到嘴唇都破皮出血，因為她知道他們非得做到完美才行。只要出錯，他們所有人就死定了。

她再次清點王之寶物，這次數得很——慢——很——慢，**百分之百**確認寶物都在。

「哼哼。」沒牙難過的細小聲音從籠子裡傳出來。籠子上蓋著一塊黑布，那是擋住牠的歌聲用的。「『妳』怎麼連數到十都不、不、不會，『沒、沒、沒牙』還可以數到『一億、億、億』喔。一億、億、億瓶酒、酒、酒……」可憐的沒牙又累又怕，牠只是想頑皮一點，讓自己打起精神。

「討厭的小龍，還不給我閉嘴！」巫婆嘶聲說，指甲極長的雙手握成拳

頭。她恨不得對沒牙做什麼可怕的事，不過在阿爾文當上國王之前，她不能讓無牙的小龍出事。

擺渡人逐漸接近，在沙灘上等待的阿爾文軍團遠遠望見一艘小船從遠方的明日島

海岸出發，穿過

晨霧，隨著白浪

起起伏伏，逐漸

接近……逐漸

接近……**逐漸**

接近……

然而，

那天在英雄海峽航行的，**不只有**擺渡人。

早晨的陽光灑下來時，霧氣散了，阿爾文軍團看見史圖依克和其他龍之印記戰士像施了魔法的幽靈，乘船離開他們在珊瑚海灘的地下基地，同樣朝吟唱沙灘前進。

巫婆眺望大海，高興地舔了舔邪惡的牙齦。

「你們來遲了！」她幸災樂禍地說。「史圖依克你這個粗魯的笨蛋，**你來遲了，我家阿爾文**將會成為新王……」

擺渡人的小船緩慢地划來。

「快點啊！」巫婆尖叫。她緊張兮兮地掃了逐漸逼近的龍之印記軍團船艦一眼，即使到了現在，她還是擔心龍之印記軍團會發起最終一戰，把王之寶物全都搶走。

蒙著眼睛的擺渡人小心翼翼地將船槳放在船上，小船漂到岸邊，在沙灘上停了下來。看到這一幕，巫婆開心地尖叫一聲。

德魯伊守衛的第六感告訴他：沙灘上有人。他爬下船，從容地走向在吟唱沙灘等他的阿爾文軍團。

他直接在縮在王座上的阿爾文面前停下腳步，近到阿爾文必須仰頭才看得到德魯伊守衛蒙著眼睛的臉。守衛的臉有點駭人，因為他面無表情，看似冷酷無情。

巫婆怕龍之印記軍團過來找碴，恨不得叫德魯伊守衛動作快一點，但不知為何，守衛散發出一種讓人不敢插話的氣勢。巫婆很少遇到比自己更可怕的人或物，只好咬著流血的嘴脣，就算快急瘋了還是盡量保持安靜。

守衛對天展開雙臂，高呼：

「有志成為新王者，前來明日島吧！

「只有集齊失落的王之寶物者，能活過加冕典禮……」

守衛緩緩低下頭，對著阿爾文的方向問道：

「你是有志成為新王的人嗎？」

阿爾文緊張地吞了口口水，開始後悔自己來這個地方。

「是。」阿爾文用不怎麼有王者威嚴的高亢聲音說。

「你是蠻荒群島所有部族選出來的代表嗎？」德魯伊守衛問他。

「**是！**」阿爾文軍團大喊，用叫聲蓋過龍之印記戰士的「**不是**」。

「我們之中有一些異議分子……」巫婆緊張地解釋道。

德魯伊守衛點頭說：「新王候選人只要是多數人選出來的就可以了。」

「你有帶給擺渡人的禮物嗎？」德魯伊守衛問道。

「有。」阿爾文吞了口口水。

「那就把寶物拿給我看吧。」守衛說。

守衛的語氣沒有變，不過阿爾文突然覺得自己還沒正式成為新王，就配戴王之寶物、坐在王座上，好像不太妥當。

阿爾文趕緊心虛地小聲道歉，將身上所有的王之寶物取下來，擺在守衛面前的沙地上，然後退離王座，一邊退後，一邊語無倫次地說：「大人，我母親說這些是正確的王之寶物，我是相信她才帶這些東西過來的，假如出了什麼錯或有什麼問題，請大人原諒我。您要知道，要是有什麼錯誤，您要怪罪的人應該是我母親——」

守衛蒙著眼睛的臉稍微轉向阿爾文。

「假如禮物有問題，」德魯伊守衛說。「明日島守衛們會殺死你們所有人。」

「喔……」阿爾文說。

他閉上嘴巴。

德魯伊守衛用手指一一撫摸王之寶物。

他的手莊重地摸過沾了血漬的王座——那是小嗝嗝三世的血，即使因為時光的流逝而變成暗褐色，血漬仍像朵花在王座上綻放。

他拿起被砸壞的滴答物，舉到耳邊。它還在滴答作響，雖然壞了，它依然賣力地發出小小的滴答聲。

他揭開籠子上的布蓋。

他將不停掙扎哭泣的沒牙從籠子裡抱出來，仔細檢查牠的身體，甚至輕輕用一根手指探進沒牙嘴裡，摸了摸牠的牙齦。沒牙用力咬下去，咬得他血流不止，他也沒有跳開或把手抽走。

「沒、沒、沒牙不屬於阿爾文，」沒牙哭哭啼啼地說。「沒牙是小、小、小嗝嗝的龍……」

「你屬於誰並不重要，」守衛說道。巫婆嚇了一跳，因為德魯伊守衛是用龍語和小龍對話。「重點是，把你帶過來的人是誰。」

「小龍，睡吧。」德魯伊守衛說。可憐的沒牙因為被綁架而又氣又急又難過，整晚都沒睡，但是聽到守衛平穩的聲音，牠像被催眠般和豕蠅龍一樣打了個哈欠後立刻睡著。

守衛又用布蓋上籠子。
德魯伊守衛花了非常長一段時間檢視其餘幾件寶物。
巫婆焦躁到不小心咬起自己的指甲，可是她的指甲沾了毒，灼傷了她的嘴，嘴脣還變成青紫色。
守衛費了許久檢視最後一件寶物——龍族寶石——小心翼翼地撫摸後，將它放在王座上。
他又對天展開雙臂。
海灘上的維京人睜大眼睛靠上前，每個人都緊張到全身僵硬，有點不敢聽德魯伊守衛的判決。阿爾文無意識地往後縮，怕被人攻擊似地舉起鉤爪與手臂保護臉部。
接下來，是一段緊張的沉默。
「寶物是**真的！**」德魯伊守衛高呼。
守衛面無表情的臉突然有了情緒，彷彿被地震震裂的嚴峻石壁。

「九十九年的失敗、九十九年的尋覓，以及我們守衛明日島的九十九年過去了，**真正的**王之寶物終於出現了！不可能的任務完成了！」

海灘上的阿爾文軍團戰士興奮地歡呼。

巫婆喜極而泣。

她撲進阿爾文懷裡，瘦巴巴的拳頭對空氣揮了幾拳。「我就知道！」她興高采烈地尖叫。「我就知道！」

「二十年啊……」巫婆氣喘吁吁地說。「我在那個地獄般的小樹牢裡關了**二十年**，那二十年我一直唱咒語、調製毒藥、用大鼠內臟和小鼠骨頭編織命運的布幔……那二十年我一直渴望、一直夢想、一直殺人，就為了讓你當國王……你馬上就要成為新王了！**我家阿爾文是新王！**」

「**明日島守衛！**」德魯伊守衛興奮地大喊，對躲在吟唱沙灘下的龍族或其他生物說話。

「二十四小時後，新王將會即位，屆時我們九十九年的約束將完全解除！到時候，我們能再次遊蕩在蠻荒群島的海洋與天空之間，用無憂無慮的翅膀與腿腳雲遊四海，沒有任何人事物能限制我們了……

「還有我，」說到這裡，守衛的聲音啞了。「到時，**我**終於能取下蒙住眼睛的繃帶，看見蠻荒群島新鮮顏料般鮮明的色彩！」

接下來，發生了不可思議的事情。

守衛伸長手臂站在那裡，沙灘居然唱起歌來。

阿爾文軍團戰士忙著歡慶，龍之印記戰士忙著沮喪，沒有人注意到那個聲音。

不過擺渡人贈禮之吟唱沙灘，終於再次吟唱了。那聲音彷彿每一粒沙子都在摩擦，像是一百萬隻快樂的蟋蟀，合唱出讚美的頌歌。

歌聲帶有純粹的渴望，令人鼻酸。

「不可能的任務終於完成了……」德魯伊守衛高喊。

「我們終於能擺脫束縛了……

「**我們終於找到王位繼承人了！**」

「新王就是**我！**」阿爾文愉快地唱道，巫婆也在一旁手舞足蹈。「新王就是**我！我我我我！**真是個好選擇！」

「能集齊所有寶物的人，想必是十分偉大的英雄。」德魯伊守衛說。「不對，等一下……我聽到其他人類登陸的聲音……」

「『等一下』？」巫婆瞬間感到害怕。「你說『等一下』是什麼意思？我們不是把十件王之寶物都帶來了嗎？」

「**德魯伊守衛先生，請等一下！**」

龍之印記軍團的船艦停泊在海灘旁，小嗝嗝的父親——毛流氓族長偉大的史圖依克——從藍鯨號跳下來，跳到擺渡人贈禮之吟唱沙灘上。

史圖依克踩著淺水嘩啦嘩啦跑來，守衛轉身面對他。即使已經是中年人了，史圖依克的身材還是相當壯觀，這是傳統維京族長該有的體態：肚子像戰船一樣，鬍子宛如著了火的金雀花叢。

數千個龍之印記戰士跟著史圖依克跑來，其中包括沼澤盜賊族長柏莎、大英雄超自命不凡、同為英雄的鬧脾氣．醜八怪、鬧脾氣的十一個未婚夫、鼻涕粗的父親啤酒肚大屁股，還有小嗝嗝的外公老阿皺。

「**等一下！**」偉大的史圖依克上氣不接下氣地說。在沙地跑步很累人，過了特定的年紀，你會發現自己的身體吃不消了。

「你們是誰？」德魯伊守衛嚴厲地問。

「我們是龍之印記軍團，」史圖依克喘著氣說。「我們代表蠻荒群島一半的部族……我們絕不能讓這個名叫阿爾文的男人當國王！」

剛抵達海灘的龍之印記戰士齊聲歡呼，數千人的喉嚨齊聲吶喊，讓守衛知道他們人多勢眾。

「從那個聲音聽來，你們的異議分子還不少。」守衛對阿爾文說。「如果蠻荒群島一半的部族都反對你……」

「可是守衛大人，他們是**比較不重要**的那一半……」阿爾文回答。

「我們龍之印記軍團也有資格爭奪王位，」史圖依克繼續氣喘如牛地說。「我們覺得我兒子小嗝嗝・何倫德斯・黑線鱈三世才是真正的西荒野新王！」

「你兒子叫小嗝嗝？」德魯伊守衛感興趣地問。

「**那不重要！**」巫婆大聲號叫，激動到忘了對守衛保持禮貌。「他只是碰巧和恐怖陰森鬍的兒子一樣取名叫小嗝嗝而已，那沒什麼特別的意思！」

「寶物都是小嗝嗝**找到**的，」史圖依克說。「每一件都是。結果阿爾文這個

小偷和他的惡魔母親**偷了**王之寶物！

「胡說八道一派胡言！」巫婆尖叫，她甚至像眼鏡蛇一樣嘶嘶叫。

「我太太瓦爾哈拉瑪打算把寶物從這對可惡的母子那邊搶回來，」史圖依克解釋道。「她等等就會來跟我們會合，小嗝嗝也是——我們怕阿爾文軍團害死他，所以叫他先躲起來。小嗝嗝隨時會帶著最後一件寶物——無牙的龍——過來……」

史圖依克猛然住口。

他剛才急著要解釋，直到現在才發現王之寶物都已經擺在沙灘上了。

「王之寶物都在這裡了！」史圖依克震驚地說。

「是啊，史圖依克，」巫婆譏諷地笑著說。「好眼力。」

史圖依克這個野蠻人的腦袋不太靈光，他花了一點時間才理解眼前的事實，眉頭皺了起來。

「那我太太瓦爾哈拉瑪在哪裡？」

「可憐的史圖依克，愚笨的史圖依克……」巫婆輕蔑地說。「你老是慢半拍。我們今天凌晨抓到你親愛的太太，瓦爾哈拉瑪居然想從我們這裡偷東西，還帶兵造反呢。我好心把她帶過來，讓她在被我們處死前先欣賞阿爾文登基為王的畫面。」

巫婆打了個響指，阿爾文軍團戰士扛著一口箱子，腳步踉蹌地走過來。那是早先囚禁神楓的箱子，被巫婆的人草草修理過後纏上一圈又一圈的鐵鍊。其中一名阿爾文軍團戰士解開鎖鍊。

瓦爾哈拉瑪從箱子裡蹦出來，她有點腰瘦背痛，因為即使是瓦爾哈拉瑪這麼健壯的中年女人也稍微老了些，塞進箱子裡不可能好受。至少，瓦爾哈拉瑪還保有戰士的尊嚴。

史圖依克臉色發白，這才看見頹喪地站在人群邊緣的龍之印記戰俘。

「戈伯……老朋友，你的鬍子怎麼不見了？瓦爾哈拉瑪……親愛的，我不懂啊，」史圖依克困惑地說。「妳該不會……該不會……**失敗**了吧？」他用不可思議的語氣問道，因為傑出的大英雄瓦爾哈拉瑪幾乎從不失敗。

「我們的兒子沒有待在地下樹屋，而是自己潛入阿爾文和巫婆的地下堡壘，自己去偷王之寶物了。我假扮成阿爾文軍團戰士，寶物就要到手時，被沒認出我的小嗝嗝搶走了。」瓦爾哈拉瑪解釋道。

史圖依克露出大大的笑容。「做得好啊，小嗝嗝！他這樣真的很沒禮貌，又不聽話，不過既然他要當國王，就不可能把事情都交給父母做。我真為那孩子感到驕傲——」話說到一半，他又停下來，皺起眉頭說：

「可是，那……寶物為什麼會在這裡？小嗝嗝在哪裡？」

瓦爾哈拉瑪的神情非常、非常嚴肅。

她轉向巫婆。

「這兩個問題，巫婆應該能幫我們解答。」瓦爾哈拉瑪說。她的眼神和鋼鐵一樣冷硬。

「是啊，」巫婆愉悅地笑著說。「這兩個問題我都能回答。史圖依克啊，你的資訊恐怕過時了，我告訴你，現在**所有的**王之寶物都在我們阿爾文軍團手裡。」

她揭開沒牙籠子上的黑布。

史圖依克彷彿被咬了一口，整個人往後一縮，龍之印記軍團也難過地嘆一口氣。

疲倦的小龍睡在籠子裡，牠因為和小嗝嗝分開而精神受創，翅膀不停顫抖，臉上還有深深的黑眼圈，看起來十分可悲。

「這裡每一件寶物都通過德魯伊守衛的檢驗，他也已經宣布我家阿爾文是恐怖陰森鬍的繼承人了。我們將在明天——在聖誕末日——為他加冕。」

「她說的是實話。」德魯伊守衛說道。

「**不！**」史圖依克驚恐地瞪大雙眼。

龍之印記軍團傳出哀叫與呻吟。

「那……那我家小嗝嗝呢？」史圖依克說。「**我家小嗝嗝在哪裡？**」

巫婆露出萬分陰險的笑容。「你家小嗝嗝不會來跟你會合，他恐怕**永遠**不會回來了。」

瓦爾哈拉瑪——高傲的瓦爾哈拉瑪——跪了下來。「**不！小嗝嗝！不！**」

她從來沒下跪過。史圖依克彎下腰扶她……

……小嗝嗝的外公老阿皺一臉不解。「我不明白。」他說。

「阿皺啊，你的占卜從以前就不怎麼準呢。」巫婆無禮地冷笑著說。

「是鼻涕粗。」身上纏著鎖鍊、站在人群最後方的戈伯冷冷地說。「鼻涕粗背叛了我們所有人。」

「叛徒！」無情霸抓高喊。龍之印記軍團傳出噓聲與叫罵聲。「那個叛徒中的叛徒！」

鼻涕粗的父親——啤酒肚大屁股——摀住自己的臉，小聲說：「對不起，真的很對不起大家。身為他的父親，我真的太丟臉了。」

「所以啊，你們龍之印記軍團想偷走阿爾文的王位，簡直是痴人說夢！」巫婆冷笑著說。「你們什麼都沒有，**什麼都沒有**！你們在等的那個英雄早就『死了』。」

白手臂瓦爾哈拉瑪的臉比屍體還蒼白，她緊扣著雙手。

「我不信。」她說。

「我親眼看見一枝箭射中他胸口。」巫婆說。「不過為了保險起見，我們派牛守奴龍和獵鴉龍在海灣裡找他的屍體，證明那個弱崽真的死了。牠們還沒找到屍體，但已經找到了『這個』……」

她變魔術般從斗篷下拿出小嗝嗝的頭盔。

「**不**……」瓦爾哈拉瑪和史圖依克不知道在對誰哀求。史圖依克也跪了下來。

兩位偉大的戰士一起跪在沙地上，彷彿在舉行第二次婚禮，他們拿著那頂頭盔，淚水靜靜流下他們幾經風霜的戰士臉頰。

瓦爾哈拉瑪一躍而起，憤怒地舉起拳頭。

「是『妳』殺了他！」她對巫婆大吼。「妳這個**惡魔**！」

「瓦爾哈拉瑪啊，在戰爭中，沒有什麼公平不公平。」巫婆柔聲說。「在琥珀奴隸國，妳不是也想射箭殺死我兒子阿爾文嗎？假如妳給了妳兒子三層胸甲，他現在也許還活著……不過話又說回來，妳也許就是個比我粗心大意的母

親，妳之前也很少在家裡照顧兒子吧？」

巫婆對瓦爾哈拉瑪懷恨在心，她這番惡毒的話語宛如毒箭，一箭命中瓦爾哈拉瑪。心靈受創的戰士，藍眼睛裡浮現了傷痛。

瓦爾哈拉瑪猛然轉身，從背後一個阿爾文軍團戰士手裡一把搶過戰斧。

她高高舉起戰斧，怒吼：「**血仇！**」

龍之印記戰士都很同情她，眾人拔出戰斧，阿爾文軍團與龍之印記軍團之間的戰鬥蓄勢待發。

就在這時，年邁的德魯伊守衛突然意外地靈活、意外地有力地跳上前，在瓦爾哈拉瑪砍死巫婆前，搶走她手裡的斧頭。

身高七呎的他挺起腰背，伸展雙臂，用雷電般威嚴的聲音大喝：

「我以明日島之名，命令你們**住手！否則我對雷神索爾發誓，我會召喚明日島守衛，讓他們把你們帶到最遙遠的虛無，再也別想踏上這片土地！**」

就算德魯伊守衛的手指沒有微微抽搐，對峙的龍之印記軍團與阿爾文軍團腳下，沙地沒有開始湧動、冒泡，彷彿地底發生了什麼大事，眾人也會因守衛的這番話停下動作。

一瞬間，憤怒化成恐懼。

「放下你們的刀劍！」守衛令道。「這裡是聖地！你們這是在擺渡人贈禮之吟唱沙灘上爭鬥，要是不仔細聽命，我會送你們所有人一份大禮，到時候想還給我也來不及了！」

雙方都靜了下來，所有人聽到他提及超自然力量，都怕得說不出話來。隨著人們靜下來，眾人腳下的沙地也不再騷動，又像沒事一樣變得紮實。

「好多了。」守衛說。

「在這片沙灘上還有明日島上，所有人都必須聽我的命令，在新王即位之前，我的命令就是鐵則，任何違抗我的人，就等著接受我的懲罰。我其實是相當通情達理的一個人，不過我身為守衛，沒辦法通情達理，我只能代表明日島的律令。」

沙灘上鴉雀無聲。

「這位女士。」

守衛轉向瓦爾哈拉瑪。

「我知道妳為人母親，感到憤怒和悲痛是正常的，但現在妳必須放下這些個人情感。龍王狂怒的勢力已經變得太強，威脅到蠻荒群島的存在了。」

他音量不高，說話時卻有種威嚴，彷彿是天神透過他發言。

「我們維京人的特色就是獨立和好戰，這是我們的本質，不過既然龍王來襲，我們就必須放下個人情感與恩怨，團結起來對抗共同的敵人。人類的未來遭受威脅，我們不能再自相殘殺了。

「龍族叛軍來了！王之寶物現世了！

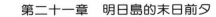

「諸神發話了！

「我們總有接受命運與諸神的意志的時候，而現在就是那個時候。女士，請為了我們所有人，放下妳的個人情仇。

瓦爾哈拉瑪像棵被五雷轟頂的大樹，呆立在原地，盯著自己的武器。

「這麼多年，」她抬起頭說。「這麼多、這麼多年，我一直獨自尋找王之寶物……犧牲了溫暖的家，還有丈夫和孩子的陪伴。這都是為了什麼？到頭來，那不過是場無果的冒險。後來，我發現也許那一切犧牲都值得，有時候，你在世界遙遠的角落找了那麼久的東西，其實就在你家裡，其實就近在眼前。

「我還以為這場恐怖的戰爭結束後，我也許能得到第二次機會，重新和兒子建立母子關係，看著兒子治理我曾經想擁有的王國……

「……結果我的希望又被奪走了。**這個男人**，」她對阿爾文罵道。「如果**這個男人**登基為王，你會將龍族寶石的祕密交給他，他會用那份力量永遠毀滅龍族。」

「但是龍王狂怒的目標是毀滅全人類。」德魯伊守衛回應道。「有時候，一國之君必須為了他發誓守護的人們，做出可怕的抉擇。當我們面對如此高的風險，自然得有人做出難以想像的決定，而國王的責任就是背負那份罪惡。這份責任，我自己也略懂一二。

「女士，我說話粗暴了些，還請妳原諒我。我不習慣和陌生人交談。」

德魯伊守衛語氣很溫和，因為他知道瓦爾哈拉瑪剛失去了兒子。

「有時，我們必須把命運交給諸神，而有時，在我們看到最終的結果之前，諸神的意志會顯得像個謎……」

瓦爾哈拉瑪試著挺起胸膛。要看一個人是不是真正的

英雄，就要看這個人在絕望之際有什麼行動。

她傲然脫下戰鬥手套，交給德魯伊守衛。

「我不會發誓效忠這個名為阿爾文的男人，」瓦爾哈拉瑪生硬地說。「但我也不會再和他作對。如果明日島守衛認為他當上國王是諸神的意志，那我們龍之印記軍團將沉默地旁觀加冕典禮。」

偉大的史圖依克像壞掉的獅子般垂著頭，他也點頭同意。

「那就這樣吧。」德魯伊守衛說。

「等一等，」巫婆急忙說。她剛剛還認為情勢在她掌握之中，現在又突然失控了。「我們要自己慶祝阿爾文登基！我兒子是國王，這些人都是叛徒，是不速之客！我們**不要**他們觀禮！」

德魯伊守衛若有所思地看著她。「妳兒子**還沒**當上國王，」他說。「而且新王是蠻荒群島所有部族的代表，必須在所有部族面前受冕，關於這點，陰森鬍說得非常清楚。這位女士已經以維京人之名發誓要放下個人傷痛，默默觀禮，對我而言這樣就夠了。

「既然她發了誓，你們也應該有所表現，解放這些俘虜。」

巫婆別無選擇，只能下令解放戈伯與其他俘虜。

德魯伊守衛的拐杖在沙地上敲了一下、兩　下、

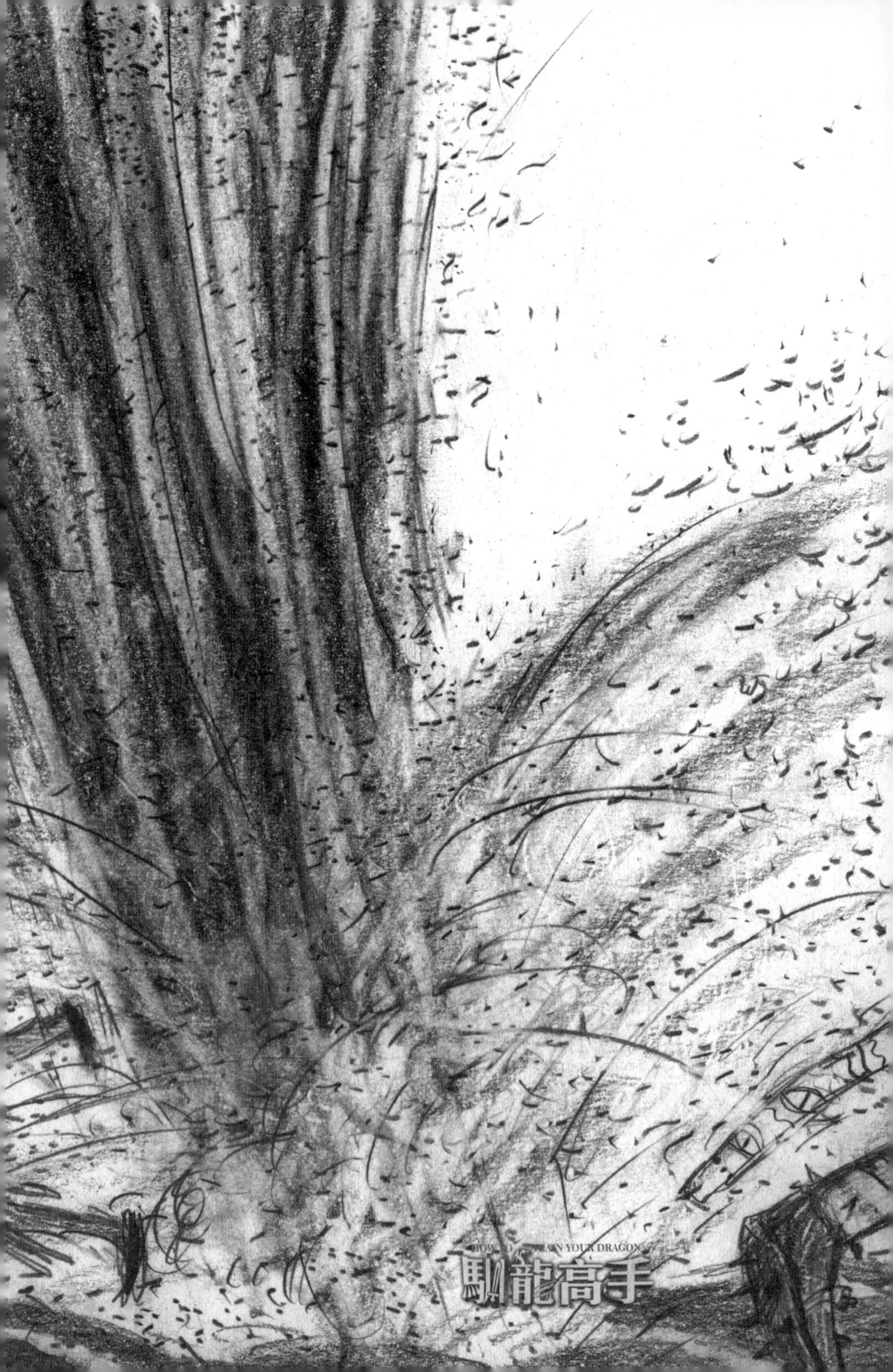
馴龍高手

三下。「你們通過第一道考驗了，我們不會殺死你們……至少，現在不會。那麼，我們將前往被詛咒的明日島，舉行加冕典禮。請給我一點時間，讓我對其他守衛說幾句話……」

德魯伊守衛最後一次仰起頭來，對天張開雙臂，以宣告終結的恐怖語氣說話。

「在第十一末日，繼承人現世，他人爭奪王位的機會也逝去了。

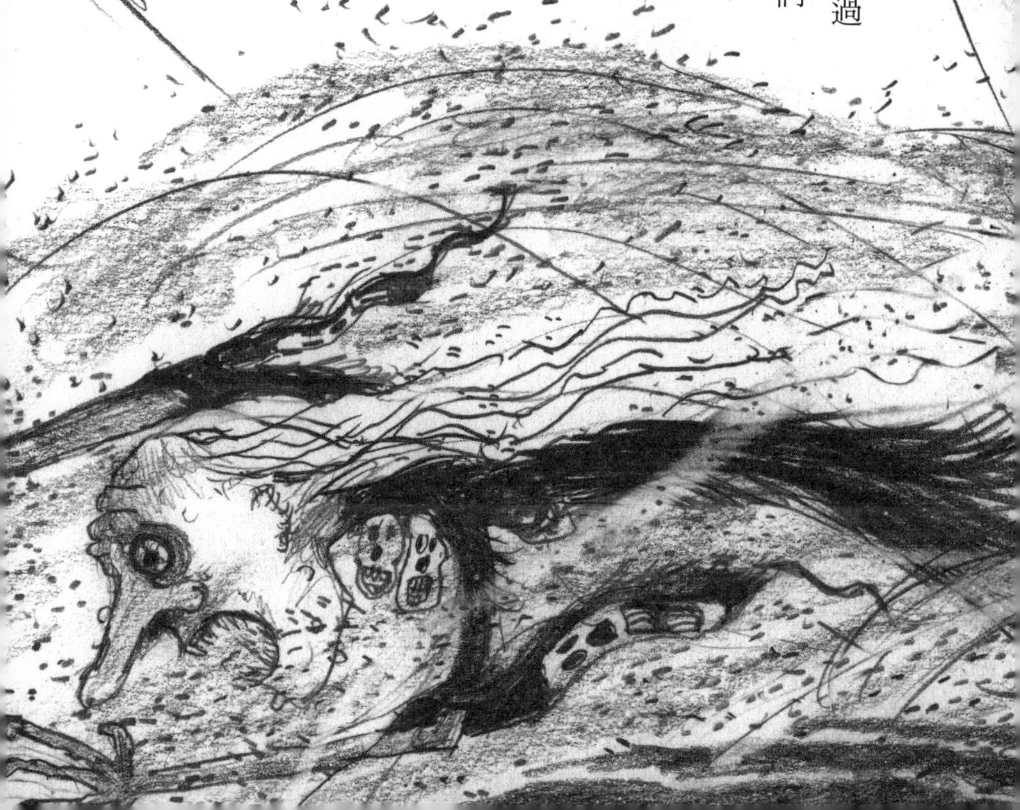

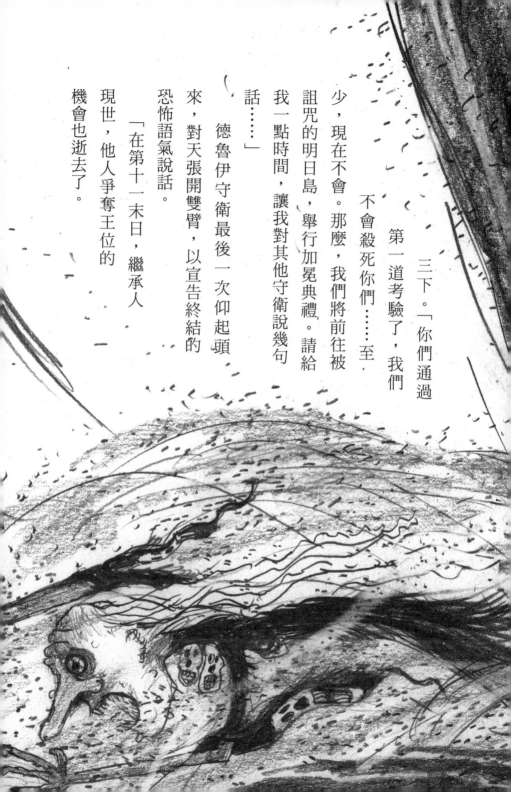

「**死亡與黑暗的力量啊，覺醒吧！**覺醒，再度守護明日島的疆域吧！接下來二十四小時內，任何斗膽非法進入明日島的男人、女人、孩童或龍族，將死在**明日島守衛**無情的手下！」

維京人所在的沙灘上，沙地沸騰起來，七十二小時前將阿醜與他的追隨者送上英靈神殿的生物——那些噩夢般駭人的生物——又從沙地裡誕生。這回牠們沒有攻擊維京人，而是像流星或隕石一樣尖叫著從眾人頭頂飛過，飛回明日島，準備守護島嶼的邊界。

「我的奧丁大神啊，那些是什麼東西？」阿爾文吞了口口水，鐵青著臉轉向自己的母親。

「虛無之死。」巫婆嚴肅地說。「幸好我們有王之寶物……」

「新王必須在陰森骷王座的殘柱上受冕，」守衛接著說。他轉回去面對海灘上嚇呆了的眾人，所有人都緊盯著恐怖的生物不放。「王座遺骸就位在明日島中央，所有人，請隨我前往『明日島』。

「你們也許會發現，明日並沒有你們想的那麼簡單……」

旭日升上末日前夕的天空，蒙著眼睛的老翁很慢、很慢地划船，橫渡英雄海峽。

數百艘船載著燙傷的維京人與破爛的船帆，流離失所、疲憊不堪的他們跟隨老翁航行，每個人都被這場恐怖的戰爭奪走了希望與精神。

在遠方，畏懼明日島而不敢接近的龍族叛軍看著他們在海上航行，飛去將這件事報告給領袖聽。

龍王狂怒慵懶而志得意滿地趴在北方要塞的溫泉與深雪中，巨大的鼻孔冒出兩股熱煙。

「陛下，他們拿到所有的寶物了……」一頭刃翅龍說，牠焦慮到瞳孔都放大了。「連只有牙齦的小龍也在他們手裡。」

「我還看到……」刃翅龍害怕地喘氣說。「我看到寶石了……能永遠毀滅龍族的寶石。」

龍王狂怒聽了，似乎一點也不怕。

「啊，」巨龍沉吟道。「但是，我擁有比寶石更有價值的東西——『我』擁有奧丁牙龍的誓言。」

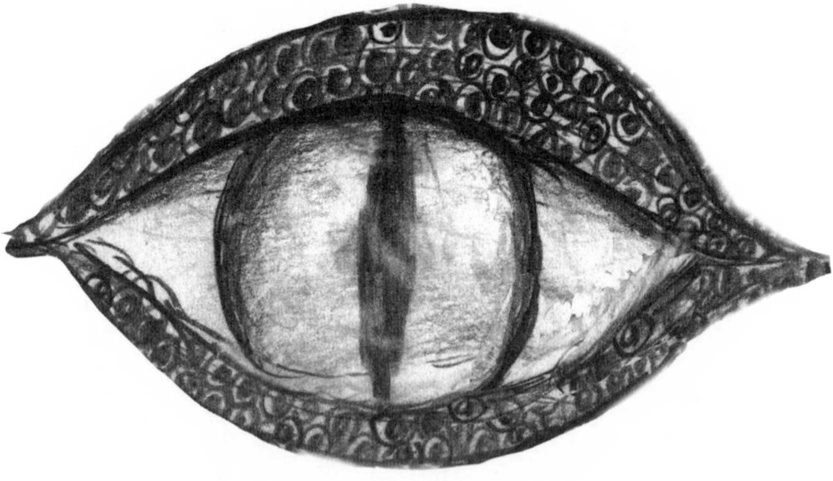

第二十二章　危急關頭的英雄末路

神楓和魚腳司一直跟著阿爾文軍團來到擺渡人贈禮之吟唱沙灘，不過他們騎在三頭死影背上，沒有人能看見他們。剛才他們躲在海灘上方的沙丘上，由三頭死影撐開能變色的大翅膀，幫他們遮掩旁人的視線。沙灘上發生的一切，躲在安全位置的男孩和女孩都看在眼裡。

他們看見小嗝嗝的頭盔被牛守奴龍從海裡撈上來，這是什麼意思，他們十分明白。魚腳司和神楓不必再躲躲藏藏，可以正大光明地加入其他龍之印記戰士了。

魚腳司紅著眼睛、用袖子抹著鼻子，正準備加入哀傷地划船橫渡英雄海峽、前往明日島的眾人，神楓卻突然阻止他。

「魚腳司，你在做什麼啊？」她輕快地說。

「呃……」魚腳司的語氣透出絕望。「我要跟其他人走……既然小嗝嗝死了，我們也沒什麼別的事情可做了。」

「我越想，」神楓說。「越覺得小嗝嗝沒死。」

「可是……可是……那頂頭盔……那是小嗝嗝的頭盔……」魚腳司辯解。「而且那是他們從海裡撈上來的……除了小嗝嗝已死，我想不到其他的解釋了。」

「唉，我的雷神索爾啊，」神楓無奈地說。「你當他朋友當了這麼久，還不知道要等看到小嗝嗝的屍體再放棄希望嗎？而且就算是屍體，也要是經過女武神死亡委員會驗明身分的屍體。」

「是沒錯，可是……」

「我們之前也以為『你』死在琥珀奴隸國了，不是嗎？然後呢！你不是又活跳跳地回來了嗎——起碼你回來的時候跟平常一樣瘦巴巴的、有氣喘、身上都是溼疹！如果我們放棄找『你』，你覺得會發生什麼事？」

「可是……可是……可是……」魚腳司結結巴巴地說。「可是神楓，有時候人死了就是**真的**死了！更何況今天是末日前夕……離新王的加冕典禮只剩二十四小時了，所有的王之寶物都在阿爾文手上……我們沒救了……」

「時間是有點緊迫，」神楓承認道。「不過面對緊迫的時間限制，小嗝嗝做事才最有效率……」

「我很想相信妳，」魚腳司渴望地說。「我真的、真的很想相信妳，可是神楓，他到底在**哪裡**？」

「真是的，你**快一點**啦！」神楓大喊。她已經爬到三頭死影背上了。「我們去找他就是了……」

「妳不覺得至少該把我們還活著的事情告訴妳母親嗎？」魚腳司跟著爬上龍背，問道。「我剛剛看到柏莎和其他龍之印記戰士站在一起……她應該會想聽妳說妳沒事吧，而且她說不定不希望妳去找小嗝嗝。」

「我覺得，」神楓若有所思。「還是不要問她的意見比較好。不過你

說得對，我們應該讓她知道我們還活著，免得她擔心……」

兩分鐘後，一臉嚴肅地在老媽號甲板上掌舵的沼澤盜賊族長柏莎，突然看到一大片陰影從上方經過。她抬起頭來，看見一條碩大的三頭龍的腹部，那條龍優雅地拍拍翅膀往南飛，經過老媽號那一瞬間，牠暫時現身。

龍背上有魚腳司和神楓兩個小小的人影，柏莎隱約聽到女兒很快就被風捲走的叫喊聲：

「**母親，我們去找小嗝嗝喔……**晚點再見……不用替我擔心！沼澤盜賊永不投降！」

「**神楓！**」沼澤盜賊族長柏莎大叫。「**小嗝嗝死了！神楓，妳到底要去哪裡？我們才剛**

重聚呢！神楓，妳再不下來，我就給妳好看！」

「神————

楓————！」

然而為時已晚。

美麗的三頭死影又像一陣風，悄悄隱去了身形。

第二十三章　只剩一天

遠方小小的英雄末日島上，一個不省人事的男孩癱躺在海灘上。

神楓說得沒錯。

小嗝嗝還活著。

現在，他只剩一天時間了。

再過一天就是聖誕末日，新王將會登基。

他必須在這僅剩的一天內說服明日島守衛，真正的西荒野新王不是奸險的阿爾文，而是「他」。

問題是，他身邊連一件王之寶物都沒有。

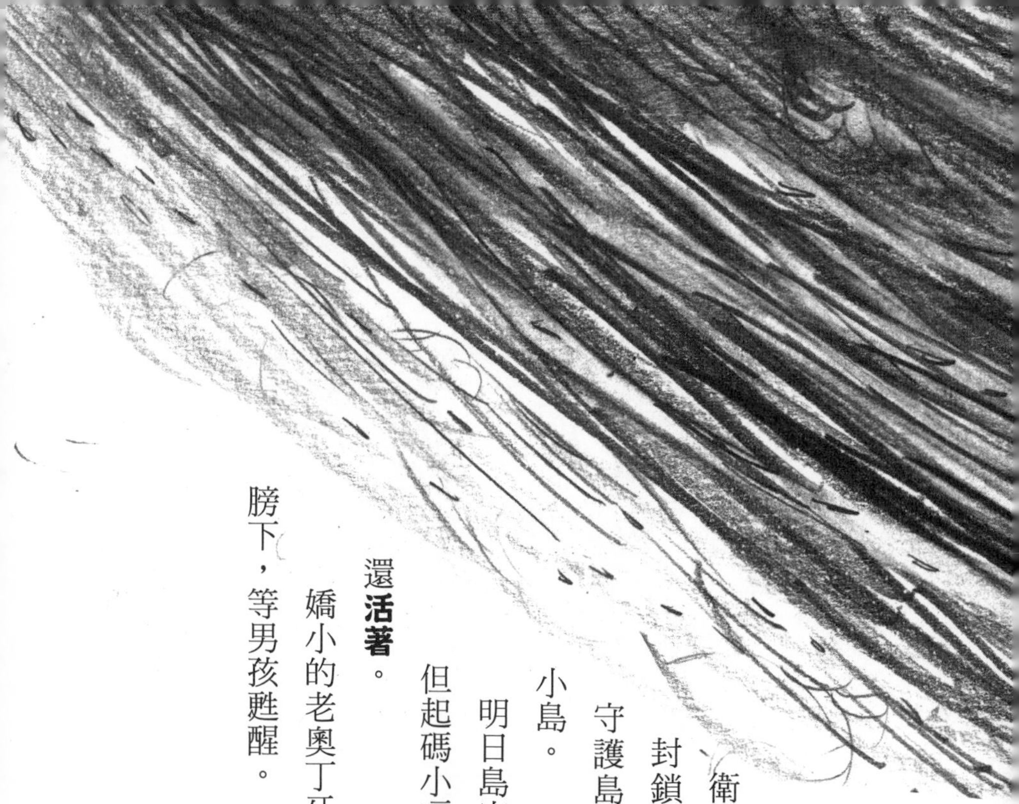

他到底該怎麼前往明日島？

找到王位繼承人後，德魯伊守衛準備在明日島舉行加冕典禮，因此封鎖了明日島邊界，召喚明日島守衛來守護島嶼，不讓任何人類或龍族踏上那座小島。

明日島守衛有多可怕，我們都見識到了。但起碼小嗝嗝還**活著**。已經半死不活，但至少還**活著**。

嬌小的老奧丁牙龍坐在他胸口，羞愧地把頭藏在翅膀下，等男孩甦醒。

我是**叛徒**，我已經不知道事情會怎麼發展了……

後記

我在這本回憶錄的開頭就說過，成就英雄就和淬鍊寶劍一樣。寶劍和英雄都必須接受一次又一次的試煉，試煉越可怕、越危險，最後打造的寶劍和英雄就越強大。

曾經是我的男孩躺在英雄末路島的沙灘上，他是不是看似失去了一切？他為了奪回失落的王之寶物賭上一切，寶物卻在最後一刻離他而去。可憐的男孩，他還不知道寶物被人搶走了，在夢中，他還開著小船、帶著王之寶物，安安穩穩地航行在奧丁冬風之中。

「沒牙，不要怕，」他昏昏沉沉地自言自語。「不會有事的……絕對不會有事的……」他不知道可憐的沒牙被壞人抓走，情勢十萬火急。

男孩像一塊被諸神隨手拋在岸邊的漂流木，像一塊無足輕重的垃圾，活在自己的夢中，是不是很可悲？但我現在七十六歲了，回顧當初，我得說事情並沒有看起來那麼糟。男孩活了十幾年，此時終於做好了準備。失去王之寶物、失去沒牙、失去一切的他昏睡在海灘上，看起來不像個做好準備的人，不過這就是成就英雄的時刻。他已經做足接受命運的準備。

我在英雄末路島和他見面，懸浮在他上方，悄聲說：

你準備好了。等你醒過來，請記住這件事。

你終於做好前去明日島的準備；你雖然看起來像屍體，實際上是一國之王。

等他醒來看見痛苦的現實，就會需要我的這番話。因為現實必定會讓他痛苦萬分。他會為失去王之寶物感到哀傷，心裡會明白那是他的錯。他會為鼻涕粗哀悼，雖然當初是鼻涕粗憑自己的意志選擇冒險，小嗝嗝也會認為那是他的錯。但是，鼻涕粗教了他一件事。小嗝嗝相信了鼻涕粗，他一直努力相信鼻涕粗，到了最後，鼻涕粗也選擇相信小嗝嗝。到了最後，這是讓小嗝嗝相信自己的關鍵。這才是最重要的。

從此之後，他無論到哪都帶著心中的鼻涕粗，鼻涕粗與黑星勛章成了他王權之路的一部分。

還記得遠在凶殘群山黑暗的地底樹屋，奧丁牙龍氣若游絲地說的故事嗎？一個男孩可以從「速快」變成「恐怖陰森髎」……

「……**也有可能從『恐怖陰森髎』變回『速快』**。」

末日前夕，乘船橫渡英雄海峽的啤酒肚大屁股——鼻涕粗的父親，還不知道鼻涕粗最後選擇了正確的一方。戈伯與龍之印記戰士仍相信鼻涕粗是叛徒中的叛徒，還在咒罵鼻涕粗、搖頭和搖晃拳頭，詛咒鼻涕粗不得好死。

不過到最後，他們會得知真相。時間過去後，真相必然會水落石出。戈伯和大屁股終究會得知真相，鼻涕粗將黑星勛章掛在我脖子上時，想必也知道這一點。大家將會明白，鼻涕粗其實是英雄……

到了最後，戈伯和大屁股還是會為他感到驕傲。

即使到遙遠的未來，歷代君王的名字都被人遺忘、化為塵土，英雄的英勇事蹟還是會光榮地存在於詩歌之中。

從前從前，我夢想入主城堡、頭戴王冠；現在，夜空是我唯一的屋頂，大海就是我搖籃……但儘管颶風摧毀我的心、風雨摧毀我的船，

我還是知道，我是英雄……我是英雄……直到**永遠**！

六十二年後的今天，我寫下這篇故事時，胸前還掛著鼻涕粗的黑星勛章，這是毛流氓部族頒發給英勇奮戰的勇士的最高殊榮。

掛在我這個老頭子胸前，它可能會顯得不太搭調，然而戴著它就能感受到那份榮耀。即使我被歲月與蠻荒群島的狂風吹得駝背，即使我的腿腳不再像當年那樣穩固，戴著黑星勛章，我依然能站得挺直一些。

這是鼻涕粗和我互換衣服、互換命運時，託付給我的勛章。這份堂哥交給堂弟的餞別禮，是不是很有英雄氣概？

有件事說來奇怪，黑星背面隨著時間磨損。黑星背面隨著時間磨損。而過了好幾年，黑色的下面……出現了一小塊閃亮的東西。我時不時撫摸勳章背面，摸著摸著，漆黑的表面剝落了，露出星星的內心。星星掉了出來，金屬和最初從地下挖出來時一樣明亮耀眼。

現在那顆星星看起來一點也不黑，而是純粹的金色。

他是英雄……直到永遠。

鼻涕粗，再見了。

如果沒有你，我不可能有這一天。無論我走到哪裡、做什麼決定，我都把你帶在心中，你是我血脈的一部分，如果沒有你，我不可能走得這麼遠。

我們會在更好的世界重逢的。

就算小嗝嗝成功打敗可怕的明日島守衛，龍王狂怒也不會放過他。

只剩——

最後一天。

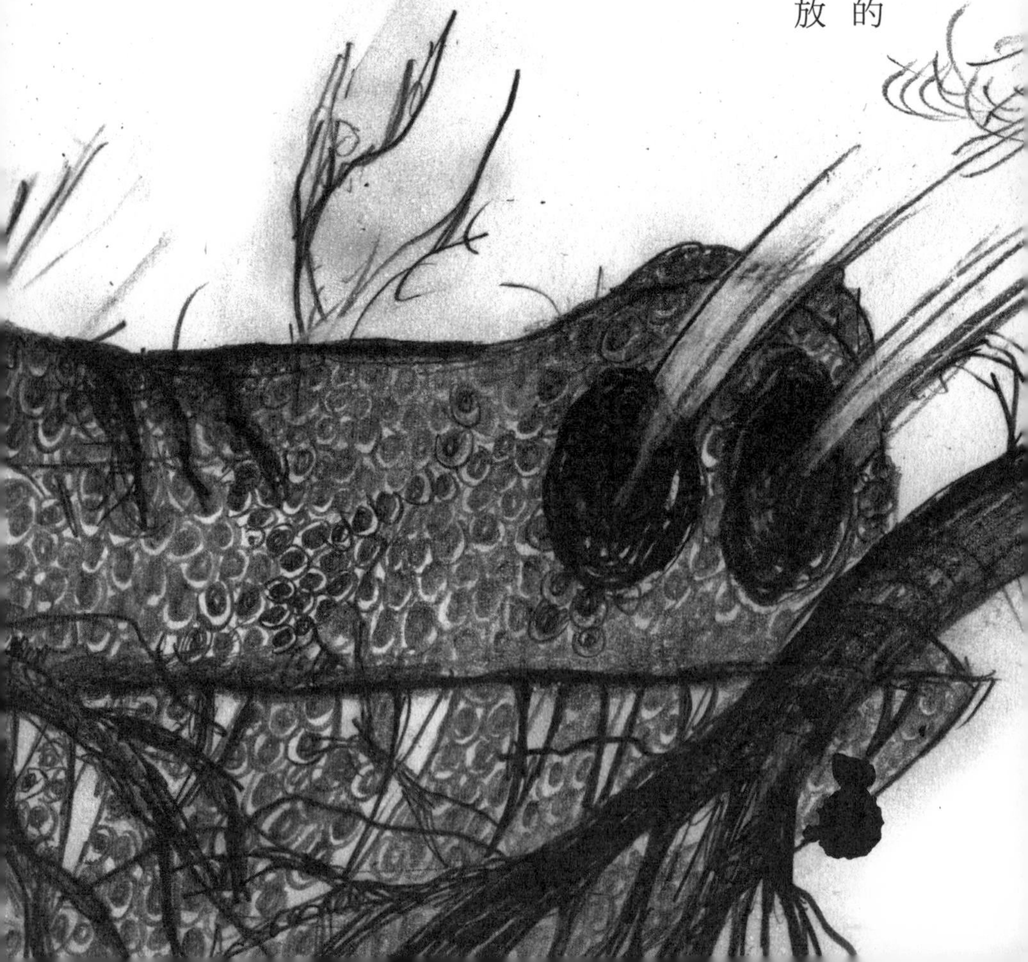

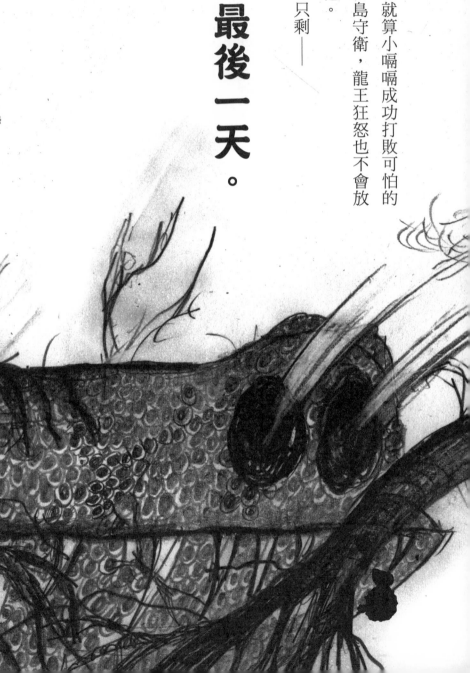

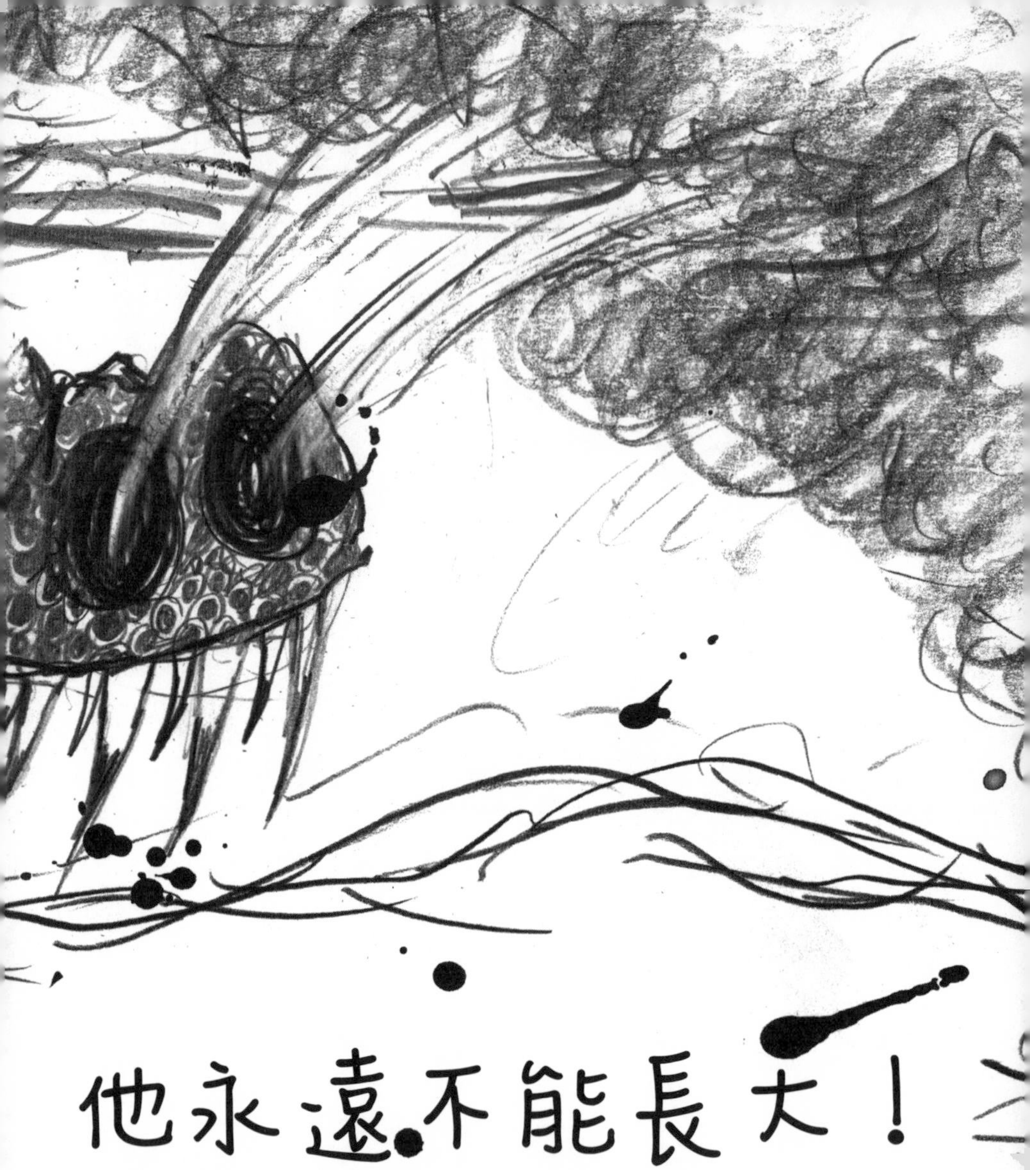

他永遠不能長大！

我會從天上殺下來，

讓他灰飛煙滅！

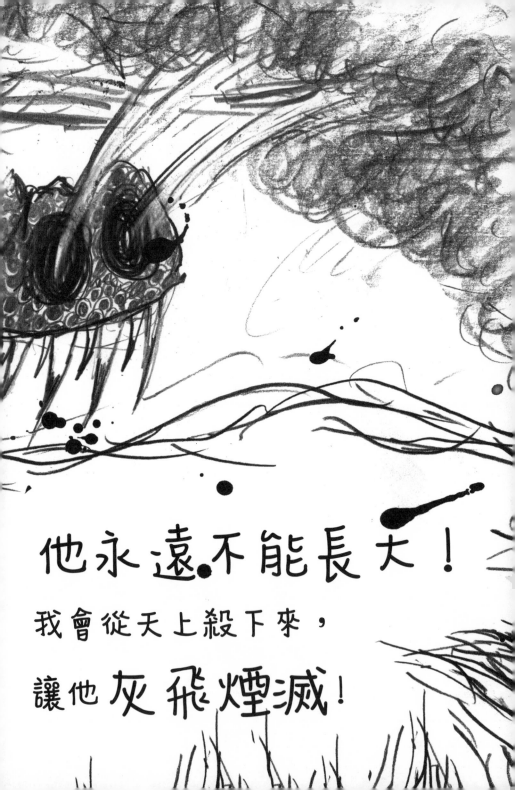

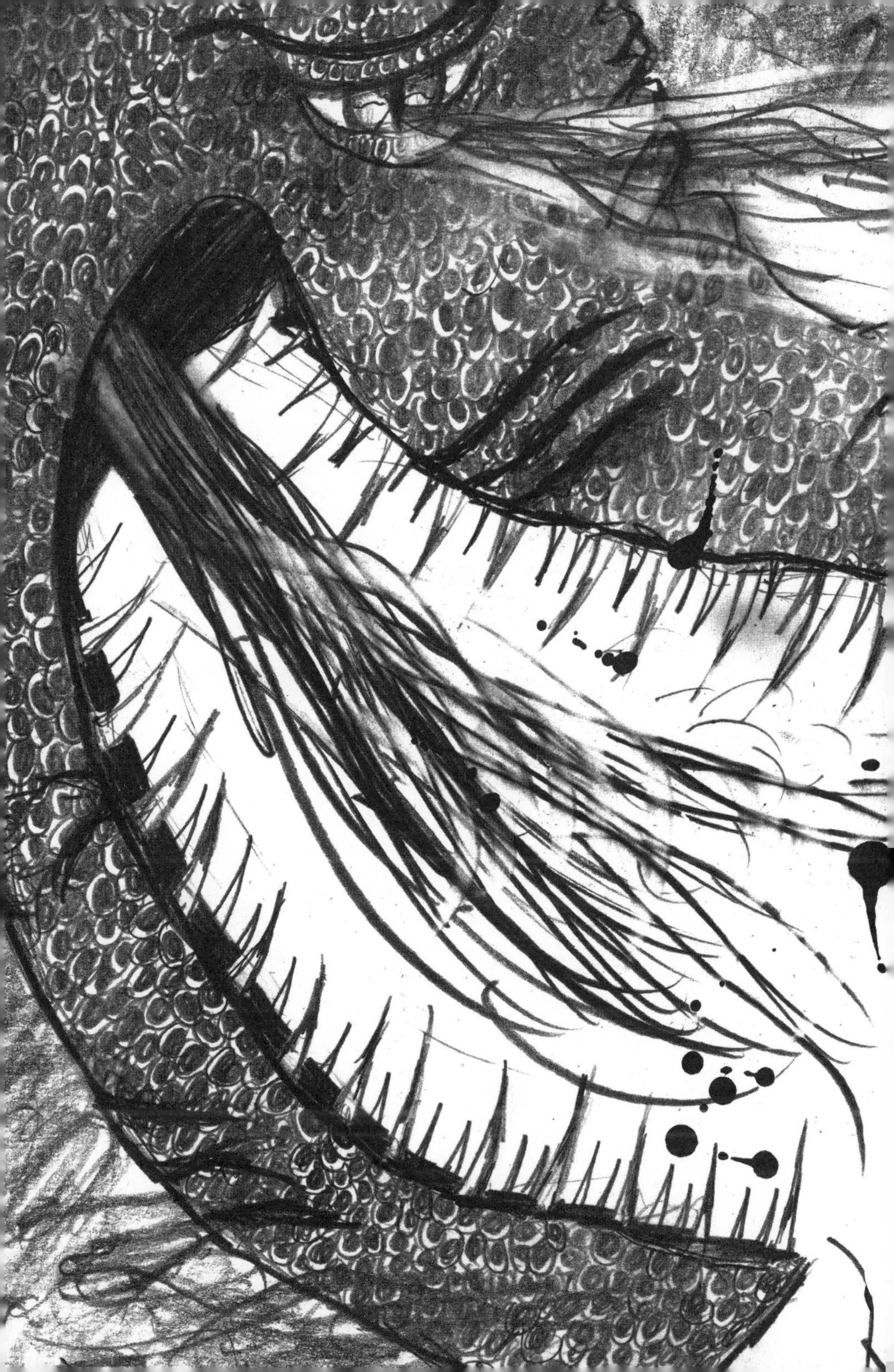

只剩一天

面對死守明日島邊界、給人虛無之死的恐怖龍族，小嗝嗝該怎麼去明日島？

王之寶物都被搶走了，他要如何成為西荒野新王？

奸險的阿爾文絕對不會成為新王……吧？

龍族絕對不會就此滅絕……吧？

敬請期待小嗝嗝的第十二本回憶錄，也是「最後一本」回憶錄。

奇炫館

馴龍高手XI：龍之印記與英雄

（原名：How to betray a dragon's hero ）

著　　者／克瑞希達・科威爾（Cressida Cowell）
封面內頁插畫／克瑞希達・科威爾（Cressida Cowell）
發 行 人／黃鎮隆
副總經理／陳君平
總 編 輯／洪琇菁
執行編輯／許凰翎

譯　　者／朱崇旻
美術編輯／陳聖義
企劃宣傳／邱小祐、劉宜蓉
國際版權／黃令歡
文字校對／施亞蒨
內文排版／謝青秀

出　　版／城邦文化事業股份有限公司 尖端出版
台北市中山區民生東路二段一四一號十樓
電話：（〇二）二五〇〇—七六〇〇
傳真：（〇二）二五〇〇—二六八三
E-mail：7novels@mail2.spp.com.tw

發　　行／英屬蓋曼群島商家庭傳媒股份有限公司城邦分公司 尖端出版
台北市中山區民生東路二段一四一號十樓
電話：（〇二）二五〇〇—七六〇〇（代表號）
傳真：（〇二）二五〇〇—一九七九

中彰投以北經銷／楨彥有限公司（含宜花東）
電話：（〇二）八九一九—三三六九
傳真：（〇二）八九一四—五五二四

雲嘉經銷／威信圖書有限公司 嘉義公司
電話：（〇五）二三三—三八五二
傳真：（〇五）二三三—三八六三
客服專線：〇八〇〇—〇二八—〇二八

南部經銷／威信圖書有限公司 高雄公司
電話：（〇七）三七三—〇〇七九
傳真：（〇七）三七三—〇〇八七

香港經銷／城邦（香港）出版集團有限公司
香港灣仔駱克道一九三號東超商業中心1樓
電話：（八五二）二五〇八—六二三一
傳真：（八五二）二五七八—九三三七
E-mail：hkcite@biznetvigator.com

新馬經銷／城邦（馬新）出版集團Cite（M）Sdn. Bhd.
E-mail：cite@cite.com.my

法律顧問／王子文律師 元禾法律事務所
台北市羅斯福路三段三十七號十五樓

二〇一九年十一月初版一刷

■中文版■

郵購注意事項：
1. 填妥劃撥單資料：帳號：50003021戶名：英屬蓋曼群島商家庭傳媒(股)公司城邦分公司。2. 通信欄內註明訂購書名與冊數。3. 劃撥金額低於500元，請加附掛號郵資50元。如劃撥日起 10～14日，仍未收到書時，請洽劃撥組。劃撥專線TEL：(03)312-4212 ・ FAX：(03)322-4621。E-mail：marketing@spp.com.tw

國家圖書館出版品預行編目資料

馴龍高手XI：龍之印記與英雄 / 克瑞希達・
科威爾（Cressida Cowell）作；朱崇旻譯.
-- 1版. -- [臺北市]：尖端出版, 2019. 11
冊；　公分
譯自：How to betray a dragon's hero
ISBN 978-957-10-8754-2（平裝）

873.59　　108015747